# ウィンズテイル・テイルズ
## 時不知《ときしらず》の魔女と刻印の子

門田充宏

JN030029

集英社文庫

# 目次

# 主要登場人物

【ウィンズテイルの住人たち】

**リンディ**　異界紋《いかいもん》の刻印を持つ町守《まちもり》見習いの少年。

**ニーモティカ**　リンディの育ての親。異界紋の力で不老不死となった。時不知《ときしらず》さまとも呼ばれる。

**ユーゴ**　町守の一員。リンディの無口な指導役。

**ロブ**　町守のリーダー。

**ジョーイ**　町守の一員。普段は小さなレストランを経営している。

**ガンディット**　車椅子に乗った老人。町ではニーモティカに次ぐ年長者。

**ドクター・ノブルーシュカ**　町でただひとりの医師。

**コウガ**　純白の体毛を持つシェパード。町守の一員。

【ダルゴナの者たち】

**メイリーン**　車椅子に乗った少女。異界紋の力で失われた過去の人工物を再生することができる。

**イブスラン**　ダルゴナ運営議会配下の技術者。メイリーンの監督官を務める。

**クオンゼィ**　ダルゴナ警備隊総司令。ダルゴナ運営議会の一員でもある。

**ヒールイェルチ**　ダルゴナ警備隊隊員。

# ウィンズテイル・テイルズ

## 時不知《ときしらず》の魔女と刻印の子

# 第一章　はじまり

## 1

§

　部屋の空気はひんやりと乾いて心地よく、でも少しだけ埃《ほこり》っぽかった。

　いつもの夢だな、とリンディは思う。

　十年くらい前、まだ五歳かそこらだったころから、何度も繰り返し見てきた夢だ。細部は毎回少しずつ違うけれど、この空気だけはいつも同じだった。冷たく乾いて、消毒液のような匂いが微《かす》かに鼻の奥に伝わってくる。

　雑多なものを積み上げてできた山が、机の上はもちろん、床の上のあらゆる場所で堆《うずたか》くそびえていた。そうしてできた山脈の僅かな谷間を、大きな人影が身体《からだ》を捻《ひね》ったり曲げたりしながら慌ただしく行ったり来たりしている。

　見上げるほど高い天井からは、明るく白い光が降り注いでいた。太陽とも電球とも違うその眩《まぶ》しさに、リンディの目はすっかり釘付《くぎづ》けになる。

その光が、不意に遮られた。

目の前に突然現れた、大きな影。相手は無遠慮に距離を詰め、リンディの身体に触れようと手を伸ばしてきた。馴染《なじ》みのない体温と体臭が間近に迫り、全身が怖気《おぞけ》立つ。

恐怖と拒絶の叫び声が、リンディの口から迸《ほとばし》り出た。

その声に驚いた相手が慄《おのの》いて距離を取る。だが一度始まった爆発はそんな簡単に収まってはくれなかった。全身を震わせ泣き始めたリンディに、慌てた相手が大声で何かを叫ぶ。その大声がまたうるさくて耳に痛くて、リンディは一段と大きな泣き声を上げようと、口を精一杯大きく開き――そのまま止まった。

穏やかで優しくて、安心できる声が聞こえたから。

明るく白い光を受けて、その人はやってきた。一本にまとめられた黒くて長い髪が揺れているのが、リンディの目を惹《ひ》き付ける。

相手は静かな声で何かを話しかけながら、そっと手を伸ばしてリンディの頬を撫《な》でた。ひんやりとした手のひらの感触が心地いい。リンディは泣き叫ぶのをやめにして、相手の顔をじっと見た。大きな黒いふたつの瞳が、まっすぐこちらを見つめている。

優しく伸ばされた両腕が、リンディの身体を抱き上げた。柔らかく包み込まれ、鼻腔《びこう》の奥になんとも言えないいい匂いが届く。それをもっと感じたくて、リンディは思うように動かない両手足を精一杯伸ばし、相手にしがみつこうとした。

静かで心地いい歌声が聞こえる。そのメロディに合わせて、リンディの身体がゆらゆらと揺れ始める。一本に結ばれた黒い髪の毛の先が、リンディの身体と同じように揺れている。リンディはいつまでも、揺れる一房の黒髪を見つめていた。

§

長い長いハグを終えた彼女の顔は、怒っているみたいにも、泣くのを我慢しているみたいにも見えた。

初めて見るそんな表情が怖くて、リンディは唇を嚙《か》んで俯《うつむ》いた。泣いちゃいけない、我慢しなくちゃいけないんだとどれだけ強く思っても、身体は少しも思い通りになってくれなかった。涙は目尻に溜《た》まり、溢《あふ》れ出し、頰を伝って次々に落ちた。

相手が何か言った。リンディと同じ黒髪の、リンディと同じ黒い瞳の女性が。何と言ったのかはわからない——わかりたくなかったのかもしれない。

背後から、別の誰かの声がした。怒っているような激しい声。あまりの大きさと刺々《とげとげ》しさに、リンディの身体が頰を張られたかのように震える。黒髪の女性が背後に向かって、厳しい声で何かを言った。そうして再び向き直ると、もう一度、震えるリンディの身体を柔らかく抱きしめてくれた。

伝わってくる体温に、固まっていたリンディの身体がほぐれていく。いっそうの温かさを求めたリンディの両腕が、自然と相手の身体を抱きしめようと――しがみつこうと伸ばされる。

耳元で、短い言葉が囁《ささや》かれた。静かな、小さな声で。

それと同時に、うなじに何かが突き刺さる鋭い痛みがあり――世界はそこで暗転した。

§

音がする。

何か、分厚い布が裂けていくような音だ。

開いた目はしばらくの間うまく焦点を結ぶことができず、リンディはただぼうっとしたまま、薄ぼんやりと灰色に染まった世界を眺めていた。

やがてひときわ激しい音がして、リンディの視界が突然白に染まる。同時に、少し遠くで誰かが甲高い声で何かを叫んだのが聞こえたが、あまりに突然だったために何と言ったかまではわからなかった。

しばらくして――両目が光に慣れて、周囲の様子がなんとなくわかるようになったころになって、リンディの目の前にいきなり、小柄な人物がぬっと現れた。

銀色のうねった髪の毛が、背後からの光を受けてきらきらと輝いている。肌の色も、それに負けないくらい白かった。頬にはさっと振ったようなそばかすが浮いている。太めの眉の下、目鼻立ちはびっくりするくらいはっきりして整っていた。綺麗《きれい》で、僕より年上で、でも大人というほどの女の子だ、とリンディはぼんやり思う。綺麗で、僕より年上で、でも大人というほどじゃない——それがなぜだかリンディを安心させた。

金色にも見える、本当に薄いブラウンの瞳を大きく見開いて、彼女はリンディを見つめた。驚いて、興味深げで、少しだけ何かを恐れているみたいな表情。それでも視線だけは揺れることも躊躇《ためら》うこともなく、真っ正面からリンディを見つめていた。

彼女の小さな唇が開いて、何か言った。

外見から想像するより幼い声の、外見から想像するのとずいぶん違う、ぶっきらぼうな言葉遣い。

彼女の後ろから、錆《さ》びついたような男の人の声が何か言ったのが聞こえる。彼女が何か言い返して、それから大袈裟《おおげさ》に肩を竦《すく》めると、躊躇いつつも近づいてきてリンディの身体を抱き寄せた。そっと、毀《こわ》れ物《もの》に触るように。

柔らかくて温かい——そう思ったリンディの耳元で、彼女はもう一度、今度ははっきりした声で言った。

「——とっくにお陽《ひ》さまは昇ってるよ、リンディ。そろそろ起きた方がいいんじゃないのかい？」

2

あっと思ったときにはもう目が覚めていた。

まだ鳴っていない目覚まし時計に手を伸ばし、時間を確かめて驚いた。五時半だ。いつもより小一時間は早い。

どうりでやけに寒いわけだ。

暦の上ではそろそろ春と呼んでもいい季節だが、その気配は未《いま》だウィンズテイルには訪れていなかった。カーテンの隙間からは白々とした光が差し込み始めているが、室内の空気は膚《はだ》をひりつかせるほどに冷たく、乾いたままだ。

布団の中に潜ったまま、リンディは目を覚ます直前まで見ていた夢を反芻《はんすう》する。少し前、特に十歳になるかならないかのころまで、何度も繰り返し見ていた夢だった。

たぶん本当にあったことなのだろう、とリンディは思っていた。その記憶の断片が、夢として甦《よみがえ》っているんだろう。親しげな黒髪の女性は、もしかしたら身内なのかもしれない。残念ながらそれを確かめる術《すべ》はないが。

唯一最後の場面だけは、実際にあったことだと確認できている。なんせ、登場人物のひとりから繰り返し聞かされているのだから間違いない。――もちろん、最後に発せられた言葉は違うけれども。

あの台詞《せりふ》は、と思い出してリンディは可笑《おか》しくなった。目覚まし時計を与えられるまで、ほとんど毎日のように聞かされていた言葉だ。久しぶりにそれが夢の中に現れたのは、たぶん、今日は絶対に寝坊できないと緊張していたからに違いない。

何と言ったって今日は、町守《まちもり》見習いとしての、記念すべき最初の日なのだ。

そう思った途端じっとしていられなくなり、リンディは勢いよく掛け布団を撥《は》ね飛ばした。その気になれば少なくとももうあと半時間、ベッドの中で丸まっていることだってできる。だが二度寝なんてとてもできそうにないし、あと三十分もただベッドの中にいるなんてもっと無理な相談だった。

しん、と冷えて乾いた空気がたちまちリンディに襲いかかってくるが、それは火照った身体にはむしろ心地よかった。すっきりした頭で、リンディは勢いをつけてベッドから飛び降りる。

室内の家具は素朴なベッドとデスク代わりの小さな角テーブルにスツール、それにベッドサイドテーブルだけだった。作り付けのクローゼットと本棚もあるが大半は空で、そのせいか部屋は実際よりも広く感じられる。天井が斜めなのはここが最上階の三階だからで、夏は暑く冬は寒いぶん、陽当たりと眺めはいい。十歳の誕生日に与えてもらったときからずっと、リンディはこの部屋がとても気に入っていた。

カーテンを開くと、町の中心である円形広場が目に入る。中心に時計塔が立つ噴水池の周りには早くも露店が立ち、開店準備にいそしむ人の姿があちこちにあった。今日のリンディはかなりの早起きだが、ウィンズテイルの大半の住人はそれよりずっと早く目を覚ます。

とは言え、朝市が始まるのは六時と決まっているし、料理を提供する屋台は大概それよりも遅く、六時半を回ったころの開店だ。折角早起きしたのだから、とリンディは着替えながら考える。今日は屋台が開くのを待つのじゃなく、家にあるもので作ってしまおう。卵も燻製肉《くんせい》もまだあるし、堅焼きパンは昨日買ったのがまだ幾らか残っていたはずだ。

リネンの下着の上に、少しサイズが大きいフランネルのシャツ。何ヶ所も当て布がしてあるパンツはずり落ちないよう、入念に腰紐《こしひも》を締めてから結んで留める。底が厚い町守用の布靴に、やはり同じく厚手の靴下。身に纏《まと》うものは全て、濃淡に違いこそあれくすんだ灰色に染め上げられている。玄関に用意してある上衣《うわぎ》と帽子、それにマフラーももちろんそうだ。

静かに扉を開き、狭く急な階段を下る。主寝室と仕事部屋と資料室、それにリンディが知る限りただの一度も使われたことがない客間がある二階を静かに通り過ぎ、食堂や応接間、それに台所をはじめとする水回りが集まった一階に降りようとしたところで、リンディは異変に気がついた。

なんだか暖かい。

しかもそれだけじゃなくて、いい匂いまでしてくる。

まさか、少なくとももう五年はこんなことなかったのに――。

無駄に広い食堂の奥、半分も使っていない台所から、照明の明かりが漏れ出していた。足音を忍ばせて近づくと、かまどの上で鋳物鍋がゆったりと白い湯気を噴いているのが見える。その手前には、リンディの背丈が伸びてからは納戸に仕舞い込まれていたはずの、幅広のステップ台が引っ張り出されていた。

そこに立っているのは、レードルをまるで剣のように握りしめた、華奢《きやしや》な体つきの少女。

「ニー?」

思わず上げてしまったリンディの声に、少女の身体が一瞬びくっと震える。一拍おいて、あー、という幼い声と共に、悪戯《いたずら》が見つかってしまったと言わんばかりの表情を浮かべて振り向いた。

夢の中で最後に現れた少女が、そこにいた。

全体が無秩序にウェーブしている、白に近いプラチナブロンドのショートヘア。狙ってそうしているというよりは、きつい寝癖をそのままにしているだけのように見える、なんとも言いがたい微妙な髪形。色素の薄い頰にはさっと振ったようにそばかすが浮いている。

足首まで覆う丈の長いワンピースは黒に近いグレイで、その上にざっくりとしたライトグレイのカーディガンを羽織り、さらにその上に生成りの、明らかにサイズが合っていないエプロンをつけている。全体に彩度が低いのにむしろ明るい印象を受けるのは、利発そうな光を宿す明るいブラウンの瞳と、整って、どちらかと言えば派手な目鼻立ちのせいだ。

「もう起きちゃったのか。いくらなんでも早過ぎるだろ」

ニーと呼ばれた少女は、外見には全く似つかわしくない蓮《はす》っ葉《ぱ》な物言いをして、やれやれと肩を竦めてみせた。

ニーモティカ・セブンディートールド。

それが彼女の名前だ。だが、彼女がその名で呼ばれることはほとんどない。

ウィンズテイルの住人のほとんどは、畏敬の念を込めて時不知《ときしらず》さま、と呼ぶ。一方彼女を直接知らない者は、漏れ伝わる噂《うわさ》話《ばなし》を聞いてそれとは異なる名で呼んだ。ウィンズテイルの魔女、あるいは時不知の魔女、と。

呼び名の通り、どんなに高く見積もってもせいぜいが十二歳にしか見えないニーモティカの実年齢は、既に百二十歳を超えている。彼女の肉体は、この百年以上一ミリだって成長していなかった。

リンディは、そのニーモティカのただひとりの家族だ。五歳の時に引き取られて以来、リンディはニーモティカとずっと一緒だった。だから、他の者が一線を引いた外側から接する彼女を、リンディだけが愛称で呼ぶ。姿が変わることのない自分の保護者を、心からの親しみを込めて。

だが今、ニーモティカに向けられたリンディの目に浮かんでいるのは、親しみと言うよりは驚きの表情だった。

「どうしてもう起きてるの、ニー。それに、料理なんて。――料理、だよね？」

「失礼な」

むっとしたニーモティカは見てみろ、と言うなり鍋の蓋をいかにも重そうに持ち上げた。

「最近ちょっとさぼってはいたけど、できなくなったわけじゃないぞ」

「最近って、もう五年は――」

言いかけたリンディの言葉は、鼻腔をくすぐるふんわりとした湯気で遮られた。食欲をそそる香りに思わず覗《のぞ》き込んだ鍋の中では、透き通ったスープがぐつぐつと煮え、太く短いソーセージと一緒に何種類もの野菜が躍っている。

「ポトフだ！」

「そうさ」

嬉《うれ》しそうなリンディの声に、たちまちニーモティカの唇に笑みが浮いた。

「小さいころ大好きだったろ？　ソーセージはちょっとスパイシーなやつにしたけど、大丈夫だよな。なんてったってもう十五歳なんだしさ」

もちろん！　と応えるなりリンディは小さく飛び跳ねた。

「今日は特別な日だからね、そんくらいしたってバチは当たんないだろ」

ふふん、と得意げに鼻を鳴らすニーモティカの言葉に、えっ、とリンディは驚きの声を上げた。

「じゃあこれ、僕のために？　こんな時間に起きて、料理して、それもポトフを――」

「当たり前だろ」

リンディの表情が心持ち幼くなったのは、ステップ台で数年ぶりに逆転した視線の傾きと、小さかったころ大好きだった、ニーモティカ特製ポトフの香りのせいかもしれない。

「ありがとう、ニー」

なんて顔してんだい、とニーモティカが笑った。

「そんなんじゃまだまだ一人前とは言えないね。さ、折角早く起きたんだ、あたしがこいつを仕上げてる間に、顔洗って、ついでにそのひょろひょろ伸びてる髭《ひげ》をなんとかしてきな」

うん、と応えるや、リンディは小走りで洗面台に向かった。

好物を目の前にした十五歳の食欲というのは恐ろしい。起き抜けにも拘《かか》わらず、ニーモティカが鋳物鍋いっぱいに作ったポトフは、ほんの二十分くらいで概《おおむ》ねリンディの胃に収まってしまっていた。

「喜んでもらえて何よりだけどね」

洗い物を引き受けたリンディの背中に、湯冷ましをすすりつつニーモティカが声を掛ける。

「朝からそんなに食べて大丈夫かい。見張り櫓《やぐら》に上るんだろ？」

慣れた手つきで丁寧に鍋と食器を洗い終えたリンディは、平気だよ、と嘯《うそぶ》いてテーブルに戻ってきた。

「交代は九時だもん。まだ二時間もあるし、それにお腹《なか》いっぱいってほどでもないし」

「若いってのは怖いねえ」

外見ならリンディよりずっと幼いニーモティカが、感心と呆《あき》れを綯《な》い交ぜにしたような表情を浮かべる。

「ニーが食べなさ過ぎるだけだよ。ソーセージとじゃがいも、ちょっとしか食べなかったじゃない」

「起きたばっかりなんだからあんなもんだろ。野菜もたいして好きじゃないし」

そんなのダメだよ、とすかさずリンディは言った。

「ちゃんと野菜も食べないと。前はもっとちゃんと食べてたじゃない」

「そりゃ好き嫌いしないように育てなきゃ、って思ってたからさ。あたしが食べるもんなら、あんたなんでも食べたがったから」

何かを思い出したのか、ニーモティカの目が細められる。

「あのちびっこかったリンディが町守ねえ。時間が経《た》つのは早いもんだ」

「まだ見習いだけどね」

ニーモティカの視線を受けて、リンディの頰に赤みがさした。

「今日は誰と組むんだい？」

「ユーゴ。今日だけじゃなくて、見習いの間はずっとユーゴと組むんだって」

「なら、ま、安心だ。でも、無理はするんじゃないよ」

真顔に戻ってニーモティカが言った。

「町守としては頼りになるけど、ユーゴは何せ言葉が足りないからね。おまけに無表情で何考えてるんだかさっぱりわからないし。危ないことさせたりはしないだろうけど、あんたはあんたで気を回し過ぎるだろ？　初日だからって張り切って、言われてもいないことにまで手を出したりするんじゃないよ」

うん、とリンディは素直に頷《うなず》いた。

「気をつけるよ。何かあってニーの手伝いができなくなったら困るし」

「そんなのは気にしなくても――」

言いかけたニーモティカの言葉を、だめだよ、とリンディは遮った。

「自分で決めたんだ。町守の仕事もするし、ニーの手伝いもする」

「前はひとりでやってたんだから、どうってことないよ」

「どうってことなくないよ。機體《きたい》使ってる人、だいぶ増えたでしょ」

「そりゃそうだけど」

テーブルの上に身を乗り出して、リンディは正面からニーモティカを見つめた。

「僕が、ニーのこと手伝いたいんだ。お願い」

そのまっすぐな言葉と視線に、ニーモティカは発しかけた言葉を呑《の》み込んだ。しばらく無言のままリンディの真剣な顔に見入っていたが、やがて、はあ、と小さく息を吐いて肩から力を抜く。

「わかったよ。全くもう、子どもだ子どもだと思ってたらすっかり大きくなっちまって」

へへっ、とリンディは照れ臭そうに笑った。

「見た目だけなら、ニーより年上になっちゃったもんね」

「そりゃまあしょうがないね。こいつのせいで――」

ぽん、とニーモティカが右のうなじを叩《たた》く。陽に焼けたことなど一度もなさそうな白いうなじに、赤ん坊の手のひらほどの大きさの、黒々とした紋様が刻まれていた。ほとんど円のように見える二十四角形の内に描かれた、ぽってりと太った勾玉《まがたま》。それはどこか、身体を丸めた胎児を思い起こさせた。

「時間が止まっちまってるからね。背も伸びなきゃ太りもしない、いつまで経っても見た目は子どものまんまだ。病気になっても怪我《けが》をしても、ひと晩寝たらすっかり元通り、何でもなくなっちまう。便利なんだか不便なんだかわかりゃしない」

「――僕のもそうなら良かったのにな」

ぽつりと言ったリンディの言葉に、ホントだよ、とニーモティカは不自然なほど明るく笑った。

「あたしとおんなじ異界紋《いかいもん》を刻まれてるんだから、あんたも成長しないんじゃないかって思ったんだけど。全然そんなことなかったね」

「僕のこれ、なんなんだろう」

自分では直接見ることができない左のうなじに、リンディはそっと触れる。そこにはニーモティカと同じ、勾玉をぐるりと取り囲む二十四角形が刻まれていた。

さてねえ、とニーモティカは首を捻った。

「異界紋について言えるのは、こいつが人間の技じゃないってことだけだ。知らないうちに勝手に身体のどこかに刻まれてて、そのせいで大体何かしら変なことが起きる。やたら力持ちになるとか、夜でも目が見えるようになるとか。言葉が使えなくなったり、眠れなくなったり」

「――ずっと可愛《かわい》いままだったり」

何言ってんだい、とニーモティカは口の端を曲げた。

「でも、あんたにそんなところはひとつもない。あたしがあんたを見つけたときにはもう刻まれてたけど、この十年、なんにもなかった」

「うん――」

「ま、考えたところですぐにわかるようなことじゃないさ」

伸びをして精一杯腕を伸ばしたニーモティカが、とん、と向かいに座るリンディの頭を軽く叩いた。

「〈変異〉からこっち、異界紋に限らず世界はわかんないことだらけだよ。それでもあたしらはなんとかやってきた。これからもなんとか毎日を凌《しの》いでいくしかないのさ」

ニーモティカの言葉に、うん、とリンディは力強く頷いた。

「大事なのは、とにかく生き延びることだ。死んじまったらそれまでだけど、生きてさえいれば、いつか、何かがわかる日だって来るかもしれないんだからね。――ってことで」

急に居住まいを正したニーモティカが、カーディガンのポケットから小さな木製の小箱を取り出し、リンディに向けてテーブルの上を滑らせた。

「お祝いだ。一人前になるための第一歩を踏み出した、まだまだ可愛いあんたにね」

驚き過ぎて固まってしまったリンディの姿に苦笑したニーモティカが、開けてみなよ、と促した。う、うん、としどろもどろになりながらも小箱を開いたリンディの目が、再び大きく見開かれる。

「万能ナイフだ！」

小箱の中に収まっていたのは、小ぶりのナイフの他にハサミややすり、ペンチなどがひとつにまとまったマルチツールナイフだった。リンディは毀れ物を扱うような手つきで恐る恐る箱から取り出すと、収納されているツールをひとつずつ引き出して確かめていく。

「ありがとう、ニー」

「喜んでもらえて良かったよ」

興奮が醒《さ》めやらないリンディの様子に、ニーモティカが満足げな笑みを浮かべた。

「大事にする。大事にするね」

「それはいいんだけど、道具だからね。仕舞い込んでないで使いなよ」

うん、とリンディは素直に頷いた。

「仕事の時にも持ってくようにする。それで大事に使うんだ」

「是非そうしとくれ」

それとね、とニーモティカは続けた。

「ナイフとおんなじように、いやそれ以上に、自分自身を大事にするんだよ。今だけじゃなく、これからずっとね」

わかった、とすぐに表情を引き締めて応えたリンディに、ニーモティカは幼い外見には全く似合わない感慨深げな表情を浮かべ、頷いた。

3

上空からウィンズテイルの町を眺めたら、その形は茹《ゆ》でた卵を縦長になるように引き延ばし、そのあと何ヶ所かへこませたり出っ張らせたりした——といったふうに見えるはずだ。

町の商業施設のほとんどは、歪《いびつ》な卵のほぼ中心、円形広場の周辺に集まっている。大半は食料品を扱う個人商店で、衣料品や工具、雑貨の類いを扱う店もありはするがそちらの数はそれほど多くない。

この円形広場で交わる南北と東西に延びる大通りによって、町は大きく四つのエリアに分けられている。ふたつの大通りは南北が中央通り、東西が川見《かわみ》通りという名で呼ばれていた。

円形広場から川見通りを東に進むと、ほとんどが築百年を超える古い町並みが途絶えた先に、放棄されて久しいかつての耕作地が現れる。低木と地を這《は》うような草がまばらに茂る中を抜けた先にゆったりと流れているのが、ウィンズテイルの水源でもあるコラルー川だった。

このあたりでの川幅は百メートルほど。漁船や輸送船が行き来できるだけの水深と、遥《はる》か水車による発電を可能にする豊かな流量を有している。複数の源流と支流を持ち、遥か南方で海に注ぐころには五百メートルを超える川幅となるコラルー川の流域には、かつては多くの町が栄えていた。そうした町のほとんどが姿を消した今もなお、コラルー川はウィンズテイルの人々の暮らしを支え、また残された南方の幾つかの町との、遠距離輸送手段の基盤ともなっている。

円形広場の南には、町で唯一の診療所や逓信所《ていしんじょ》、公会堂などが集まっていた。ウィンズテイルで最も利便性が高いと言ってもいいこの地域に、リンディとニーモティカが暮らしている家もある。中央通りをさらに南に進むと、通りの左右には住宅に代わって倉庫や作業場、サイロや温室、畜舎などが並び始める。それらが途絶えた先には、住人たちが共同で経営している農場と牧場が広がっていた。

一方、円形広場からしばらく北に行くと、空き家となった古い建物ばかりが並ぶようになる。居住放棄区域と呼ばれるこの一帯には、住人のほとんどは滅多に足を踏み入れない。

時計の針が八時を指し、着替えと昼食用のピーナツバターを塗った堅焼きパン、それに水筒を入れたリュックを担いだリンディが向かったのは、まさにその居住放棄区域だった。目指すのは、町の北端に立つ見張り櫓だ。

灰色の石を積み重ねて作られた見張り櫓は、全高が二十五メートルほど。離れた場所から見るそれは、枯れ野に立つ一本の枯れ木に似ている。

見張り櫓はまた、人間の世界の終端を告げる標識でもあった。それが立つ場所よりも北には、半透明の無機物の塊によって埋め尽くされた大地が、見渡す限りどこまでも広がっている。

〈石英の森〉。

生きるものの姿が一切存在しないその光景を、人々はそう呼んだ。

それは、百十余年前から始まった〈変異〉と呼ばれる事象——黒錐門《こくすいもん》と呼ばれる謎の物体の出現に端を発する一連の出来事により、為《な》す術《すべ》もなく一方的に奪われた、かつて人の世界だったものの成れの果てだった。

「今や世界の大部分が〈石英の森〉だ」

ロブ——ロバート・ヴォウモンドが、いつも朗らかな顔を苦々しげに歪《ゆが》めて言った。人の良さそうな禿鷲《はげわし》などと言われているロブは、御年六十七歳。ウィンズテイルの住人としては若い方で、町守のリーダーを務めている。

「百年前にはあった文明も文化も、黒錐門から出てきた徘徊者《はいかいしゃ》が奪っていきやがった。そのかわりに残してったのがあの〈石英〉だ。なんの役にも立たない半透明の塊、やつらが人間の社会を吸い尽くしたあとの残《のこ》り滓《かす》だ」

見てみろ、とロブに手渡された双眼鏡を、リンディは覗き込む。これまでも何度か〈石英の森〉を目にしたことはあったものの、見張り櫓から見下ろすのは初めての経験だった。

双眼鏡のレンズをどこまで動かしても、視界に入るのは大小様々な半透明の塊ばかりだ。人間どころか動物の姿も、僅かな緑すらも存在していない。

「しかもやつらは未だに諦めちゃいない。残されたもんだけでなんとか生きてる俺たちから、それすらも奪おうと狙っていやがる。——もうちょっと上を見てみろ。地平線の際だ」

言われるがまま、双眼鏡を動かす。レンズはやがて、ただでさえ異様な光景の中に広がる、いっそう奇妙な構造物を捉えた。

それはまるで、半透明の巨大な亀の甲羅のようだった。

サイズ感がまるでわからないが、とにかく尋常でなく大きいことだけはわかる。巨大な半透明の歪な円、それが〈石英の森〉のかなりの部分を覆い隠していた。

「円屋根《まるやね》だ」

「じゃあ、あそこから」

リンディの言葉に、そうだ、とロブが応えた。

「徘徊者どもがやってくる。俺たちの世界を奪うためにな」

「あの下に、黒錐門があるの？」

ああ、とロブが頷く。

「呼び名の通り、真っ黒な三角錐だ。どう見ても門って感じじゃないんだが、そこを通って徘徊者が現れるんだ」

俺も一度しか見たことはないんだけどな、とロブが言った。

「俺たち人間の世界と、徘徊者どもの世界——異界を繋《つな》いでるってことで、黒錐門って名がついた」

「それなら、その門を壊せば——」

「壊せねえんだ。——正確に言えば、壊せなかったんだよ」

ふう、と溜息《ためいき》をつくと、ロブはリンディの隣に腰を下ろした。

見張り櫓の中にあるのはキャビネットひとつに見張り番用の椅子がふたつ、それに交代で仮眠を取るためのソファくらいなものだった。もっとも今ソファの上で身体を丸めて眠っているのは、人ではなく純白の体毛を持つ大型犬だ。コウガという名のアメリカン・カナディアン・ホワイト・シェパードで、町守の重要な一員だった。

リンディが交代時間より早く着いたため、ロブは自分のパートナーを先に帰らせ、リンディのパートナーであるユーゴが来るまでと言って、町守が知っておくべき事柄を改めて説明してくれている。

「あのあたりは昔でっかい工業都市だったらしいんだよ。その真ん中に、いきなり黒錐門が現れたんだ。なんとかしようとはしたらしいし、最後の最後にはせめて黒錐門だけでもぶっ壊そうとしたらしいんだが」

「だめだったの？」

ああ、とロブが頷いた。

「何をしても全部、黒錐門から出てきた徘徊者どもに吸収されて終わりになっちまったってことだ。それで結局、全部〈石英〉にされちまった。――まあ、その時はそれで満足したからか、ウィンズテイルまでは来なかったらしいんだけどな」

かつてのウィンズテイルは今では失われた工業都市で働く人たちのベッドタウンであ

り、五万人を超える人々が暮らしていたと言われている。だが今や、住人は五千人にすら満たない。しかもその多くは七十代以上で、リンディを除けば最も若くても五十代だ。

世界を奪うために徘徊者が出現する頻度は、百年前よりはずっと減っている。だがそれでも、わざわざ黒錐門の近くの町を維持し、しかも年寄りばかりが多く暮らしているのには無論理由があった。

防衛拠点都市――それが、ウィンズテイルに与えられた役割だ。そして住人たちは様々な理由から、さらに南方に残った他の町を護《まも》るための囮《おとり》として、あるいは人の世界の護り手として、この地で生きることを選んだ者たちなのだった。

「上から見るのは初めてだろ？」

指示された方向に向けた双眼鏡のレンズが、その姿を捉えた。

東西三キロに亘《わた》って延びている、一本の緑のライン。

防衛壁、と呼ばれている。位置は見張り櫓からさらに千メートル北、〈石英の森〉が始まる場所のすぐ手前。

見習いになると決まってから、リンディは一度、防衛壁の点検作業を手伝ったことがある。間近で見たその実態は、等間隔で建てられた高さ三メートルの竿《さお》とその間に張られた目の細かいネット、そしてネットの表面に繁茂する、低い気温と少ない水でも成長するように改良された蔓《つる》性植物だった。

徘徊者は、人間の文明文化と同じように、この世界の自然をも奪っていく。防衛壁は徘徊者が襲来した際、敢《あ》えて吸収させて満足させたり、足止めして時間を稼ぐために設置されたものだった。

「あの防衛壁で徘徊者が止まってくれりゃ、それが一番いい。だが、万一あれを突破されたときには、なんとしてでも徘徊者が町に侵入するのを防ぐ。それが俺たち町守の一番大事な仕事だ。わかるな」

うん、とリンディが頷いたところに、螺旋《らせん》階段の出入口からユーゴが姿を現した。

「おはよう、ユーゴ」

五十代のユーゴは、この町ではかなり若い。短く刈った黒髪には三割ほど白いものが混じっているが、鍛え上げられた身体は服の上からでもひと目でわかる。ただ、何を考えているのかわからない乏しい表情、さらに最低限しか喋《しゃべ》らない無愛想ぶりのせいで、周囲からは微妙に距離を置かれていた。だが、幼いころから人見知りと無縁だったリンディの相手は面倒がらずにちゃんとしてくれ、そのお陰かリンディだけはユーゴの微妙な表情の変化を読むことができる。

「ん」

リンディの挨拶に、ユーゴが短く応えた。

「ユーゴ」

ロブが呆れ声を出す。

「リンディは三十分も早く来てお前のこと待ってたんだぞ。そうじゃなくてもよ、今日が初日なんだからもうちょっとなんかこう、言うことあるだろ」

「驚いた」

ぼそっと言ったユーゴに、お前は本当にもう、とロブが肩を落とした。

「仕事を始めよう。できるか」

一向に気にしない様子で尋ねるユーゴの姿に、リンディは笑顔でうん、と頷く。

「餌、引き継ぎ、交代」

「わかった」

なんでその説明でわかるんだよ、と感心と呆れるのとが混じった顔のロブに笑ってみせて、リンディはキャビネットを開き、コウガの朝食の準備を始めた。気配を察したコウガの三角の耳が、ぴくりと動く。

町守見習いとしての、リンディの一日目が始まった。

4

見習い初日、一時間ごと交代の見張り開始から三時間。

襲来は、なんの前触れもなく唐突に開始された。

巨大な円屋根、その左端付近。数分前までは確かに存在しなかった、染みのような黒い点。半透明の無機物が埋め尽くす大地の中で、それは明らかな異物だった。

双眼鏡を構え、レンズを覗き込む。ピントを調整する手が震えるのを止められない。レンズの奥に現れたのは、まるで不器用な子どもが黒い粘土をこね上げ、人に似せようとしてうまくいかず、途中で投げ出してしまったかのような歪な姿だった。

漆黒のゴーレム。徘徊者だ。

「ユーゴ」

張りつめたリンディの声に、ソファで仮眠していたユーゴの身体が跳ね起きた。無言のまま、リンディと並んで見張り窓に張り付く。

「どこだ」

「円屋根、左の端」

双眼鏡を手渡すと、ユーゴは慣れた手つきでピントを合わせた。その眉間に皺《しわ》が寄る。

「大きい」

唸《うな》るようなユーゴの言葉に心臓が激しく鼓動し始め、息が詰まる。

「大きいって――２０１号くらい？」

張りつめたリンディの問いに、ユーゴは普段通りの冷静な声で告げた。

「それ以上だ」

全身が粟立《あわだ》った。リンディの視線が地上に引かれた緑のラインへと走る。十年前、そのほとんどが〈石英〉化し、一から再建しなければならなかったという防衛壁へ。

徘徊者201号。

記録にある全ての徘徊者より巨大で活動的で、防衛壁のほぼ全てを〈石英〉に変え、ウィンズテイルに迫った最悪の一体。

まだ幼かったリンディは、直接その襲来を目にしてはいない。にも拘わらずリンディは、自分自身が経験したかのように、脳裏にその時の光景を思い描くことができた。それほど何度も繰り返し、住人から、そして幾人もの町守から話を聞かされていたからだ。

201号の巨軀《きょく》は防衛壁を遥かに超え、見張り櫓の六分、十五メートルほどにも達した。防衛壁のほぼ全てが〈石英〉と化すのに要した時間は僅か二時間。その巨体と能力とに、多くの町守は町を、そして住人の一部を諦めることとさえ覚悟したという。

その201号よりも、さらに大きい。

喉が渇いてひりつく。つばを呑み込む音が、やけに大きく響いた。

ユーゴが双眼鏡を下ろし、細い目をさらに糸のように細め、言った。

「出向いて迎え撃つ」

「出向く!?」

「防衛壁では防ぎ切れない」

自分に言い聞かせるように言ったユーゴが、リンディへと顔を向けた。

「五分で準備。俺たちで止める」

その目と、質問でも確認でもないユーゴの言葉がリンディの背を押した。

「わかった」

身体はまだ強張《こわば》り、膚は冷えきっている。だが、もう寒さは感じなかった。


見張り櫓から十五分。

防衛壁を越えたリンディの眼前に広がっていたのは、半透明の無機物、〈石英〉で埋め尽くされた大地だった。

〈石英〉の多くは柱状で、高さは四、五メートル程度のものが最も多い。一方幅の方は二、三メートルのものから十メートルを超えるものまで様々だ。そうした半透明の柱が林立しているさまは、確かに森と呼ぶのに相応《ふさわ》しい光景だった。

〈石英〉はそれほど頑丈ではなく、強い衝撃を受ければ折れも砕けもする。そのため、地表は百年の間に砕けた〈石英〉の鋭利な破片で覆い尽くされていた。底の厚い靴を履いていなければ、歩くどころか足を踏み入れることすら危うい。

吹き抜ける風は冷たく乾いて、頬がやすりで削られているかのように痛む。

「二百五十メートル先」

辛うじて聞こえるほどの声で言ったユーゴに、リンディは無言で頷く。大きな革鞄《かわかばん》を担いだユーゴが、極力音を立てないよう慎重に足を進めた。小さなリュックを背負ったリンディが続き、そのすぐ隣に寄り添うように、厚い小さな革で四肢を保護したコウガが従う。

犬種名の通りの純白の長毛の上に、コウガは真っ赤なボディウェアを着ていた。それと同じ素材で作ったベストを、リンディも防寒着の上から纏っている。くすんだ灰色の防寒着の上で、毒々しいほど真っ赤なベストは光っているかのように目についた。

奥へ進むほど吹き抜ける風は強さを増し、防寒着は気休め程度にしかならない。だが今は、びゅうびゅうと鳴る風音がありがたかった。ふたりと一匹の足音を徘徊者から隠してくれるからだ。

それほどの風でも消し去ることができない低い響きが、リンディの耳に届いていた。恐ろしく重い何かが、大地に沈み込む音だ。鼓膜だけでなく身体全体がその音を、衝撃が生み出す振動を感じる。一定間隔で、徐々に激しさを増していくその揺れを。

徘徊者の足音だ。

黒錐門から現れ、人間の世界のありとあらゆるものを収奪し、〈石英〉へと変えるもの。徘徊者について人間が知っていることは、百年以上に亘って積み上げられた手痛い経験に基づいた、僅かな事柄だけだった。

徘徊者は、人間をはじめとする生き物や、人間が作り上げたものが持つ形や色、それらが発する音や熱、動作を感知して接近してくる。より鮮やかなもの、複雑で入り組んでいるもの、大きく激しいものほど鋭敏に感知されてしまう。

どの程度の距離からどの程度のものを感知できるかは、概ね徘徊者の体軀の大きさに比例する。つまり大型になればなるほど、より遠距離から感知されてしまうということだ。そしていったん感知されてしまったら、逃げるか隠れるかして感知範囲を抜け出さない限り、徘徊者はどこまででも追ってくる。追いつかれ、接触されてしまったら終わりだ。徘徊者は対象を対象たらしめている要素を——即《すなわ》ち形を、色を、そして機能を——吸い取り奪い去ってしまう。

いったいどんなメカニズムでそれを行っているのか、人間は未だその答の一片すら掴《つか》んでいない。わかっているのは結果だけだ。徘徊者に接触されてしまったものは、それが生物であれ無生物であれ急速に要素を奪われていき、最後にはただの半透明の無機物と化してしまう。

つまり、〈石英〉になるのだ。

なんとしても、阻止しなければならない。

ユーゴが足を止めた。担いでいたリュックを下ろしたリンディは、音を立てないよう細心の注意を払って開く。鞄の中にはみっしりと海綿が詰め込まれていた。ユーゴは慎重に腕を差し入れて中をまさぐり、チェーンに繋がれた金属製のベルをふたつ、取り出した。無言のまま、そのひとつをリンディに差し出す。

一度深く息を吐いてから、リンディは受け取ったベルを自分の首にかけた。ベルの内側、振り子にも海綿が被《かぶ》さっているからすぐに音が鳴ったりはしないが、全身が緊張で強張るのはどうしようもない。同じように首にベルをかけられたコウガも、引き締まった表情のまま身動きすらしない。

ずん、と身体を震わせる低音が響く。

ほとんど同時に、地面が揺れるのを感じる。もうそこまで接近してきているのだ。

双眼鏡を覗いていたユーゴが腰を屈《かが》め、リンディの耳に囁く。

「二キロ弱、十分から十五分。配置に」

心臓がどくん、と大きく鳴った。頰がかっと熱くなり、喉が詰まってうまく息ができない。酸素が足りない。苦しい。

「焦るな」

ユーゴが静かな、落ち着いた声で言った。

「コウガだけを見ろ。訓練の通り」

ユーゴの眼差《まなざ》しに、控えめな、だが確かな気遣いをリンディは感じ取った。少しだけ、息が楽になる。唇を固く結んだままユーゴの目を見返し、リンディは、ん、と頷いた。

微かに曲がったユーゴの唇が、リンディにいっそうの力を与えてくれる。身体は動く。大丈夫だ。

コウガについてくるよう指示を出し、リンディは歩き出した。目指すのは防衛壁から北方へ二百五十メートル進んだ地点。〈石英〉の柱があまりなく、東西に大きく開けた広場だ。

ここで迎え撃つ。

座れのハンドサインに従うコウガの首にかけられたベルの内側から、海綿を抜き取った。自分のベルからも海綿を外し、音が鳴らないように右手で包み込む。

地面の振動が一段と激しくなり、心臓は耳を塞ぎたくなるほどやかましく鳴っている。身体が細かく震え、全身に汗が浮いているのにひどく寒い。リンディは右手でベルを握りしめ、その全てに耐えた。

リンディとコウガがいる広場は東西が百メートル、南北が五十メートルほどあった。一帯が開けているのとは対照的に、広場の周囲にはひときわ大型の〈石英〉がみっしりと立ち並んでいる。

円屋根とこの広場は、一本の太い道によって結ばれていた。道といっても人間が作ったものではない。これまでウィンズテイルに襲来した徘徊者が繰り返し通り、その度

〈石英〉を踏み倒し砕いてきた結果、自然と生まれた道だった。

その道を通って、徘徊者がやってくる。リンディの目は、林立する〈石英〉の柱が幾重にも重なって作り出す、硬質な半透明のベールに釘付けになっていた。ベールの向こうに見える徘徊者の黒い影が、少しずつ大きく、鮮明になっていく。

軋《きし》むほど強く奥歯を噛みしめ、リンディは視線を上げた。

粉塵《ふんじん》が舞い上がっている。砕かれ微細な粒となった〈石英〉だ。それが少しずつ、だが確実に近づいてくる。地鳴りのような身を震わす音と共に。

もうすぐだ。

もうすぐ徘徊者が道を抜け、視界に入ってくる。

それは同時に、徘徊者の視界に自分たちが入るということでもあった。

無彩色の〈石英の森〉で、真っ赤なベストは嫌でも目につく。見つけさせるために、徘徊者が最も反応する色で染め上げてあるのだ。

甲高く鳴るように作られたベルの音は、どれほど風が激しくとも徘徊者まで届くだろう。引きつけるために、徘徊者が引き寄せられる響きを用意したのだから。

その瞬間から徘徊者との鬼ごっこが始まる。コウガとリンディの、命を――コウガとリンディを、コウガとリンディたらしめている全てのものを懸けた鬼ごっこが。

徘徊者の脚が地面を踏みしめる響き、〈石英〉が倒れ潰され砕ける音が、ひときわ大きくなった。濃度の上がった粉塵が天高く立ち上る。間近と言ってもいいほどの場所で。

来る。

頭頂部が見えた。〈石英〉の柱の向こうに。

──大きい。

まだ距離はある。手前には、どんなに低く見積もっても五メートルはある〈石英〉の柱が立ち並んでいる。にも拘わらず、それらの向こうに徘徊者の姿が見えた。それほど巨大なのだ。十五メートル──下手をしたら二十メートル近くあるかもしれない。

数秒後には、頭部の全てが視界に入った。

黒一色の、生乾きの粘土に似たのっぺりとした質感。人間の頭のように丸くない、立方体の角を無理やり押し潰したような歪な形状。こちらを向いている面には大小無数の孔《あな》が開いている。徘徊者の感覚器ではないかとされている、目にするだけで不快感を覚える孔の集合。

彼我の距離はまだ数十メートルある。見えるのは頭部だけだ。それなのに、リンディは恐ろしいほどの重圧を感じた。本能的な恐怖と生理的な嫌悪感を抱かせ、その上で凍りつかせるだけの圧倒的な存在感。

動かねばならない。

距離があるといっても、一秒ごとにそれは失われていく。猶予はほとんどない。あの巨体ならばほんの数歩で、残りの距離を詰めてしまうだろう。

それなのに、身体が言うことを聞かない。

頭が真っ白になる。積み重ねてきた訓練を思い起こすことすらできない。ダメだ、このままじゃダメだ、とにかく——。

その時、まるでリンディの内心の動揺を察知したかのように、徘徊者の頭部に穿《うが》たれた無数の孔がいっせいに動いた。孔は徘徊者の頭部を縦横に動き、そして突然、一ヶ所に集合するや、レンズの焦点を合わせるようにその大きさを変えた。

見られている。

はっきりとそう感じた。

ただの孔、虚無の感覚器から自分に向かって放たれている視線に似た何か、それが全身に注がれている。無数の針に刺されるかのような感覚が、足元から昇ってくる。

それはあまりに圧倒的な体験だった。リンディはただ立ち竦むことしかできなかった。恐怖を感じることすら脳が拒絶していた。何も考えられない。指一本動かすことができない。そうして棒立ちになっているリンディの身体を、頭を、顔を、徘徊者が放った何かが容赦なく貫いていき——何かが自分の中に入ってくる。そう感じるのと同時に、リンディの視界が暗転した。

§

「安心して、絶対に大丈夫だから」

リンディを抱きしめた黒髪の女性はそう言った。

自信に溢れたその声は、涙で潤んでいる黒い瞳や、無理やり笑みを浮かべているかのような口元には全く不釣り合いだった。

「これはわたしがあなたのために、自分の手で創りあげたものだから。絶対にあなたを護ってくれる。あんなやつらには、絶対に手を出させたりなんかしない。だからあなたは大丈夫。でも」

黒髪の女性の表情が歪む。避けることのできない絶望に。

「わたしは一緒に行けない。残らなければいけない。世界を取り戻すために」

首を横に振ろうとしたリンディの顔を、黒髪の女性はそっと押さえた。その僅かな、だが断固とした力が、リンディの動きを止める。

「約束する。必ず、必ずあなたに会いに行く。たとえどんなになっても。――だから、あなたも」

抱擁が解かれた。泣き笑いの瞳が、リンディの顔をまっすぐに、瞬《まばた》きもせずに見つめている。その全てを、自分の内に刻みつけようとでもいうかのように。

「生き延びて。その日まで、どんなことがあったとしても」

§

コウガが吠《ほ》えた。

純白の美しい身体からは想像もできない、鋭く激しい声で。

その声がリンディの意識を呼び戻し、全身にかけられた呪縛を解いた。そして同時に、徘徊者がリンディとコウガ、ひとりと一匹を明確に認知し、狙いを定めた。

ごう、とひときわ大きな音が鳴る。一瞬の後、大地がこれまでにないほど激しく揺れた。

その全てが、リンディの背中を押した。意識が明瞭になる。考えるより先に、身体が動き出す。

「コウガ！」

短く叫んでハンドサインを送る。右へ！

純白のシェパードが跳ねるように駆け出し、一瞬でトップスピードまでギアをあげる。たちまち小さくなっていくその姿、高く鳴り響く鈴の音を背に、リンディもまた全力で駆け出していた。一直線に、コウガとは逆の左へ。コウガと比べたらずっと遅いが、それでもウィンズテイルでは一番の俊足だ。全力疾走するリンディの胸では鈴が高く鳴り響き、赤いベストの裾が風で翻った。

耳を聾《ろう》する大音量が響く。大型の〈石英〉が幾つも同時になぎ倒され破壊され、砕けていく音だ。

地面を揺らす重低音が全身を震わせ、胃の腑《いふ》が摑まれなぶられるかのように震える。

徘徊者が接近している。獲物を見つけた徘徊者が。

自分とコウガ、どちらかを徘徊者は追ってくる。近い方か、速く動いている方か。どちらを選んでも構わない。自分たちに注意を引きつけさえすればいい。

徘徊者を足止めする。

そうだ、余計なことを考えてる場合じゃない、自分の仕事をやり抜くんだ。集中しろ、走れ、考えろ。町を、みんなを、ニーを護るために！

徘徊者の反応を見極めろ。近い方ならばコウガを反転させ、速い方ならコウガを停止させる。徘徊者の狙いが替わったら、すぐまたコウガの、そして自分の行動を変化させる。相手を観察し考え続け、絶え間なくコウガに指示を出し自分の身体を動かすんだ。くるくる替わる選択肢を出し続け、徘徊者を迷わせろ。そうやって相手を可能な限り至近で、少しでも長く停止状態に追い込んでいけ。

そうすれば。そうすれば、あとはユーゴが。

リンディの背後でこれまでで最大の音が、これまでで一番の揺れと同時に響いた。一瞬で太陽が沈んだかのように、世界の明度が下がる。

こっちだ。

走りながらリンディは背後を振り仰ぐ。そこで初めて、リンディの両目が徘徊者の全身を捉えた。

大きい——。

まるで壁、巨大な分厚い黒一色の壁だった。四本脚の生えた胴体に人型の上半身、できの悪いケンタウロスのような形状だという認識が、それに遅れてついてくる。頭部だけを目にした時を遥かに超える、身体も心も丸ごと押し潰されてしまいそうな重圧。

歪な頭頂部に穿たれた、無数の孔が目に入った。

見られている、という強烈な感覚に再びリンディは囚《とら》われる。見ている見ているぞお前を見ている、そんな言葉がわんわんと耳に響いたとさえ感じた。

ぐぉん、と大気が吸い込まれるような音がして、黒い巨壁が——徘徊者が異様に長い両腕を高く掲げる。その音が、響きが、震える空気がリンディの頰を打つ。

今だ。今だ!

考えるな、恐れるな、観察して判断しろ。視線を素早く動かし、徘徊者と自分、そしてコウガの場所を把握する。コウガは遥か彼方《かなた》、つまり徘徊者は自分の方に近い。

それなら。そうだ、それなら。

「コウガ！」

〈石英〉の崩れる音に、地鳴りに風音に負けないよう、リンディは腹の底から声を絞り出し、叫んだ。

「来い！」

冷たい空気を切り裂いて、リンディの言葉に応えて高らかにベルが鳴る。鳴り響き続けるその音が、一秒ごとに明瞭になり大きくなり接近してくる。

徘徊者が戸惑ったように動きを止めた。巨体過ぎて敏捷《びんしよう》には動けないのだろう、振り上げた両腕はそのままに、角を潰した立方体のような頭部が形状を変え、表面の無数の孔がうぞうぞとまるで這っているかのように動く。観察している、とリンディは直感した。人とは違う感覚器で見ている。僕とコウガを——いや。

違う？

理由はわからない。だがリンディは直感した。

僕らを見てない。

リンディの困惑と同時に、徘徊者の歪な頭部がいきなり大きく変形した。正面に穿たれていた無数の孔が、いっせいに頭頂部へと移動する。

上——空⁉

誘導されるように振り仰いだリンディの目に、小さな灰色の紡錘体《ぼうすいたい》が映った。自然物ではないのは明らかだ。見たことがある。あれは。

飛空船⁉

人類が未だ保持している唯一の飛行機関であり、数少ない長距離移動手段のひとつだ。でもそんなものが、なぜこんなところに。

頭の中に次々に浮かぶ疑問に、答は与えられなかった。

リンディが我に返るより早く、短く、だがはっきりとした風切り音がリンディの耳朶《じだ》を打つ。

徘徊者の頭部から、視線を動かす時間はなかった。だがそれでも目の端で、光を反射する何かが、吸い込まれるように徘徊者の胸部へと消えていくのを捉えることはできた。徘徊者が静止した隙を見逃さず放たれた、あれはユーゴの――。

次の瞬間、視界が白く染まる。同時に、耳を聾するほどの轟音《ごうおん》が周囲一帯に響き渡った。

考えるよりも先に、身体は訓練通りに動いていた。即座に目を瞑《つぶ》り頭を抱えて身を屈めたリンディを、それまでとは比較にならないほど激しく震えた大気が襲った。

## 5

確かにこっちだった、と思う方角を何度見直しても、そこにはもう飛空船の姿はなかった。

見間違いだったのかもしれないと思い、だがすぐに自分だけではなく、徘徊者も反応していたことを思い出す。やっぱりあれは、あの時確かに空中にいたんだ。

それに、徘徊者に見られていると感じた直後に見た──見たと感じたもの、あれもなんだったんだろう。あまりの緊張に一瞬気を失って、夢を見たってことなんだろうか。

でも、黒い髪の女の人は小さいときから何度も見た夢に出てくる人とたぶん同じだったけど、これまで夢であんなこと言われたことは──覚えてないだけかもしれないけど……。

思いに耽《ふけ》っていたリンディは、声を掛けられるまでロブが間近に来ていることに気づかなかった。

「リンディ！」

驚いて振り向くよりも早く、痩せて骨張った腕に抱きしめられる。

「大したもんだぜ、見習いの初日にあんなでかぶつ砕いちまうなんてよ」

撫で回すというには些《いささ》か強過ぎる力と勢いで髪の毛をくしゃくしゃにされつつ、リンディはなんとか振り向いた。

「痛いよロブ」

「何言ってんだお前」

はっはっ、と高らかに笑いながら、それでもロブはリンディを解放してくれた。

「こんだけの仕事をやってのけた町守がよ、俺のハグ程度で痛がるわけないだろ」

「砕片《さいへん》がぶつかったんだ、肩と背中に」

「ぶつかった？」

ロブはリンディの肩と背中を手早く撫で回してから、ふむ、と安堵《あんど》の吐息を漏らした。

「折れたり腫れたりはしてないな。でもあとで、ちゃんとドクター・ノブルーシュカに診てもらっとけよ」

うん、と素直に言えなかったのは、リンディがウィンズテイルで唯一の医師、ドクター・ノブルーシュカをやや苦手としているからだ。リンディも小さいころから何度も世話になっていて感謝してはいるのだが、厳しい口調のせいか注射の記憶のせいか、リンディはこの七十代の女性医師と対面するとどうしても萎縮してしまう。

リンディの反応を見たロブが、腕はいいんだからよ、と苦笑した。

「しかしでかかっただけあって、砕片の飛散範囲も尋常じゃないな」

ロブが周囲を見回して言った。

「あんなやつもう二度と来てもらいたかねえけど、今後のことを考えたら防御姿勢だけじゃなく、なんかで身を護るようなことも考えた方がいいかもしれんな」

そうだねと同意し、リンディも改めて一時間前とは一変した周辺の光景を見渡した。

リンディとコウガが徘徊者の足止めを試みた、無彩色の無機物しか存在しなかった広場は今、膨大な量の、鮮やかででたらめな色彩に彩られた、大きさも形も様々な物体によって埋め尽くされている。

砕片——砕かれ散らばった、かつて徘徊者だったものの断片だった。

小さなものはリンディの手のひらに載るほどだが、中には馬や牛よりずっと大きいものもある。形も様々で丸かったり角張っていたり、細長いものもあれば幾つも棘《とげ》があったりひどく凸凹していたり、中には布のように薄かったりするものさえあった。共通しているのはとにかくどれも、原色に近い派手な色彩であることだ。それも大概は一色ではなく、何色もが入り交じり溶け合って、じっと見つめていると頭が痛くなりそうだった。

この色彩の塊が、あの黒一色の徘徊者から生まれたのだ。

徘徊者は大きさも形状も様々だが、体軀は必ず黒一色だった。少なくともウィンズテイルの記録に残っている限りにおいて、例外はただのひとつも存在していない。

そしてもうひとつ、全ての徘徊者に共通する点がある。それは上半身、人間であれば胸部にあたる箇所に、〈核〉と呼ばれている部位が存在することだった。

〈核〉は、世界の大半を〈石英〉に変えられた後にようやく人間が知ることができた、徘徊者唯一の弱点だった。人間の頭くらいの大きさである〈核〉に激しい衝撃を加えると、徘徊者はいっときその体軀を維持できなくなり、全身が細かな断片——つまり砕片に分かれて崩壊してしまうのだ。

とは言え、〈核〉に充分に強い衝撃を与えるのは容易なことではなかった。徘徊者は攻撃を察知すると防衛行動を取るうえ、小型の徘徊者は動きが速く、中型以上では体軀と比べて〈核〉がごく小さな点となってしまうことが困難さに拍車をかけた。そもそもリーチがあるうえに接触された時点でこちらの敗北が決まる相手に対し、人間は長い歴史を通じて発明と改良を重ねてきた武器や防具のほとんどを失ってしまっているのだ。

それでも、ユーゴのように残された武器を用い、絶え間ない鍛練と積み重ねた経験によって徘徊者を砕き得る者もいた。ユーゴがこれまでに砕いた徘徊者の数は、ウィンズテイルの歴史で最多の十二体に達している。

あの巨大な徘徊者が今日、その記録に加わったのだ。その瞬間のことを、ユーゴが連《れん》弩《ど》——連装機構を備えたロングボウの最初の一撃で〈核〉を射貫《いぬ》いた直後の出来事を思い出し、リンディは身体を震わせた。話で聞かされていた、中型までの徘徊者の崩壊とはわけが違った。突然の噴火で小山が丸ごと爆散でもしたかのように、ほんの一瞬で周囲の空間全てがでたらめに四散する徘徊者の砕片で埋め尽くされたのだ。

頭を強く振って、リンディは脳裏に浮かんだ光景を振り払った。忘れることはできないだろうし、これから何度でも勝手に甦ってくるだろう。だが、今はそれに囚われている時ではない。

「〈核〉は見つかったのか？」

ロブの問いに、リンディは首を横に振った。

「ユーゴとコウガが探してる。僕もそれらしいところを見てたんだけど」

体躯が崩壊しても、〈核〉だけは決して割れることも欠けることもない。一見〈石英〉のようにも見える半透明の塊となって、大量の砕片の中に紛れてしまう。

〈核〉自体は移動すらできない存在だったが、放置しておくことはできなかった。砕片と接触したままの状態にしておくと、〈核〉は時間の経過と共に周囲の砕片を取り込み始め、やがて徘徊者としての体躯を再生してしまうのだ。

そうなる前に〈核〉を見つけ出し、砕片の存在しない〈石英の森〉の可能な限り奥深くに投棄する必要があった。徘徊者を砕くことに成功したにも拘わらず、ふたりが休むことなく砕片の山をかき分け続けているのも、ロブが他の町守を引き連れてやってきたのも、全てはそのためだ。

「――にしちゃあ、ちょっとぼうっとしてたな。疲れたか？　ま、初仕事でこんなことになったんじゃ無理もねえけど」

「そうじゃないんだけど、ただ」

「ただ、なんだ？」

躊躇いつつも問われるまま、リンディは徘徊者が砕かれる寸前に上空を見上げていたこと、その視線の先に飛空船が浮遊していたこと、破砕が終わった後にはその姿が消えていたことをロブに話した。黒い髪の女性の話は、迷ったけれどできなかった。現実でないのは明らかだったし、恐怖や緊張で白昼夢を見たと思われたら、と考えてしまったからだ。

やっと町守見習いになれて、みんなのために働けるようになったのだ。そんなことで向いていないと思われてしまったら困る。きっと大丈夫だ、あんなこと、もうそうそうあるわけじゃないし。

色々考えていたせいでリンディの話はいつもよりずっと訥々《とつとつ》としたものになったが、ロブは黙ったまま最後まで聞くと、見たんならちょうどいいな、と言った。

「ちょうどいい、ってなにが？」

「説明する手間が省けたってことだ。リンディ」

いつになく真面目な顔で、ロブが言った。

「お前が見た飛空船は今な、北の広場に着陸してる。で、中から降りてきたやつが、時不知さまに会いたいと言っててな」

「ニーに？」

目を丸くしたリンディに、ロブが渋い顔で頷いた。

「ダルゴナ運営議会の関係者で、砕片を欲しがるような妙なやつでな。面倒なんだが、町同士のつき合いもあって、断るわけにもいかねえんだよ」

はあ、とほとほと困ったといった様子で溜息をつく。

「悪いんだけどよ、時不知さまに取り次いでみてくれねえか。〈核〉の方は俺らが探して処理しとくからよ」

話はよくわからなかったが、ロブの頼みを断るわけにはいかない。戸惑いながらもリンディは、わかった、と請け合った。

ダルゴナはウィンズテイルの南方にあり、比較的高度な工業生産力を維持している数少ない都市のひとつだった。徒歩で数日の距離があるため人の交流は多くはないが、コラルー川を利用した農工業製品の交易は細々と、だが途絶えることなく続けられている。

リンディがダルゴナについて知っているそれ以外のことといえば、町守の先代のリーダーで、小さなレストランの経営もしているジョーイから聞いた噂話くらいのものだ。

「警備隊というのが町を護っている。町守のようなものだが、もっと大規模な組織だ」

ジョーイは七十代、正確な年齢は本人ももう覚えていないらしい。若いころは用心棒をやっていたという噂のある巨漢で、顔の下半分は真っ白で豊かな髭で覆われている。

今もかなりの膂力《りょりょく》を誇る筋肉質の体躯のせいで強面《こわもて》の印象が強いが、リンディを見つめる淡いグリーンの目はいつも優しい。

「おまけに最近は警備艦とかいう、徘徊者迎撃用の大きな船まで作ってるって話だ。これまでダルゴナが徘徊者に襲われたのは一度か二度だけのはずだが、ウィンズテイルよりよほど厳重な防衛態勢だな」

「その警備艦っていうの、僕らにも貸してくれないかな」

リンディの言葉を聞いたジョーイは一瞬苦笑いのような表情を浮かべたが、すぐに真顔に戻ってそうなればいいな、とだけ言った。

ジョーイは、ウィンズテイルで唯一の少年の前ではあまり悪《あ》し様《ざま》に言いたくはなかったのだろう。いかにそれが周知の事実であるとはいっても。

ウィンズテイルは防衛拠点都市だ、とリンディは教わった。リンディが教わらなかったのは、ここを防衛拠点都市としたダルゴナのやり方への、住人が抱えている屈折した感情だった。

ダルゴナ運営議会にとって、黒錐門と自分たちとの間に位置するウィンズテイルは、徘徊者に対する防衛線を設定するのには都合のいい町だった。だから彼らは百年前、ウィンズテイルに〈石英の森〉を見張り、徘徊者の襲来に備える者たちを送り込んだのだ。

その時移住した者の多くは、徘徊者によって世界が収奪される中で身寄りを失った者、住んでいた町が消失した者、異界紋が刻まれてしまった者など、他所者《よそもの》だった。ダルゴナ運営議会は彼ら彼女らにここで徘徊者を迎え撃てと命じたのだ。生活の保障と支援とを引き換えにして。

　百年が過ぎた今、ダルゴナは他所者に加え、年老いて充分に働けなくなった者たちをもウィンズテイルに送り込んでくるようになっていた。ダルゴナの社会に対して負荷となった者を間引きつつ、彼ら彼女らを徘徊者に対する囮として利用するために。

　この町で育ったリンディにとって、住人たちがダルゴナに対して抱く複雑な感情は想像しきれないものだった。だがそれは幸いだったかもしれない。もしも理解していたのなら、飛空船に乗っていたふたりと対面したときいつも通りではいられなかったろうから。

　いつも通りでいられなかったロブが腹痛を我慢しているような表情で引き合わせてくれたのは、リンディが初めて会う、ウィンズテイルの外から来たふたりの男女だった。

　部屋数だけはやたらにあるリンディとニーモティカの家の、普段ほとんど使われることがない応接間を珍しそうに見回しているのは、痩せぎすで背が高く、やや猫背気味の男性だった。ウィンズテイルの住人たちよりかなり若い――おそらく四十代の、それも前半だろう。ウィンズテイルの住人が式典や祭礼の時くらいにしか着ない色つき、つまり灰色ではなく濃紺の襟つきジャケットと、似た色目のスラックスを身に着けている。全体が縮れた焦げ茶の髪の下にあるのは、下がり眉のせいかやや気が弱そうに見える目鼻立ちだった。

だがリンディの目がまず惹き付けられたのは、男性が押してきた大型の車椅子の中央に、どこか居心地悪そうに座っている女性だった。

若い、どころではなかった。リンディと同じか、年下に見える。

素直に肩まで垂らされた、ライトブラウンの髪。纏っているのは、身体よりかなり大きめに見える生成りのカットソーだった。防寒のためだろう、腰から下をダークグレイのキルティングで覆っている。

リンディの視線を感じ取ったのか、少女が顔を上げた。黒に近い、濃い藍色。こぢんまりと整った顔立ちの中で、その瞳はひときわ目を引いた。

一瞬、視線が交わる。リンディの心臓が、跳ねたみたいにどくん、と鳴った。

「あなたが、ウィンズテイルの魔女ですか？　それとも、時不知の魔女とお呼びした方が？」

外見から想像されるよりずっと声量のあるバリトンで、男性が言った。

「いや確かに話は聞いていましたが、実際にお目にかかると驚きますね」

ふん、とリンディの隣で腕組みしていたニーモティカが、不愉快さを微塵《みじん》も隠さない表情で鼻を鳴らした。

「驚くのはそっちの勝手だけどね、人に名を聞くんならまず自分から名乗るもんだろ」

「それは、ああ――」

困惑の表情を浮かべた男性が、大袈裟な動作で両手を降参するように挙げた。

「申し訳ありません、仰《おっしゃ》る通りです。念願叶《かな》ってお目にかかれたもので、つい——」

「詫《わ》びはいいから名前だ」

短い言葉で、ニーモティカは男の言葉をぴしゃりと遮った。

「こっちはあんたがダルゴナから来たってこと以外、何者なのか、なんで来たのかも知らないんだ。まずはそれを教えてもらおう」

ニーモティカの、外見には全く似つかわしくない厳しい物言いに戸惑いを隠せない様子のまま、男はわかりました、と言った。

「私はイブスラン。イブスラン・ゼントルティといいます。こちらはメイリーン・パストジーン」

車椅子の少女が、どこか硬さを感じさせる動きで小さく頭を下げた。

「ダルゴナ運営議会のシュードルト・クオンゼィから指示を受け、やってきました。あなたにお目にかかるために」

「お目にかかってどうすんだい」

「それをお話しする前に」

イブスランの唇に不意に、どこか底意地の悪そうな笑みが浮かんだ。

「あなたが本当に時不知の魔女かどうか、確かめさせていただきたい。我々は名乗りました。ですが――」

その言葉に、後ろで聞いていたリンディの鼓動が速くなる。だがニーモティカは平気な顔で、はあ、と大袈裟に溜息をついてみせた。

「意趣返しか？　見た目通り若いな」

はっ、と面白くなさそうに顔を歪める。

「ご指名で来たってことは、当然あたしが何者で、どんなナリかも知ってたんだろ？　見たことはなくても、少なくとも話では」

ニーモティカがさして長くもないプラチナブロンドの髪を両手でかき上げて、右のうなじをイブスランに向けた。

「これが証拠だ。好きなだけ見たらいい」

「異界紋――ですね」

真顔になったイブスランに、そうさ、とニーモティカは頷いた。

「刻まれたのは十二の時だ。それから百年以上、あたしの背は一ミリだって伸びてない。周りの人間がどんどん老けて死んでく中、残されたあたしはいつの間にか、時不知の魔女なんてふたつ名を賜ってた」

わかったかい、と正面に向き直って言葉を続ける。

「ニーモティカ・セブンディートールド、それがあたしの本当の名前さ。今じゃそう呼んでくれるのは、この子ひとりだけだけどね。――リンディ」

「――はい」

いきなり声を掛けられたリンディは、一拍遅れでなんとか応えた。

「滅多にない機会だ。お客さんに自己紹介しな」

「自己紹介？」

そうさ、と言ったニーモティカの口元に悪戯っぽい笑みが浮かぶ。

「知り合いじゃない人間と会うことなんて、ほとんどないだろ。愛称じゃなく本名を、省略せず、きちんと丁寧に、言うんだよ」

ニーモティカの目論見《もくろみ》は明らかだった。しょうがない、とリンディは心を決める。ニーモティカの頭の回転が速いのも、悪戯好きなのも、案外根に持つ方なのも、リンディはようく知っていた。

イブスランに向き直り、リンディは自分のフルネームを告げる。

「僕は、リンドウ・オトハシ・セブンディートールド。十五歳です。ニーの――ニーモティカ・セブンディートールドの養子です」

「リンド……オトゥハ……？」

リンディのフルネームを口にしようと試みて、イブスランは目を白黒させた。してやったりとほくそ笑んでいるニーモティカの気配が感じられ、リンディは内心憤然とする。

僕の名前を意趣返しに使わなくたっていいじゃないか。

「リンドウ、です」

〝ウ〟の音を強調したあと、慌てて付け加える。

「発音しにくいのはわかってますから、気にしないでください。みんなはリンディって呼びますから、よかったらあなたも」

そもそもそう呼び始めたのはニーモティカだ、と付け加えたかったが、それを告げたらあとで何を言われるかわかったものではない。

イブスランはほっとしたように、わかった、と表情を緩めた。

「よろしく、リンディ」

「これで満足かい、ダルゴナのイブスラン・ゼントルティ」

はい、とイブスランが大袈裟な動作で応えた。

「よければ私のこともアイブと呼んでください。あなたのことはなんとお呼びすればば？」

にこやかな笑みを浮かべたイブスランに、わかった、とニーモティカは真顔で頷く。

「ニーモティカ、でいい。他の町の人間にまで崇《あが》め奉られたり怖がられたりするのはごめんだからね。――で、なんだってわざわざあたしに会いに来たんだい、イブスラン」

「それは――ああ、つまり」

愛称で呼んでもらえなかったイブスランは一瞬顔を歪めたが、すぐに真顔に戻って言った。

「あなたに教えを乞うために」

「何を」

つまらなそうに尋ねるニーモティカにめげる気配もなく、イブスランは真摯に言葉を継いだ。

「機體について」

へえ、と呟《つぶや》くように言ったニーモティカの目が細められた。

「あんたがかい、それともそっちの子がかい」

「私が、メイリーンのために学びたいのです」

見てください、と言ってイブスランがメイリーンのひざ掛けに手をかける。あっ、と少女が初めて小さく声を上げたが、イブスランは構わずキルティングを取った。その下から現れたものに、リンディは目を見開いた。

――細い。

膝丈スカートの下から伸びているのは、枯れ枝のような、ほとんど肉がついていない足だった。

「彼女は歩くことができません。機體は与えていますが、うまく機能しないのです」

ニーモティカは無言でメイリーンに近づき、躊躇わずしゃがみ込んだ。両の足に順々に触れ、メイリーンの顔を見上げる。

「あたしが触ってるの、わかるかい」

「はい」

小さく幼い声だったが、はっきりとメイリーンは頷いた。

「感覚があるのなら機體の適応は難しくないはずだ。うまく機能しないってのはどういうことだ」

おそらくは、とイブスランが答える。

「処置が適切ではなかったか、あるいは彼女が特別だからではないか、と私は考えています。——こちらを」

イブスランがメイリーンの右手を取り上げる。少女は俯いたが、されるがまま耐えていた。

くるりと返された手のひらに刻まれていたのは、くっきりとした黒い紋様だった。二匹の蛇が絡み合いながらお互いを食べようとしている——それが、リンディが受けた第一印象だった。

「異界紋か」

はい、とイブスランがもったいぶった様子で頷いた。

「そのせいで歩けなくなって、しかも機體が機能しないと？　でもね、ウィンズテイルにはあたし以外にも異界紋を刻まれた者がいたけど、そういう連中も機體は——」

ニーモティカの言葉を、イブスランは首を横に振ることで遮った。

「彼女が歩けないのは生まれつきです。ですが、彼女の異界紋は特別なんです」

言うなりイブスランは、メイリーンの左手を取り上げた。その手のひらを目にしたリンディが息を呑む。そこには右の手のひらと全く同じ異界紋が、黒々と刻まれていた。

「彼女は両手に、異界紋を刻まれています。これまで、ふたつの異界紋を刻まれた例は他にない」

「——なるほどね」

ニーモティカが目を細め、呟くように言った。

「しかも彼女の異界紋は特別なんです」

「特別じゃない異界紋なんてないだろ」

ニーモティカの反駁《はんばく》に、イブスランは含み笑いを浮かべ、そういう意味ではないんですよ、と言った。

「わかったのは偶然でした。私も、自分の目で見なければ信じられなかったでしょう。——この子は」

膝にキルティングを丁寧にかけてやってから、イブスランはどこか誇らしげに告げる。

「人類の過去を再生することができるんです。徘徊者が残した砕片からね。彼女は特別な刻印を持つ子——人類が文明文化を取り戻すための、キーになり得る存在なんです」

6

機體とは、〈変異〉直前にようやく実用レベルに到達したとされる、超高度医療機器の呼称である。

使用前の機體は、白っぽい、力を入れると変形する程度には柔らかい、粘土に似た塊に過ぎない。それを必要な大きさに切り分け、制御盤を通じて指示を与えたのち患者に経口投与するか、それが難しい場合は外科手術で患部付近に埋め込む。すると機體は数十分から場合によっては数ヶ月の時間をかけて患者の身体と一体化し、機能が衰えた患者の部位を補助、もしくは代行するようになっていくのだ。適用範囲は極めて広く、失われた膝の軟骨代わりを務めて歩行可能にしたり、毛様体筋を強化して視力を改善したりといった比較的単純なことはもちろん、複雑な内臓機能のほぼ完全な代替すら可能だった。

人間の健康寿命を飛躍的に延ばすと思われた機體だったが、その普及は〈変異〉の発生によって阻まれることになった。また、徘徊者によって製造方法や生産設備、設計情報や関連知識のほぼ全てが奪われてしまった結果、使用されている技術は無論、開発の過程や背景すら不明となっており、人間の手元に残されているのは僅かな実物と細々と伝えられてきた使用方法のみとなっている。

製造から百年以上が経過し、保守技術が失われた環境であってもなお、ほぼ全ての機體は正常に機能した。だが〈変異〉後、その高度な機能が徘徊者を呼び寄せる可能性を恐れて使用法を学ぶ者が激減してしまったため、今では機體を扱える者はほぼ残っていない。

その数少ないひとりであり、おそらくは世界で最も経験と知見を有しているのが、開発当時から姿を変えずに生き続けてきた不老の魔女、ニーモティカ・セブンディートールドだった。

「だからといってな」

元々は客間のひとつだったのを改築した処置室で、ベッドに横になったメイリーンの身体に幾つもの電極を貼り付けながら、ニーモティカが憮然《ぶぜん》とした表情で言った。リンディは隣で、カートに載せた制御盤から伸びる電極を一本ずつニーモティカに渡している。

「いくらなんでもやり方が雑過ぎる。異界紋の干渉検証ももちろん必要だが、そもそもそんな、手順書をただ引き写しただけみたいな指示でうまくいくわけがあるか」

ベッドの反対側でニーモティカの作業を見学しているイブスランが、すみません、と頭を下げた。

「ダルゴナではあまり機體は使われていないんです。そのせいでノウハウもあまりなくて」

「どうしてですか？」

リンディの素朴な問いに答えたのは、イブスランではなくニーモティカだった。

「年寄りがいないからだろ」

「若いうちは身体にガタが来ないだろ」

「若いうちは身体にガタが来ないだろ」

面白くなさそうにニーモティカが言った。

「ウィンズテイルで一番多い機體の適用部位がどこか、知ってるだろリンディ」

「たぶん膝。それか腰」

そうさ、とニーモティカが頷く。

「その次に来るのが目と耳、呼吸器に循環器系、それから記憶の補助だ。基本的に年寄り向けなんだよ、機體は。人間が長生きするようになったから必要になった技術だ。だから若いやつらには本来用がないし、使われなけりゃ知識も経験も増えてかない」

でもね、とニーモティカが口を歪めて言った。

「それでこんなに適当に使われたんじゃたまったもんじゃないよ。貴重品なんだから」

ひと通り電極をつけ終えたニーモティカが顔を上げ、イブスランを見上げた。

「今あたしらの手元にある機體は、ほとんどが再利用品だ。新規に作れない以上、いったん適応させた機體でも使わなくなったからってそのまま捨てるわけにはいかない。不要になったら可能な限り、都度回収する」

使わなくなった、の意味がわかったのだろう。イブスランの口元から、それまで常に浮かんでいた笑みが消えた。

「回収直後は前の利用者の情報が残ったままだ。それを初期化しても、完全に綺麗なモンにはならない。大体はどこかにゴミが残る。患者の身体の情報はもちろんそういうことも調べて考慮した上で、指示を細かく調整して、場合によっては段階的に投与するんだ」

「準備できたよ」

制御盤に向かっていたリンディは、ニーモティカが言い終えたタイミングで言葉を掛けた。

「準備、というのは？」

「この子に適用されてる機體を、いったん回収する。初期化して調整して、それから再適用だ。今からやるのはそのための事前検査さ」

「回収できるんですか。生きている人間から」

ふたりとも恩に着なよ、あたしじゃなくてリンディにさ」

全く、とニーモティカが鼻を鳴らした。

「リンディになんとかしてやってくれって頼み込まれなきゃ、断ってたとこだよ。ふたりとも恩に着なよ、あたしじゃなくてリンディにさ」

慌てたリンディが抗議の声を上げるのと、イブスランがそうだったのかありがとうと大袈裟な微笑《ほほえ》みを浮かべ、メイリーンが小さく頭を下げるのがほぼ同時だった。そんなこと、とリンディは慌てて両腕を振り回した。

「そういうのはあとでやっとくれ。さ、始めるよ」

ぶっきらぼうに言ったニーモティカだったが、その顔に少しだけ、嬉しげな表情が浮かぶ。だがすぐに真顔に戻ると、ほんとにもう、と憤然と言ったリンディから制御盤を受け取り、慣れた様子で滑らかな表面に触れ、次々に指示を出していった。

面倒だとニーモティカが言った通り、いったん適用された機體を生きている人間から回収するのは本来そう簡単な話ではない。特に重要な部位の代替機能を果たしている場合、機體の回収は生死に影響する場合さえあるからだ。

しかし幸いというか不幸にしてというべきか、メイリーンに投与された機體は両足の部位に定着こそしているものの、ほぼなんの機能も果たしていないことが検査の結果明らかになった。

「膝関節に問題がある老人向けの設定で投与されたみたいだね。うまく働いてないのはそのせいだよ。異界紋の影響があるわけじゃなさそうだ」

「それじゃ――」

期待と不安の入り交じった表情を浮かべたメイリーンに、ああ、とニーモティカは頷いた。

「ちゃんとやり直せば大丈夫だ。てことで今から、あんたの身体の中にある機體に出てくるように指示を出すからね」

処置室で横になったメイリーンの両足に電極を貼り付けながら、ニーモティカが普段よりも柔らかな声で説明する。リンディの手伝いを断り、見学したいというイブスランの要請も拒否したため、部屋の中にいるのは（見た目上は）ローティーンの少女ふたりだけだった。

「痛くなったりはしないから心配しなくていい。ただね、処置後一日くらい経ったらトイレに行きたくなるはずだから、そしたらあたしに教えて欲しいんだよ」

「トイレ――ですか？」

おうむ返しに小声で呟いたメイリーンが、突然はっとした表情になると同時に顔を赤く染めた。そうなんだよ、とニーモティカが申し訳なさそうな顔で頷く。

「それが身体に一番負担をかけない回収方法なんだよ。男連中には黙ってるから、あたしにだけこっそり教えとくれ」

はい、と赤い顔のまま、メイリーンは頷いた。

「回収した機體はもちろん消毒するけど、再適用の時には別の機體を使うからね。心配しなくていい」

「ありがとうございます」

いいんだよ、と応えたニーモティカの表情は、幼い容貌に不釣り合いなほど大人びていた。

「リンディに頼まれたってのもあるけどね、子どもは世界の宝さ。こんな半分滅んでるような世界だってね。――さ、始めよう」

その後丸一日、経過観察するからと言ってニーモティカはメイリーンに付き添い、落ち着かないからダメだとリンディとイブスランを立ち寄らせなかった。その甲斐《かい》あってか特段の問題も騒ぎもなく、初期化された機體は無事回収された。

翌日から、ニーモティカは新しい機體に細かな指示を行うのにかかりっきりになった。その技術を学ぼうと張り付くイブスランに対し、ニーモティカは面倒だと思っていることを全く隠さなかったが、それでも今後のため、何よりメイリーンのために丁寧な説明を行い、イブスランに知識とノウハウとを伝えていった。

当面検査を受ける以外にやることがないメイリーンの世話は、リンディが引き受けた。治療が終わるまでの間、メイリーンとイブスランのふたりは二階の客間に泊まることになっていたが、そこで問題になったのが車椅子だった。階段の幅がそれほど広くない上に車椅子が大型であるため、二階に持ち上げることができなかったのだ。そのため移動の補助が必要となってしまったメイリーンを、リンディは嫌な顔ひとつせず背負って運んだ。

「ごめんなさい、わたしなんかのために」

「気にしなくていいよ」

背中で申し訳なさそうに身体を小さくするメイリーンに、リンディは笑って言った。

「客間が二階にしかないのがいけないんだから。それに、なんとかできそうなんでしょ？」

好奇心を隠さずに尋ねるリンディに、たぶん、と少し気弱げにメイリーンは答えた。

最初の数日は不安と緊張からか表情も硬く口数も少なかったメイリーンだったが、口は悪いが親切なニーモティカと、屈託なく接し続けてくれるリンディのお陰か、ずいぶんと表情も和らぎ、喋るようになっていた。

「年を聞いてもいい？」

はっきりとはわからないけど、と前置きしてからメイリーンは答える。

「たぶん、十三歳か十四歳だと思う」

一階まで背負ってもらったメイリーンは、ごめんねありがとう、とリンディに申し訳なさそうに言って、車椅子に腰を下ろした。

「はっきりわからないのはどうして？」

「捨て子だったから」

先に玄関までの扉を全部開いてきたリンディに、メイリーンが言った。

「十年前に、ダルゴナの町の外に倒れていたんだって。歩けないから親に捨てられたんだろうって、みんな言ってる」

「それより前のことは？」

覚えてないの、と首を横に振った。

「名前も、孤児院でつけてもらったの」

「いい名前だよね。僕は好きだな、メイリーン、って」

じゃあ行くよ、と声を掛け、リンディは車椅子を押し始めた。階段と同じく扉もさして大きくなく、車椅子が通るにはぎりぎりだった。リンディは無言で慎重に車椅子を押し進め、無事石畳の道へと出ることができた。

よく晴れているせいか、数日前よりもだいぶ暖かい。少し先に見える中央通りも、いつになく多くの人で賑《にぎ》わっているようだった。

　ふう、と安堵の息を吐いたリンディは、僕も一緒なんだ、と言った。

「一緒って？」

「捨て子だったんだ、僕も。なんか、名前と年齢が彫られた変な繭みたいなのに包まれて置いてあったんだって」

「繭？」

「はっきりとは覚えてないから、どんなのだったかはわかんないんだけどさ」

　町の南方に向けて車椅子を進めながら、リンディが肩を竦めた。

「開けてみたら子どもが出てきて、異界紋が刻まれてたからニーが引き取ってくれたんだって。ニーのとすごく似てるんだよ」

　ほら、といったん車椅子を止めたリンディが、前に回ってうなじの異界紋をメイリーンに見せた。

「じゃあ、リンディも年を取らないの？」

「ニーもそう思って引き取ったらしいんだけど、今のところ普通に育ってる」

　そうなんだ、とメイリーンが呟くように言った。

「なんなのかな、異界紋って」

「考えてもわかんないんだから考えるだけ無駄だ、っていっつも言われるよ」

でも、とリンディは少し小さな声になって続ける。

「どうせなら、せめてニーと一緒が良かった。そしたらニーをひとりにしなくて良くなるから」

「リンディの異界紋の影響はわかってないの?」

今のところね、とリンディは頷いた。

「毎月ニーが調べてくれるけど、何も変わったことはないんだって。メイリーンみたいにすごいことができるわけでもないし」

「――別にすごくないよ」

少し俯いたメイリーンが、小さく首を横に振る。

「すごくないことないよ、だって昔のものを再生できるんでしょ? それも徘徊者の砕片から」

「それはそうなんだけど」

ふたりが向かっているのは、ウィンズテイルの町外れにある倉庫のひとつだった。農業倉庫やサイロなどが並ぶ中でもひときわ目を引く大型の倉庫の中には、これまでウィンズテイルが砕いてきた徘徊者の砕片が収納されている。

〈核〉の再生に利用されたり、他の徘徊者に吸収されてしまう可能性があるため、砕片は放置しておくことができない。かといって砕片はそれ以上砕くことも焼却することもできないため、ウィンズテイルではとにかくいったん倉庫に集めたあと、地面に穴を掘って少しずつ埋めていた。

先週ユーゴとリンディが砕いた巨大徘徊者が生み出した砕片は、そのほとんどがようやく倉庫に収納されたところだった。あまりに量が多過ぎるため、埋め終わるまでには数年を要するだろう。

「時間通りだなあ、リンディ」

普通の家なら四、五軒ぶんほどの大きさがある倉庫の前で待っていたのは、メイリーンと同じく車椅子に乗った、痩せた老人だった。白くまばらな顎髭と見事な禿頭《とくとう》、少し濁った瞳だが口元には楽しげな笑みが浮いている。車椅子は見るからに古く、もしかしたら使っている本人よりも年寄りかもしれない。

「おはよう、ガンディットさん」

「おおう」

目を細めた老人が、いっそう嬉しげに笑った。

「時不知さまはお変わりないかい」

「元気だよ。今は、この子の足に使う機體の準備してる。――メイリーン、この人はガンディットさん。ウィンズテイルでニーの次に年長者なんだ」

年なんかもう覚えとらんけどなあ、とガンディットがまた笑う。

「ガンディットさん、この子はメイリーン。ダルゴナから足を治しに来たんだ」

よろしくなあ、と差し出されたガンディットの節くれ立った手のひらを、メイリーンはよろしくお願いします、と両手でそっと握った。

「砕片がいるって話だったよな？」

「ひとつかふたつ、使わせて欲しいんだ」

もちろんいいさ、とガンディットが笑った。

「あんなもん、誰も欲しがらんからよお」

形式的にぶら下げてあるだけの南京錠《ナンキンじょう》を、ガンディットが鍵すら差し込まずに外す。倉庫の大きな引き戸の方は、リンディが全身で押し開いた。

「さ、入ってくれ」

よっ、と力を込めたものの、ガンディットの車椅子は動かない。リンディはメイリーンにちょっと待っててね、と小声で言ってから、ガンディットの車椅子の手押しハンドルを握った。

「──ちょっと傾《かし》いでるね」

「ロブが調整してくれたんだけどなあ。儂《わし》と一緒で年代物だからしょうがねえや」

ぎしぎし音を鳴らしながら、それでもガンディットの車椅子はなんとか進んだ。メイリーンは自分でハンドリムを回してついていく。振り向いてあっという表情を見せたリンディに、メイリーンは小声で大丈夫、と告げた。

倉庫の中には極彩色の砕片が、幾つもの山に分けて積み上げられていた。入り口付近にある山が飛び抜けて大きく、ひと目で先日ユーゴとリンディが砕いた徘徊者のものだということがわかる。

「砕片なんて埋める他ないからよ、幾つでも好きにしてもらっていいぞ。だあれも文句は言わねえ。ただ手前の山は万一崩れると危ねえから、奥のやつがいいかもな」

あっちの方だ、と指示するガンディットに従って、リンディは真新しい山をぐるりと回った後ろの、ほぼ平らに砕片が置いてある場所へと車椅子を押していった。タイヤがあまりスムースに回らないため、リンディの眉間には自然と皺が刻まれる。

「あの——ガンディットさん」

隣に並んだ車椅子から、メイリーンが話しかける。

「どうしたい女の子さん」

「ガンディットさんも足が悪いんですか」

そうだよお、とガンディットがメイリーンに微笑んだ。その笑顔をまっすぐに見つめ、メイリーンがもう一度、あの、と言った。

「今、ニーモティカさんがわたしのために機體を用意してくれてるんです。でも、機體はそれ以外にも、わたしが使っていたのもあるから、だからお願いしたら、ガンディットさんの足のぶんも――」

メイリーンの真剣な表情に、ガンディットはほほっ、と心底嬉しそうな声を上げ、ありがとうなあ、でも、と言った。

「儂はもう機體は使っててな、年だから使えるのはひとつだけだと時不知さまに言われとるんだ。機體を使うのにも、ある程度身体が丈夫じゃないといかんのだと。特に儂のはな」

ぽん、とガンディットは自分の後頭部を叩いてみせた。

「頭のやつでな。これがないとものも覚えてられんようになるし、考えるのもようできんようになるから手放せんのじゃけど、儂の身体はこいつを使うので精一杯なんだと」

そうなんですか――と、メイリーンは俯いて唇を噛んだ。

「すみません、余計なことを」

「全然余計じゃないわい、女の子さん。優しいことを言うてもらって、儂はとんでもなく嬉しかったぞ」

「女の子さんじゃないよ、メイリーンだよ」

リンディは口を挟んだ。そうじゃったな、とガンディットが笑う。

「ありがとうな、メイリーン」

はい、とメイリーンが顔を上げたところでちょうど、三人は目指していた砕片の保管場所に辿《たど》り着いた。

「運びやすい小さいのから埋めてくから、大きいのだけ残っとるけど――こんなんで大丈夫かい」

その場で床に直置《じかお》きされている砕片は全部で八個ほど、小さいものでもメイリーンの車椅子より二回りは大きく、一番大きいものはリンディのベッドを縦に三つ重ねたほどの大きさがあった。背を伸ばしてそれらを見回したメイリーンが、はい、と答えてその中では一番小さな、深い青の地に橙《だいだい》と黄色の曲線が縦横に走っている、立方体に近い砕片へと向かっていく。

「何を始めるんだい」

ガンディットの問いに、リンディは何も言えなかった。ただ黙って、メイリーンが両腕を伸ばし、手のひらで砕片に触れるのを見つめる。ガンディットもまた、雰囲気に呑まれたのかそれ以上何も尋ねてこなかった。

メイリーンが目を閉じ、俯く。

リンディとガンディットが固唾を呑んで見守る前で、メイリーンが触れている砕片が急に細かく震え出した。メイリーンの眉間に、何かを必死で考えているような、あるいは苦痛に耐えているかのような、深い皺が刻まれる。

ぱきん、という甲高い音が倉庫に響いた。

音のした場所を見たリンディの思考が停止する。

ひびが入っていた。メイリーンが触れている、砕片の表面に。

砕片は恐ろしいほど頑丈で、人間の力では工具を使っても高温の炎や酸を使ったとしても、砕くどころか傷をつけることさえできない。だからこそ砕片は埋めて処理するしかない、とされてきたのだ。

その砕片の表面に、ひび？

だが異常はそれだけに留《とど》まらなかった。目を丸くして見つめているリンディの前で、見えない蜘蛛《くも》が猛烈な勢いで巣を張っていくように、ひびはあっという間に全体へとその領域を広げていく。

メイリーンは動かない。瞼《まぶた》は閉じられ、身体は固まったままだ。

リンディもガンディットも、声を出すことも身動きすることもできず、ただ見ているほかなかった。

砕片全体に広がったひびは見る見るうちに数を増やし細かくなり、砕片の表面を埋め尽くしていく。そうして遂《つい》に、最初にひびが入った部分が砕けて散った。真冬のつららが、陽の光に温《ぬる》められて砕けるように。

破砕はたちまち範囲を広げ、速度を増しながら砕片全体に広がっていく。ほんの数秒後、あっと思ったときにはもう、砕片はまるで粉雪のように四方八方に広がって、傍らのメイリーンを車椅子ごと呑み込んでいた。

目に映るその状況が、思考より先にリンディの身体を動かした。

「メイリーン！」

リンディが駆け寄るのと同時に、それまで身動きしなかったメイリーンが巻き上がる粉塵の中、身体をのけ反らせた。その勢いで車椅子が背後に進み、バランスを崩したメイリーンが倒れそうになる。リンディはひと息に跳んで距離を詰め、身体全体で車椅子とメイリーンを支えた。目の中に星が飛び、遅れて上半身に衝撃を感じる。胸が詰まった。呼吸ができない。

「リンディ――リンディ！」

メイリーンの悲鳴が聞こえた。ふらふらする頭を振って、なんとか目を開ける。すぐ前に、車椅子から身を乗り出すようにしてこちらを見ているメイリーンの顔があった。

「大丈夫？　怪我してない？」

メイリーンが手を伸ばして、リンディの頬に触れる。どこかにぶつけてしまったのか痛みを感じたが、幸いそれほどひどくはなかった。

「平気だよ、そんなに痛くも――」

そこまで言ったところで、リンディは言葉を失った。

メイリーンの背後にあるものが目に入ったからだ。

そこに――ほんの一分前まで、なんの役にも立たない砕片が放置されていたその場所にあったのは、まるで今完成したとでも言わんばかりの、真新しい車椅子だった。

7

「――ユーゴ」

それまで無言で〈石英の森〉の奥を見つめていたリンディが、不意に言った。

「どうした」

半時間前に交代し、備え付けのソファで横になっていたユーゴが問う。

「徘徊者って、そんなに頻繁に来ないよね」

「そうだな。――この五十年は」

二週間ぶりの見張り櫓だった。間が開いてしまったのは、初日に巨大徘徊者――襲来順に基づいて212号と命名された――の砕片で打撲傷を負ったリンディが、診察したドクター・ノブルーシュカから二週間休むことを命じられてしまったからだ。

「人間が今より多かったころは、もっと頻繁だったそうだが」

ウィンズテイルの町守が記録している限りにおいて、徘徊者の出現は三ヶ月から半年に一度の割合であることが多かった。ユーゴが言うように過去にはもっと短期間、場合によっては同じ日のうちに二度出現したことさえあったようだが、人口の減少と文明文化の衰退に合わせるかのように、その頻度は低下の傾向を見せている。

「徘徊者が来る前に、何か——兆候みたいなのって、あったりするのかな」

「俺の知る限りでは、ない」

ユーゴの答に、そうだよね、とリンディは小声で言った。

「それがあったら、こんなに苦労しないもんね」

「それがどうかしたのか」

訝《いぶか》しげなユーゴの問いに、リンディは、うん——と口ごもった。

「なんでもない。たぶん気のせいだと思う」

「気になることがあるなら言え」

淡々とした口調で、ユーゴが言った。

「でも、ただの勘違いかもしれないし、証拠もないし」

「確かめる前に判断を下すな」

ソファから立ち上がったユーゴが言った。

「違和感があるなら必ずその源を突き止める。勘違いならそれで済む、そうでなければ対処できる。検《あらた》めなければ勘違いかどうかもわからない」

リンディの隣の椅子に腰を下ろし、どこだ、とユーゴが尋ねる。ユーゴの迷いのない言葉に、リンディは躊躇いつつも円屋根を指した。

「あのあたり――円屋根の左端の方が、前に見たときと違ってる気がするんだ」

「どう違う？」

「傾き方がもっと緩やかだったと思うんだ。あと色も、前よりもっと透き通って見える気がする」

気がするだけなんだけど、と気弱げに言ったリンディの隣で、ユーゴが双眼鏡を出して覗き込む。リンディは所在なげな表情のまま、横目でその様子を眺めていた。

「判断がつかん」

目を伏せたリンディに、だが、とユーゴは続ける。

「ほぼ毎日見張りに来ている俺には、微細な変化だと却《かえ》ってわからない可能性がある」

「やっぱり僕の勘違いで変わってないだけかも」

「調べればいい」

リンディの言葉を再び遮ったユーゴが、立ち上がってキャビネットの中から筆記用具と引き継ぎのためのノートを取り出した。ページを破り取ると窓枠の左下に角を合わせて押さえ、円屋根の輪郭を写すようにリンディに言った。

「紙と頭の高さを固定しろ。これを別の日のものと比べれば、変化が続いているかどうかがわかる」

リンディはすぐには動かなかった。黙ってユーゴの顔を見つめ、どうした、と問われてようやく鉛筆を手に取る。

「ありがとう、ユーゴ」

日付も書くんだ、と言ったユーゴは、いつも通り感情の読めない表情のままだった。

円屋根の輪郭を写し終わってからしばらくして、並んで〈石英の森〉を見張っていたユーゴが不意に言った。

「何があった」

「別に何も――」

「いつもと違うことくらい俺にもわかる」

ぶっきらぼうな、だがなぜか心配していることがわかるユーゴの言葉に、リンディは俯いた。

「本当に、何かあったわけじゃないんだ。ただ――急に、いろんなことが起きたから」

リンディの答に、ふむ、とユーゴは鼻を鳴らした。

「聞こう」

休むように言われた二週間、リンディは主にメイリーンの生活の補助を行っていた。その間の出来事を思い出したリンディの表情に、一段と陰が差す。

「イブスランさんがね――あ、ダルゴナから来た人なんだけど、ニーから機體のことを教わってて」

二日前、新しい機體がメイリーンに投与されていた。定着し機能が安定するまでの間、状態を見ながら必要に応じ指示を追加していくことになる。イブスランはそのための検査手法や結果の読み解き方、対応方法などをニーモティカから学んでいた。

「元々知識がある上に覚えるのも早いから、今はニーの助手みたいなこともしてるんだ」

それはこれまで、リンディが担っていた役割だった。だがリンディの目から見てもイブスランは自分より優秀で、何より熱心だった。加えて機體の調整や検査はひとりでやるのは大変だが、三人で分担するほどの作業量はない。自分がいると作業効率がむしろ落ちてしまうことを、リンディはよくわかっていた。

「そうか」

ユーゴはぼそりと応えただけだったが、背中を押されたような気がして、リンディは話を続ける。

「だから僕は、メイリーンの世話をしようと思ったんだ。まだ歩けなくて、色々困るだろうから。だけど、そのメイリーンが――ユーゴ、何か聞いてる？」

「車椅子か」

うん、とリンディは頷いた。

あの日、メイリーンは砕片から新品の車椅子、メイリーン自身が使っていたのとそっくり同じものを生み出してみせた。人類の過去を再生することができる、人類が文明文化を取り戻すための鍵――イブスランが言った通りの力を、リンディは目の当たりにしたのだ。

徘徊者の砕片から、かつて奪われた人類の生産品を再生する――それが、メイリーンが異界紋によって与えられた能力だった。

元々の予定では、メイリーンが二階でも自由に動けるように小さめの車椅子を再生するはずだった。だがメイリーンはガンディットのために、自分が使っているのと同じ、大きいがその分使い勝手のいい車椅子を再生したのだ。

「自分がよく知ってるものほど、再生しやすいんだって」

新品の車椅子を贈られたガンディットは大喜びし、メイリーンに何度も感謝を伝え、来たときの倍の速さで家に帰る道すがら、出会った住人全員に自分が目の当たりにした奇跡を話して聞かせた。興奮気味だったガンディットの話は些か支離滅裂ではあったが、ウィンズテイルの住人はニーモティカという、異界紋から奇跡を与えられた存在を既に知っていたし、ガンディットが古い車椅子で苦労していたことも承知していたから、真新しい車椅子という証拠を前にみな、ふたり目の奇跡を与えられた存在が現れた事実を疑いなく受け入れた。

大変だったのはそのあとだ。

メイリーンをひと目でも見ようと、次から次へと住人がやってきてしまったのだ。ニーモティカがこの子は何よりまず治療中の病人なんだいい加減にしな、とぴしゃりと言って追い払わなかったら、際限なく集まり続けたに違いない。

砕片からの再生はかなり体力を奪われるものらしく、ガンディットのために車椅子を再生したあと、メイリーンは丸一日ぐったりしていた。メイリーン自身のための小型の車椅子の再生は、大事を取って翌々日にすることになったのだが――。

「そこに百人くらい、人がついてきちゃったんだよ」

しかもガンディットが嬉々《きき》として倉庫に招き入れたため、全員がメイリーンによる再生を目の当たりにすることになった。その忘れ難い体験は一日も経たないうちに、町中の住人に素早く静かに、しかし熱を持って広がった。

以来ウィンズテイルの住人はメイリーンを、ニーモティカと同じ、異界紋によって祝福を与えられた奇跡の子、と認めるようになった。ただ一点違うのは、ニーモティカが外見はともかく中身は誰よりも高齢で経験があり博識で、だからこそ住人たちから少し距離をとられて崇め奉られていたのに対し、メイリーンは少し控えめな見た目通りの少女だった、ということだ。

「人気者らしいな」

ユーゴの言葉に、そうなんだよ、とリンディは溜息をついた。

翌日から、メイリーンの元には引きも切らず住人が訪れるようになった。最初は再生を頼みに来たのかもと警戒したリンディだったが、ほとんどの者は逆に自分のところで作った農作物や料理、手芸品などを持ってきて、メイリーンに贈ったり少しでも話をしたがるだけだった。稀《まれ》に、自分にも再生して欲しいものがある、もしできたら——と言い出す者もいたが、それを口にするや否や周りの者に窘《たしな》められ、謝罪して引っ込めるのが常だった。

メイリーンに会おうとする者は絶えることなく、あまりの数にメイリーンが疲労困憊《ひろうこんぱい》してしまったため、とうとうニーモティカが面会禁止を宣言したほどだ。

その結果、住人たちは矛先をリンディに向けた。お陰で買い物などで町に出れば、一ブロック進むごとに捕まってメイリーンのことで質問攻めにあう状態が続いている。それに加え、食事の時の話題もメイリーンの治療方針や機體についての技術的なことがほとんどになっていた。

「それで、なんか——居心地が悪いっていうか、居場所がなくなった感じがしちゃって」

〈石英の森〉を眺めつつ、リンディは言った。

「メイリーンは砕片から昔のものを再生できるし、イブスランさんはいろんなことを知ってる。僕は異界紋があっても何もできないし、ふたりみたいに人の役にも立てない。

そんなふうに思ったら、なんか、夜、うまく寝られなくなっちゃって」

「眠れないのか？」

ユーゴの問いに、リンディは小さく頷いた。

「寝ようとすると、こないだの徘徊者を最初に見たときのこととか、あのいっぱい開いた孔で見られたと思ったときのこととか、そういうのを思い出しちゃって……なんとか寝られても、夜中に目が覚めちゃうんだ。何度もおんなじような夢、見たりするし」

「夢？」

〈石英の森〉に目を向けたまま、ん、とリンディが応えた。

「たぶん昔の……僕が小さかったころの夢だと思う。それで一度起きちゃうとなかなか眠れなくて、そしたらまた徘徊者のこととか、メイリーンやイブスランさんのこととか考え出しちゃって」

ふう、とリンディが息を吐く。

「あまり続くようなら、一度ドクター・ノブルーシュカに診てもらった方がいい」

ユーゴがちらとリンディの横顔を見て言った。

「でも——でもさ、それでまた休めって言われたら」

リンディの口調は、いつになく子どもっぽかった。

「体調管理も仕事のうちだ」

諭すようにユーゴが言った。

「睡眠不足のせいで肝心なときに力が発揮できなければ困る」

「僕なんか見習いだし、いなくても――」

「俺が困るんだ」

きっぱりと、ユーゴが言った。それはリンディが初めて聞くほど、力強い口調だった。驚いて振り仰いだ視線の先で、ユーゴがじっとリンディを見つめている。

「212号を砕けたのはリンディがいたからだ。いいか」

まっすぐにリンディの目を見つめたまま、ユーゴが言葉を続けた。

「他の誰かと比べて自分をはかるな。比べるなら自分がなりたいもの、目指しているものとだ。そうすれば、何をしなければならないか、自《おの》ずとわかる」

「何をしなければならないか――」

呟くように繰り返したリンディに、そうだ、とユーゴは頷いた。

「目指すべきものと今の自分の両方を知っていれば、足りないものがわかる。足りないものがわかれば、それをどう埋めていけばいいかを考えられる。町守見習いとしてならば、リンディは既に俺やロブの期待を大きく超える結果を出している。それなのに不安を感じるのは、リンディの目指すものがもっと先にあるからだろう」

ユーゴの口元が微かに綻んだ。

「それ自体はいいことだ。だが、ただ不安になっていてはいつまでもそこに辿り着けない。考えるんだ。自分はどうなりたいのか。そのためには何をすればいいのか」

「僕が——どうなりたいのか」

「そうだ」

ゆっくりと、リンディが見張り窓の外に視線を向ける。唇を噛んで一心に考え込むその顔からは、不安そうな表情は消えていた。

「——ありがとう、ユーゴ」

前を向いたまま、リンディが言った。

「考えてみる。考えてみるよ」

それまで黙ってリンディの足元に伏せていたコウガがのっそりと立ち上がり、まるでリンディの背中を押すかのように、純白の身体をリンディの足に押し付けた。背を撫でてやろうと伸ばした手を舐《な》められたリンディの口元が、今日初めて綻んだ。

機體の再適用から一週間が経つころには、枯れ枝のようだったメイリーンの両足も、見た目はニーモティカやリンディとほとんど変わらなくなっていた。

「だからっていきなり歩けるようになるもんじゃないからね。しばらくはリハビリだよ」

その日からリンディは、メイリーンの歩行訓練を手伝うようになった。まず座った状態で両足を動かすところから始め、腿《もも》を上げる練習、両足を床について手すりを持って腰を上げる練習と、少しずつ負荷を増やし、まずはひとりで立てることを目指していく。

一日の訓練が終わるたび、ニーモティカはイブスランと共に再適用された機體の状態を検査した。ふたりが制御盤に表示される文字を見て話し合う様子を見る度、リンディの胸の奥には憧憬と嫉妬の入り交じった、持っていき場のない感情が生まれた。ほんの三週間ほどでニーモティカと対等に会話し、仕事の一部を代わって行うまでになったイブスランの姿に、否応《いやおう》なく自分の幼さ、未熟さを思い知らされるからだ。

だけど、とその度にリンディは自分に言い聞かせた。

いつか必ず、僕もあんなふうにニーと話せるようになるんだ。

それだけじゃない。徘徊者が来ても、ニーやみんなを護れるようにだってなってみせる。

もちろんどれだけ胸の内で繰り返しても、もやもやとした感情は完全には消え去ってくれはしない。それでもリンディの瞳は、はっきりと進むべき方向を見つめられるようになっていた。

# 第二章　忍び寄るふたつの影

## 8

　倉庫の前で待っていたのは、ガンディットとロブのふたりだった。真新しい車椅子に乗ったガンディットは、足取りは多少覚束《おぼつか》ないものの自分の足で歩くメイリーンの姿を目にするや、顔全体が皺くちゃになるほどの笑顔になった。

「歩けるようになったんじゃな、良かったなあ」

「まだゆっくりだし、リンディについててもらわないと怖いんですけど」

　含羞《はにか》んだメイリーンに、いや良かった良かった、とガンディットは笑顔で繰り返した。

「足もそうだが、身体の方は大丈夫なのかい」

　ロブが尋ねる。

「砕片からの再生は、かなり身体に負担がかかるんだろ？　申し出は本当にありがたいんだが、だからといって無理させたくはないんだ」

「大丈夫です」

ロブの目をまっすぐに見上げて、メイリーンが答えた。

「リンディにお願いして、見せてもらってきました。あのくらいのものなら、そんなに大変じゃないと思います」

「それならいいんだが――」

まだ少し迷っているふうのロブに、メイリーンはやらせてください、ときっぱり言った。

「リンディやみなさんの役に立ちたいんです」

リンディが円屋根に違和感を持ってから一週間。その間に行われた三度の計測により、リンディの直感が正しかったことが証明されていた。

円屋根の一部は実際に、僅かずつ膨張を続けていたのだ。

これまで一度も認識されてこなかった現象だった。もちろん、こうした変化はこれまでにも起きていたが気づかれていなかっただけ、という可能性はある。だが現象が発生しているのは円屋根、異界とこの世界を繋ぐ黒錐門を覆い隠しているものであり、言わば徘徊者の巣のような場所だ。しばらく様子を見てみる、などと悠長なことを言っていられるわけがなかった。

ユーゴがリンディに告げたように、ウィンズテイルの町守は僅かでも懸念があれば調べて備え、杞憂《きゆう》に終われば何よりだと考える。時には慎重を超えて臆病にさえ思えるそうした振る舞いや考え方こそ、ウィンズテイルをこれまでこの環境、〈石英の森〉の至近で生き長らえさせてきたものだった。

しかも今回、懸念すべき事象の発生はひとつでは終わらなかった。

ロブの元には、まるでユーゴの報告と呼応するかのように別の、さらに緊急性が高いと思われる報告が届けられていたのだ。

〈石英の森〉で、徘徊者とは異なる、動くものの姿を見た――。

報告したのはトランディールという町守だった。見張り櫓から捉えられたその姿はごく小さく、全高は一、二メートル。双眼鏡で捉える前に姿を消したため、どのような形状だったのかはわからないままだ。ただ、体軀が黒ではなく薄い灰色であったため、徘徊者でないことだけは明らかだった。

〈石英の森〉には動植物の類いは一切存在していない。ウィンズテイルの住人は〈石英の森〉を忌避し、居住放棄区域にすら足を運ぶことがない。可能性があるとしたら町守だが、当該時刻に〈石英の森〉に足を踏み入れた町守がいないことは、報告を聞いたロブによって確認された。

ではいったい、目撃されたのはなんだったのか。

巨大徘徊者・212号の出現、その直後から始まった円屋根の膨張と〈石英の森〉で目撃された不審な存在。

どれも前例がなく、これらの事象が偶発的なものなのか、ひと続きのものなのかの判断もつかない。こうした状況で、住人たちに不安を感じるなと言う方が無理な話だった。

それでも町がなんとか日常を維持できているのは、町守のリーダーであるロブが状況を把握し、対応を進めていると宣言したからだ。そして明言したからには、目に見える何らかの〝対応〟が必要だった。状況が長引けば長引くほど住人の不安は増し、大丈夫だという言葉を繰り返すだけでは彼ら彼女らを納得させることはできなくなってしまうだろう。そうなれば町をまとめることに労力を割かれ、本当に警戒すべき問題への対応が手薄になってしまう。

「じゃからこそ余計に、再生してもらった方がよかろう。みなもきっと安心するじゃろうし」

「わたしがやりたいんです。お願いします」

ガンディットの言葉に続いたメイリーンの言葉に、ロブが意を決したようにわかった、と頷いた。

最初に会ったときと比べると、メイリーンはずいぶん自分を出すようになった。きっと歩けるようになったことが自信に繋がっているんだろう、とリンディは思う。

立てるようになるまでには数日かかったものの、そこから先のメイリーンの回復は早かった。まだ歩くには付添いが必要だが、もう一週間もすればそれも不要になるというのがニーモティカの見立てだ。

そうなったら、僕が役に立てることがまたひとつ減ってしまうな――。

「リンディ?」

不意にガンディットに肩を叩かれて、リンディは我に返った。

「元気ないのう。腹でも痛いか」

「そんなことないよ、平気。――倉庫、開けてくる」

メイリーンの視線に気づかないふりをして、リンディは倉庫の扉を開けた。

積み上げられている砕片の量は、前に訪れたときから変わっていない。メイリーンの力が明らかになったときからこちら、埋めるのをやめているからだ。

大量の砕片を観察するように見上げながら、メイリーンは手を繋いだリンディとゆっくり歩いていく。やがて、これにします、とひとつの砕片の前で足を止めた。

それは平たい、あちこちが欠けた方形の砕片で、縦横は長いところでそれぞれ二メートルほど、厚みは五十センチかそこらというところだった。全体は明るい緑色のグラデーションで、斑《まだら》に赤色が入っている。メイリーンはその前に座り込み、前回と同じようにその表面に両手を触れた。

「――気をつけて」

リンディの言葉に、ん、と頷くと目を閉じる。

砕片全体にひびが入り、砕けるのにかかった時間は車椅子の時よりやや短かった。何かあったらすぐに飛び出そうと身構えていたリンディだったが、メイリーンは落ち着いてしっかりと座ったまま、最後まで再生をやり遂げた。

「これは――」

初めて再生を目の当たりにしたロブが絶句する。ガンディットがなぜか得意げに鼻を鳴らした。

「驚いた」

ロブが取り上げたのは、真新しい連弩だった。町守が徘徊者の〈核〉を射貫くために利用する武器だ。

「ちゃんとしてますか」

安堵して力が抜けたのか、それとも疲れたのか、地面にぺたりと座り込んだままのメイリーンが不安げな表情でロブに尋ねた。

「触らせてもらったし、使い方も教えてもらったから、大丈夫だと思うんですけど」

そうだな、うん、と半ば独り言のように応えつつ、ロブが慣れた手つきで実際に弦を引き、連装装置の動作を検めていく。

ウィンズテイルで使われている連弩は、最大で六本の矢をセットすることができるロングボウだ。そこまで複雑な構造ではないため残された工具や技術でも新規製造は可能だが、過去に製造されたものほどの精度や威力は再現できていなかった。そのため、もし現存する連弩が全て失われてしまったら、それはそのまま徘徊者に対する抵抗力が大きく削《そ》がれることに繋がる。ウィンズテイルの町守を長年悩ませ続けてきた、解決策のない問題だった。

実物を見ることができたら、再生できると思う——メイリーンがそう言い出したのは、三日前のことだ。ニーモティカに相談し許可を得て、ロブに提案したのはリンディだ。うまくいって欲しいという思いと、うまくいくだろうかという不安を抱えたまま、リンディはロブの表情の僅かな変化も見逃すまいと視線を注いだ。

「——すごいな」

ロブが感嘆の声を上げた。メイリーンの顔に安堵が浮かぶ。

「実際に撃ってみないことには最後のところはわからんが、今持ってみた感じではこれまで使ってきたものとまるで変わらん」

ほう、と大きく息を吐いて、ロブは座ったままのメイリーンに深々と頭を下げた。

「本当にありがとう。これを見せれば、きっと町のみんなも安心してくれる」

良かった、と笑みを浮かべたメイリーンの小さな手を、ロブのごつい手のひらが握りしめた。

「お礼はまたいずれ改めて。まず大丈夫だとは思うが、念のため試し撃ちをしてみる。

リンディ、時不知さまにもよろしくお伝えしてくれ。ガンディット、後始末は頼む」

早口で言い終えたロブは、再生された連弩を赤ん坊か何かのように大事そうに抱えたまま、倉庫の外へと駆けていった。

「ちょっと聞きたいことがあるんじゃけど、ええかな」

片づけを終えての帰り道、しばらく何か考え込んでいたガンディットが言った。自分の支えにもなるからと言ってメイリーンが車椅子を押し、何かあったときのためにリンディはその隣を歩いている。

「砕片から取り出せるのは、車椅子や連弩だけなんかな」

「いえ、それは——」

なぜかメイリーンは言い淀《よど》んだ。声の調子が気になったリンディがちらと見ると、ほんの一瞬、メイリーンの顔に暗い陰が差したようだった。

「——わたしがよく知っているものなら、再生できると思います」

「知っとる、ちうのはあれかな、儂が話して聞かせたくらいでは知っとるうちには入らんかな」

たぶん、というメイリーンの答に、そうかあ、とガンディットが肩を落とした。リンディは慌てて、ガンディットさん、と声を掛ける。

「何かいるものがあるなら、言ってくれたら探してみるよ」

リンディの言葉に、いつもの笑顔に戻ったガンディットが頭を掻《か》いた。

「いや、それがな」

「探してもないもんなんでなあ」

「ないもの？」

ああ、とガンディットが頷く。

「リンディは、今〈石英の森〉になっちまってるあたりに、昔大きな町があったってこと、知っとるか」

急に話が飛んだことに戸惑いつつ、リンディはうん、と答えた。

「ロブに聞いたよ。工業都市があって、そこに黒錐門が現れたんだって」

知っとったか、とガンディットが目を細める。

「ノスティリアっちう町でな、儂の親父《おやじ》はそこで働いとったんだ。儂が生まれる前のことじゃけどな」

各地に黒錐門が出現するようになってから、およそ二年後。既に世界の半分は〈石英〉と化し、通信や情報などの高度な技術も多くは徘徊者によって収奪され、失われてしまっていた。そのため残された人々は分断化され孤立した状態の中、限られた知識と技術だけを頼りに徘徊者への抵抗を継続するしかない状況に陥っていた。

「その時はまだ、〈核〉のことがわかっとらんかった時期でな。今よりもっと強い武器だって幾らもあったんじゃが、効果的には使えんかったそうなんよ」

「強い武器って？」

「戦車とかミサイルとか、他にもまあ、むつかしい名前のが色々あってな。ノスティリアではそういうのを沢山作っとって、儂の親父もその親父もそうした仕事をしとって、小さいころからあれこれ教えてもらっとったから、儂もわりかし知っとるのよ」

リンディの表情からうまく想像できていないらしいと理解したガンディットが、そうじゃなあ、と笑った。

「リンディが生まれたころにはもう徘徊者どもに奪われ尽くしておったものな。——まあつまり、連弩よりもずっと強い武器がたくさんあったのよ。じゃけど、それで徘徊者のどこを狙えばいいのかわかっとらんかったんじゃ」

ガンディットの表情から笑みが消えた。リンディが初めて見る暗い眼差しで、ガンディットは言葉を続けた。

「そのころ〈核〉のことがわかっておれば、もしかしたらノスティリアは〈石英〉にならずに済んだかもしれんと思うてな」

「その——強い武器で徘徊者の〈核〉を撃てばよかった、ってこと？」

リンディの問いに、そうじゃな、とガンディットは頷いた。

「そういう武器でも黒錐門はどうにもならんかったろうが、〈核〉のことさえ知ってお
れば、徘徊者は砕けたんではないかと思うのよ。ミサイルってのはな、まあ、言うてみ
れば炎で進むでっかい矢みたいなもんじゃけど、それが自分で勝手に相手めがけて飛ん
でくようになっとってな」

自分で勝手に飛んでいくでっかい矢、というのが想像できず目を白黒させるリンディ
に、ははっ、とガンディットは笑った。

「そしたら今よりもっと簡単に、徘徊者を倒せるようになるじゃろ。今更ノスティリア
をどうのこうのとは思うとらんが、連弩に加えてあのころの武器があれば、町のみんな
ももっと安心できるんじゃないかと思うてな。それに何事もなかったとしても、リンデ
ィやユーゴたちの仕事がもっと楽に、安全になるんじゃないかと思うたのよ」

そっか、とリンディは小さな声で言った。ガンディットの話が全てわかったわけでは
なかったが、少なくとも最後の言葉に込められた思いは伝わった。そしてそれは、メイ
リーンも同じだったのだろう。

「ごめんなさい、わたし――再生できないと、思います」

メイリーンの声は震えていた。驚いて振り向いたリンディの視線の先で、メイリーン
は視線を伏せ、ひどく辛《つら》そうな表情を浮かべていた。

「メイリーン」

咄嗟《とっさ》に声は出したものの、メイリーンの表情を前に続く言葉が出てこなかった。何か言わなければと気ばかり焦るリンディに救いの手を差し伸べるように、ガンディットがいやいや、と右手を大きく左右に振りながら言った。

「あんたが謝るようなことはひとつもない。むしろ儂がいらんことを思いついてしもうて、謝らねばならん。嫌な気持ちにさせてしもうて、申し訳なかった」

「そんなことないです」

俯いたメイリーンが、ガンディットの言葉を遮った。

「わたしが悪いんです。わたし本当は、みなさんにこんなによくしてもらったり、優しくしてもらったりする資格なんてないんです。孤児院から引き取ってもらって、この町まで連れてきてもらって、足まで治してもらったのに、それなのにわたしは——」

「そんなことない、そんなことないよ」

何度も首を横に振って、リンディは言った。

「車椅子や連弩を再生してくれたじゃないか。ガンディットさんの前の車椅子は、本当に古くて進むだけでも大変だったんだよ。それにロブも言ってたけど、町のみんなだってあの連弩を見たらきっと——」

「違うの」

きっぱりと発せられたメイリーンの言葉に、その強さに、リンディは口を噤《つぐ》むしかなかった。

「それだけじゃダメなの。わたしは――わたしは、何度やっても、どれだけ頑張っても、本当に求められてることがどうしてもできないの。それじゃだめってわかってるのに」

「本当に求められてること……？」

唇を噛んだメイリーンの顔を見て、リンディは言葉を失った。その瞳には、今にも零《こぼ》れそうなほど涙が溜まっていた。

「――よかったら、少し話を聞かせてもらえんかな」

穏やかな声で、ガンディットが言った。


町のそこここにある広場には、木陰を生み出すための常緑樹が数本と、ベンチが幾つか用意されていた。普段は住人たちが日向《ひなた》ぼっこをしたり、お喋りをしたりするために使われるが、日暮れ近い時間帯だったためか、三人の他に人影は見当たらない。

ガンディットに促されるままメイリーンをベンチに導いたリンディは、少し間を空け、黙ったまま腰を下ろした。何をしたらいいか、どんな言葉をかけるべきなのか、まるでわからなかった。もし僕がガンディットさんのような大人だったら、もしイブスランさんのようになんでも上手にできたのなら、メイリーンをうまく慰めたり、励ましたりできるのだろうか。

「さっきリンディも言うとったけどなあ」

ベンチに向き合うように車椅子を停《と》めたガンディットが、いつも以上にのんびりした声で言った。

「メイリーンが儂にこの車椅子をくれたんは、本当に本当にありがたいと思っとる。まっすぐに進める、思った通りのところに簡単に行けるようになっただけでどれだけ助かっておるのか、とても口にはできんほどじゃ。――ほら」

言うなりガンディットはリムを回して車椅子を進めると、枯れ木のような手でメイリーンの頭をそっと撫でた。

「こうして、やりたいこともすぐできるようになった。――じゃからな、あんたがよくしてもらう資格がないなんてことは、絶対にないんじゃよ。あんたは儂を幸せにしてくれたんじゃからな」

「――でも」

メイリーンの小さな反駁を、ガンディットはうん、と頷いて受け止めた。

「自分ではそうは思えんのじゃろ?」

はい、とメイリーンは素直に頷いた。

「なんでそう思うんか、聞かせてもらえるかな?」

しばらくの間、メイリーンは口を噤んで俯いていた。日暮れと共に暖かさが失われつつある中、リンディは自分の無力さを噛みしめながら、ただ黙って待っていた。

「わたし」

やがて、小さな声でぽつりとメイリーンが言った。

「一昨年《おととし》、いつの間にか異界紋が刻まれてたんです。そしたら孤児院に運営議会から人が来て、色々調べたいからって呼ばれて」

運営議会はダルゴナの立法と行政を担う機関であり、最上位の意思決定組織でもある。徘徊者の襲来に備えて警備隊を維持運営する一方、未だ失われていない過去の技術や知識の収集と保全にも力を注いでいた。

運営議会による異界紋の調査は一年に及んだ。定期的な健康観察のほか、メイリーンはほぼ毎日、様々な検査やテストを受けさせられ続けた。肉体的な変化がないことがわかったあとは、色々な場所に連れて行かれ、多種多様な生物や物質と触れ合わされたりもした。

砕片を見たのは、その時が初めてだった。それがなんなのかは聞かされていなかったが、メイリーンは目にした瞬間、その中に何かが納められている、という不思議な感覚に囚われた。ほとんど無意識のまま手を触れ、そうして気づいたときに手の中にあったのは、小さな新品のナイフだった。歩けないメイリーンが、孤児院で教えられていた刃物研ぎ。いずれはそれで身を立てられるようにと、毎日のように触れて研ぐ練習をしていたのと、それはまるきり同じ型のナイフだった。

そのあとすぐ、メイリーンは運営議会に正式に引き取られた。以来、監督官としてついているのがイブスランだ。

「監督官？」

リンディの驚きの声に、メイリーンは小さく頷いた。

「わたしの力を、ダルゴナの、人間の未来のために使うんだって言って、それで」

イブスランはウィンズテイルから砕片を取り寄せ、様々な実験を繰り返した。その結果わかったのは、メイリーンは自分が知っていて、かつ生きていないものだけを砕片から再生することができる、ということだ。

再生されたものの精度は、メイリーンがどれだけ対象を理解しているかに依存した。見た目は同じだが機能しないもの、機能はするがなぜ動くかわからないもの。知識も経験も限られたメイリーンが完全に再生できたのは自分が日常的に利用しているものくらいで、それも少し複雑な道具になると怪しくなり、どれだけ説明されても見たことのない品物は全く無理だった。

「だから、連弩もあんなに――」

午前中、メイリーンはリンディに頼んで、連弩を使うところを見学し、存分に触らせてもらい、細かい部分までの説明を繰り返し聞いていた。まるで、その全てを自分の中に写しこもうとでもいうかのように。

「でも、運営議会が本当に再生したいのは、昔の、もう今では作れない複雑な機械なの。それがあれば、失われた文化や文明を取り戻せるから。でもイブスランさんは、わたしがそういう機械を再生できずにいるせいで立場が悪くなったのに、歩けるようになった方が体力もつくし、再生できるものも増えるかもしれないって、ウィンズテイルに連れてきてくれた。ウィンズテイルではニーモティカさんがわたしの足を治してくれて、リンディが助けてくれて、歩けるようになった。それなのに、わたしはガンディットさんやイブスランさんが本当に必要な、今はもうない、失われてしまったものはひとつも再生できない。みんなにたくさん助けてもらっているのに、何ひとつ返すことができないままで、わたし――」

なるほどのう、と何度も頷きながらガンディットが言った。

「気持ちはようわかる。じゃがな、儂もそうじゃが、イブスランさんとやらもきっと、メイリーンが昔のものを再生できんことに文句を言うたりしとらんじゃろ？　人にはできることとできんことがあるわい。儂もメイリーンに、車椅子の代わりにリンディと駆けっこして勝てと言われても困るしなあ」

「そんなこと」

首を振るメイリーンに、ガンディットはじゃろ？　と笑顔を見せた。

「じゃから、イブスランさんも儂も、メイリーンに無理を言うたりはせんし、できんことが悪いなんて思ったりはせんよ。気に病むことなんぞない」

な、とガンディットがリンディに向かって続けた。

「リンディだってそうじゃろ？　ユーゴとおんなじくらいうまく連弩を使ってみせろと言われて、それがすぐにはできんからというて、後ろめたく思うたりはせんじゃろ」

「それはまあ、そうだけど」

思わず苦笑を浮かべつつ、リンディは何か引っかかるものを感じた。確かに僕はユーゴほどうまくは連弩は使えない。そもそも、まだ持ち方を教わり始めたばかりなんだし――。

「ま、リンディなら、今から練習すればいつかはユーゴよりうまくなるかもしれんがな」

そうだよ、僕だって今から練習を続けていればいつかは、と思った時、リンディの中で閃《ひらめ》くものがあった。

「メイリーン！」

考えがまとまるより先に、勢いよくメイリーンに向き直る。メイリーンは目を丸くしてリンディの顔を見つめた。

「メイリーンはさ、今まで連弩を見たことあった？」

リンディの急な問いに戸惑いつつも、メイリーンはううん、と首を横に振った。

「つまり、今日初めて見たんだよね。見て、話を聞いただけで、再生できたんだよね」

「そうだけど、でも、今あるものを触って、使い方も教えてもらったから」

「だけど、連装装置の仕組みまで見たわけじゃないでしょ。それでもメイリーンが再生した連弩はちゃんとしてるって、ロブも言ってた」

「何が言いたいんじゃい、リンディ」

困惑の表情を浮かべて、ガンディットが口を挟んだ。

「儂にもわかるように言うてくれ」

「つまり――つまりさ」

自分の考えをまとめつつ、リンディは説明する。

「メイリーンは、それがどんなものかがちゃんとわかってれば、再生できるんじゃないかと思うんだ。どんなものかっていうのはつまり、何のためのものかとか、どんなふうに動くのかってこと」

ははあ、とガンディットが得心がいったように頷く。

「儂が昔の機械について、ただこういうもんだって話をするだけじゃなく――」

「それだけじゃなくてさ」

頷きながら、リンディが続ける。

「たとえば絵に描くとか模型を作るとかして、それがどんなふうに、どうやって、何のために動くのかってことまで、なるべく詳しくガンディットさんが説明してあげたらさ。そしてそれを、メイリーンがわかったたって思えるくらいになったら」

ふたりの言葉を聞いていたメイリーンの目に、リンディが初めて見る光が宿っていた。

「再生できるかもしれない――？」

「試してみる価値はあると思うんだ」

リンディの言葉に、そうじゃな、とガンディットも頷いた。

「もちろんさっき儂が言うた通り、やっぱりできんかったとしてもそれはメイリーンのせいではないし、メイリーンの価値がなくなったりはせんが、そうじゃよなあ」

メイリーンの表情を目にしたガンディットの口元が綻んだ。

「やりたいことを、できるようになりたいものなあ。そりゃようわかる」

「ガンディットさん――」

リンディの縋《すが》るような言葉に、わかったわかった、とガンディットが破顔した。

「もちろん儂にできることはさせてもらうわい。こんな立派な車椅子を作ってもろうた礼に年寄りの昔話を聞かせるんじゃ、却って悪い気もするがの」

「僕も手伝うよ、模型作ったりとかできると思うし」

「ありがとうございます！　リンディも――」

少し前までとは違う涙を浮かべ、メイリーンが言った。

「お礼を言われるようなことじゃないよ」

本心から、リンディは言った。

「僕が手伝わせて欲しいんだ。メイリーンや、みんなの役に立ちたいんだよ」

もう一度、ありがとう、とメイリーンが言った。

9

メイリーンによる連弩の再生は、ウィンズテイルの人々にとって久々の明るいニュースとなった。

だが、円屋根の膨張や〈石英の森〉での不審な影の目撃がその後も継続するにつれ、メイリーンを讃《たた》える声は萎《しお》れるように消えていった。それに代わって町のそこここで交わされるようになっていったのは、根拠の乏しい噂話の類いだった。〈石英の森〉で目撃されたのは異界の斥候でもうすぐ徘徊者が襲来するのだといったものから、あの影はこれまで姿を現さなかった異界の住人で、人間に成り代わろうとしてやってきたのだ、といった突飛なものまで様々だ。ロブは問われるたびにそうした話を否定したが、それは新しい噂を生み出す結果にしかならなかった。

メイリーンがウィンズテイルに来てから、ひと月以上。しつこく居座っていた冬の気配はようやく消え去ろうとしていたが、町は未だ真冬のただ中にあるかのように、重苦しく張りつめた空気に支配されたままだった。

陰鬱とした空気で満たされているのは、〈石英の森〉も同じだった。生命の気配すら感じられない、半透明の無機物だけが存在する場所。だがリンディはその中に、以前とは何かが違うという違和感を感じ取っていた。

先入観による錯覚かもしれないと思いつつも、リンディは違和感を払拭することができなかった。その原因を見つけ出すため、這うような姿勢で念入りに地面を調べていたリンディの身体を、冷たく乾いた風が思うさま嬲《なぶ》り、体温を奪っていく。

見張り番の町守が新たに薄灰色の影を目撃したと報告してきたのは、今日の午後遅くのことだった。場所は防衛壁を越えた先、かなり東寄りの地点で、ウィンズテイルの町よりもむしろコラルー川の方が近い。とは言えそのあたりに特別なものは何もなく、存在するのは大小無数の〈石英〉だけだった。

この一週間で、影が目撃されたのは三回目だった。その都度ロブは非番の町守を目撃地点に送り込んで調査を行わせていたが、砕けた〈石英〉で地面のほとんどが覆われた〈石英の森〉は痕跡というものをほとんど残すことなく、これまでのところ発見らしい発見はひとつもないままだ。

「切り上げよう。これ以上続けても無益だ」

ユーゴが言った。

「──わかった」

視線を合わせることなく応え、リンディは立ち上がった。

睡眠不足の日々が続いていた。

ユーゴの助言のお陰で幾らか気は楽になったものの、眠りの浅さは続いていて一向に改善する気配がない。しかも熟睡できていないせいか、夢を見る回数も、夜半に目が覚めることも増える一方になっていた。

夢の内容はほとんどが、まだ小さかったころの自分と黒髪の女性との会話だった。会話の内容は目覚めたときには忘れていることも多かったが、思い出さなければいけないという焦りが勝手に湧き起こってきて、そのせいで目が冴《さ》えてしまう。そして眠れないまま、212号と対峙《たいじ》したときのことを思い出すのだ。あの時はユーゴのお陰でなんとか止められた、だが次も徘徊者を砕けるとは限らない。もしどうにもできなかったら。ガンディットから聞かされた、ノスティリアが徘徊者に収奪され、〈石英の森〉に侵略されていくさまを想像し、それと同じ状況がウィンズテイルに起こったらとリンディは震えた。

「円屋根の膨張や妙な影のせいで、町中が嫌な雰囲気になっちまってるからな。お前は俺らと違って感受性豊かな年ごろだし、影響受けてもおかしくはない。それと──」

リンディが非番の日、ユーゴから話を聞いて様子を見に来たロブが言った。

「ドクター・ノブルーシュカが心的外傷《トラウマ》の可能性もある、と言ってる。もう一度診察に来るように、って言付かってきた」

「そんなことない、大丈夫だよ」

食堂のテーブルで、ロブと差し向かいになったリンディは慌てて首を横に振った。

「心配すんな、注射は打たないって言ってたぞ」

「そういうことじゃなくてさ」

リンディは唇をへの字に曲げて言った。

「また仕事を休めって言われたら困るから……」

「そう言ってもらえるのは、リーダーとしてはありがたいんだけどよ」

苦笑いを浮かべ、ロブが言う。

「町守はまだ他にもたくさんいる。でもな、リンディはひとりしかいねえんだ。しかもウィンズテイルで一番若いんだぞ。これから先まだまだ活躍してもらわなくちゃいけないのに、今から無理させるわけにいかねえだろ」

「でも」

「ロブの言う通りだよ」

反駁しかけるリンディの隣から、それまで黙っていたニーモティカが口を挟んだ。

「前々から思ってたけどね、あんたはちょっと頑張り過ぎなところがあるよ。ま、周りがあたしみたいなぐうたらや年寄りばっかりじゃ、自然とそうなっちまうのかもしれないけど——でもね、一人前になるんなら、そろそろ自分を大切にすることも覚えなくちゃいけないよ」

「でも、そんなの、怠けてるみたいで」

「怠けるのと休むのは違うよ」

ニーモティカはリンディに最後まで言わせなかった。

「次に備えて自分を整えたり、磨いたり、力を蓄えたりするのが休むってことさ。今だけ頑張ってもそれでだめになってちゃしょうがないってことくらい、あんたにだってわかるだろ」

「それは——わかるけど」

理屈ではわかっても感情は納得できない——というのがあからさまに出ているリンディの表情に、それまで厳しかったニーモティカの表情が和らいだ。

「わかるんなら、とにかく一回エリーにちゃんと診てもらっておいで。いいね」

「——わかった」

よし、と頷いたニーモティカが、口を尖《とが》らせたリンディの頭をぽん、と撫でる。

「そんな顔しなくてもたぶん大丈夫さ。これはあたしの勘だけどね、リンディはトラウマを負ったってわけじゃないと思うよ」

「どうしてそう思うんですか、時不知さま」

ロブの問いに、まあ長く生きてりゃ色々経験するからね、とニーモティカが苦笑混じりに答えた。

「昔——特に黒錐門が出現したばかりのころ、徘徊者を目の当たりにして、それがトラウマになっちまった人間は少なくなかったんだ。あたしもそういう人たちはたくさん見てきたし、一緒に生活してたこともある。だからそういう人たちがどんなふうに変わっちまうかはわかってるつもりだ」

でも、とニーモティカはリンディに向かって続けた。

「あんたはそうじゃない。確かにあんたがした経験、つまり見習い初日にあんなでっかい徘徊者と向き合う羽目になるとか、そいつを砕くための囮役を務めるなんてのは確かにトラウマになり得るし、その後の不眠もいかにもそれらしい症状だ。でもね、それ以外はほとんど変わってないだろ。五歳の時からあたしが知ってる、思いやりがあって世話好きで、でもちょっと生真面目過ぎるところがあるリンディのまんまさ」

「じゃあ」

いつもの顔に戻ったリンディに、ニーモティカは、とは言え、と釘を刺すのを忘れなかった。

「寝不足じゃいい仕事はできないだろ。睡眠不足の件はちゃんとエリーに相談しておいで」

「わかった」

今度は素直に頷いたリンディに、よし、とニーモティカは口元に笑みを浮かべた。

「エリーに診てもらって眠れるようになって、変な夢を見なくなれば何よりだしね。ただ──あたしはどうも、そっちの方が気になってるんだよ」

「そっちの方って──夢のことですか？」

ロブの問いに、ああ、とニーモティカは難しい顔で頷いた。

「──〝刻印者〟ってのを知ってるかい？」

唐突なニーモティカの問いに戸惑いつつ、リンディとロブは揃《そろ》って首を横に振った。

「異界紋を刻まれた人間が最初に見つかったのは、〈変異〉のあと、二年くらい経ってからのことらしいんだ」

残念ながら、そのころの記録はほとんど残されていない。〈変異〉発生直後は世界を覆っていた高速の通信網やそれを支えていたシステム、それらの基盤上に保存されていた電子的な記録類は、僅か二年後にはほぼ全てが姿を消してしまっていたからだ。今も残っているのは、紙に書き写されたものや生存者が後年書き記したものなどごく僅かに過ぎず、その信憑性《しんぴょうせい》も定かではない。

「百二十年前にはね、世界中のいろんな場所に、ウィンズテイルどころかダルゴナなんかよりもずっとずっと大きな都市が、それこそ無数にあったんだよ」

最初の黒錐門はそうした都市のひとつ、特に栄え人口も多かった街のど真ん中に、なんの前触れもなく突然姿を現した。

人類が初めて見る巨大な黒い三角錐の表面は完全な黒一色で、どんな素材でできているのか全く見当がつかなかった。寸前までその場にあったはずの建物は、まるで初めから存在していなかったかのようになんの痕跡も残さず消失していたという。

今よりもずっと高度な人類の技術と知識をもってしても、何が起きたのか、それがなんなのかはわからなかった。表面を削ることも中を透かし見ることもできず、直接触れれば固く冷たく、またどれだけ観測しても何かを放出している様子もなかった。

これはいったいなんなのか。なぜ突然現れたのか。黒錐門の出現から七日後、期待と不安が世界中に満ちる中、人間がその答を――その一端を知る日がやってきた。

三角錐の内側から、漆黒の巨体が姿を現したのだ。

人類が、初めて徘徊者と相対した瞬間だった。

「最初の徘徊者はかなり大きくて、大体十メートルほどあったらしい。それでもリンディが砕いた212号ほどじゃないけど、なんせ初めてのことだからね」

砕いたのはユーゴで僕じゃないよ、というリンディの抗議を受け流し、ニーモティカは話を続けた。

最初の徘徊者は三日後、大都市のほぼ三分の一を〈石英〉と化したのち、黒錐門の中へと還って行った。生物も無生物も見る見るうちに半透明の鉱物へと変えられていくのを目の当たりにした人間は、何も理解できず、ほぼ恐慌に陥りながらも、二回目の出現時には必死になって抵抗を試み、可能な限りの手段と思いつく限りの試行を重ね、そうして理解した。自分たちが二千年かけて作り上げてきた攻撃手段の全てが、徘徊者にはなんの役にも立たないことを。

世界最大の都市は、そうしてこの世から姿を消した。

だがそれは、始まりに過ぎなかった。ひとつの巨大国家の、巨大都市のひとつに起きた悲劇はその四日後、別の大陸、別の国家に全く同じ黒錐門が出現したことで全ての人間にとっての悲劇となった。それから一年が過ぎるころには、辛うじて維持されていた全世界を覆う通信手段は徘徊者による収奪によって完全に失われてしまっていた。そのため当時各地で起きたことはもちろん、最終的にどれだけの数の黒錐門が出現したのかさえわからないままとなっている。

明らかな侵略だった。人間の知識を超えた存在による、異なる世界——異界からの。

この侵略に抵抗する術を、人類は何ひとつ有していなかった。

最初の黒錐門の出現から二年を過ぎたころにはもう、人間はダルゴナやウィンズテイルのように、たまたま取りこぼされたように残った小さな町に集まり、徘徊者の襲来に脅《おび》えながら生きるようになっていた。通信手段も長距離移動手段もそのほとんどを奪われてしまったがために、世界中でどれだけの町、どれだけの人間が生き延びているのかを知ることさえできない。もしかしたらここ以外の世界は全て〈石英〉化してしまっているのかもしれない。ここもいつか、徘徊者によって〈石英の森〉へと変わるかもしれない。

人間の多くは希望を失い、死なないために生きているだけの存在となりつつあった。出生率は低下し続け、文明も文化もいっそう維持が困難になっていった。

「そんな時、異界紋を刻まれた人間の話が伝わってきたんだ」

ニーモティカが言った。

「それがどんな人間だったのかってのは、残念ながらはっきりとはわからない。名前はもちろん、性別も若かったか年寄りだったかも曖昧だ。当時はもう、何日どころか何週間、何ヶ月もの間に伝言に伝言を重ねて変質した情報が、あちこちからばらばらに届くような有り様になってたからね」

それでも、届けられたほとんどの情報に共通していることが幾つかあった。異界紋を刻まれた者——被刻印者がどんな経験をしたのか、そして何を与えられたのか。

最初の被刻印者とされる者はいつからか、奇妙な夢を見るようになったという。それまで自分の目では見たことがなかった徘徊者の姿、それに立ち向かいながらも収奪され〈石英〉と化していく人々、そして失われていく文化文明。毎回少しずつ異なる夢が毎夜のように訪れる中、被刻印者は徐々に、誰かに見られているという感覚を抱くようになった。他人と一緒にいるときだけではなく、ひとりでいる時も、眠っている時であってさえもその感覚が消えない。恐怖の余り被刻印者は部屋に閉じこもり、眠ることもできなくなったという。

その身体に異界紋が刻まれたのは、被刻印者が視線を感じ始めてから数日後、絶対に誰もいないはずの室内に何者かの気配を感じた直後の意識喪失から、丸一日が経過し目覚めるまでの間だった。

描いたものでも彫ったものでもない、だが決して消えない黒々とした紋様。大きさも紋様の詳細も刻まれた場所さえ確かではないが、被刻印者が与えられたもの、そして成し得たことだけははっきりと伝えられている。

彼女あるいは彼は、砕いてみせたのだ。

それまでどんな手段をもってしても退けることができなかった徘徊者を、ただひとりで。

「異界紋のお陰で、〈核〉のことがわかったってこと？」

ああ、とニーモティカは頷いた。

「どんなふうに〝わかった〟のかはわかんないんだけどね。『天の声が聞こえた』って言ってるって話もあったし、『私にはわかっていた』って言ったたって話も聞いたし、ただ無言で理由もなく打ち砕いたって主張してたのもいて、どれが本当なのかは当時から謎だったよ」

通信網が失われた世界で、〈核〉についての情報は口伝えで、数年かけて世界中で生き延びている者たちの間に広まっていった。幾つものパターンに変容した、最初の被刻印者が成した偉業の物語と共に。

そうして彼女あるいは彼は、人類の救世主として崇め奉られることになった。その身に刻まれた刻印は、神から啓示を受けた証《あかし》だと誰もが考えるようになった——新たな被刻印者が、それもひとりではなく、断続的に見つかるようになるまでは。そしてその効果が、人々に知られるようになるまでは。

被刻印者の多くには、肉体か精神いずれかに不可逆的な変化が現れた。そしてその多くは、到底好ましいとは言えないものだったのだ。

筋力が異常に増大して通常の生活が送れなくなり、自分の身体を破壊してしまった者。夜間視力が極端に向上してしまい、明るい場所に出られなくなった者。突然得体のしれない言葉を話すようになり、周囲との意思疎通ができなくなってしまった者。眠ることができなくなり、やがて精神の安定を喪失して自死に至った者。

「あたしなんかだいぶマシな方さ」

ニーモティカの口の端に、皮肉な笑みが浮かんだ。

次々に現れたそんな被刻印者を目の当たりにして、人々は刻印が神の啓示ではないと認めざるを得なくなった。だが一方、最初の被刻印者のように人間にとって有用な知識や能力が与えられることも稀にあり、悪意の印だとも断言できなかった。

「そのころから、こいつは異界紋って呼ばれるようになったんだよ」

自分のうなじに触れ、ニーモティカは言った。

「人間に刻めるもんじゃない、それなら異界が刻んだんだろってだけの理由だけどね。実際に異界と関係があるのかどうかはわかってない。紋様や刻印された場所と、刻印の影響を調べた人もいたようだけど、あたしが知る限り、法則みたいなのは何も見つかってない」

強いて言えばひとつだけ、被刻印者の多くが言い残し、あるいは記録していたことがあった。刻印される少し前から繰り返し奇妙な夢を見るようになり、やがて誰もいないはずの場所で視線を感じたり、近くに何者かの気配を感じたりした、というのだ。

やがて人々はその何者かのことを、〝刻印者〟と呼ぶようになった。人々を不可逆に、理不尽に変えてしまう、実在すら怪しい不可視の何者かのことを。

「異界から来るのかな」

リンディの呟きに、さてね、とニーモティカは首を捻った。

「そもそも本当にそんなのがいるかどうかすらわからないからね」

「時不知さまも、その、変な夢を見たり視線を感じたりしたんですか？」

ロブに問われたニーモティカは、それがねえ、と渋い表情になった。

「覚えてないんだよねえ。見たかもしれないんだけど、なんせ百年以上も前のことだから」

「リンディは——時不知さまに見つけられる前のことはわからないんだっけか」

繰り返し見る、本当かどうかわからない夢の出来事を除けば。だがそれについては口に出さず、リンディは黙って頷いた。

「少なくともあたしが知ってる限りでは、異なる異界紋をふたつ以上刻まれた人間は存在しない。同じ異界紋がふたつ、ってのならメイリーンがいるけどね」

真顔に戻ってニーモティカが言った。

「でももうひとつ言えば、なんの影響も及ぼさない異界紋があった、って記録もない。リンディ以外には」

「じゃあ、リンディのところにその刻印者ってのが来てるかもしれない、ってことですか？　たとえばその、リンディの異界紋に機能をつけるのを忘れてたんで、今ごろになってつけに来た、とか？」

半信半疑であることを隠し切れない表情のロブに、ニーモティカの唇に苦笑が浮いた。

「そこまではさすがのあたしも思ってないよ。でもね——あたしだって、リンディの話を聞くまで、刻印者とその前兆らしい夢の話なんてすっかり忘れてたんだ。だけど、ほら、ちょっと似てるからさ」

「確かにまあ、そう言われたらそうかもしれませんが」

「ま、考え過ぎだとは思うよ、あたしもね。でもやっぱり、なんか気になるだろ」

だからね、とニーモティカはリンディに向き直って続けた。

「あたしのためにも、ちゃんとエリーに診てもらってきて欲しいってことだよ」

「わかった」

軽い口調とは裏腹に心配げなニーモティカの瞳に、リンディは素直に頷いた。

「明日、ちゃんと診てもらってくるよ」

診察を終えたドクター・ノブルーシュカは、リンディに貴重な医薬品の中から睡眠導入剤を処方し、まずは一週間これで様子を見るように、と言った。

薬のお陰か、その夜リンディはここしばらくないほど早々に眠りにつくことができたし、途中で目が覚めることもなかった。翌朝目覚めて、よく眠れたという実感もあった。

だが、夢は見た。それまでとは違う、少し奇妙な夢を。

§

「気をつけて」

夢の中、長い黒髪を一本に結わえた女性は、リンディの瞳をまっすぐに見つめて言った。

「あなたのいる町は、ふたつの力に狙われている。ひとつは徘徊者たち」

「――たち？」

ええ、と黒髪の女性は頷いた。

「そしてもうひとつ。南からやってきた者たち。気を許してはいけない。気をつけて」

「南からって――」

南。ウィンズテイルの南に位置している町。

「待って、それって」

リンディの問いに、答えはなかった。ぷつん、と糸が途切れるように、夢は唐突に終わった。

# 10

玄関のノッカーが鳴ったのは、朝食を終えたリンディが、昨夜の奇妙な夢の話をニーモティカにするかどうかで悩んでいるときだった。

ひとまず結論を出さずに済んだことに安堵したリンディが扉を開けると、そこにいたのはいつになく張りつめた表情のロブだった。

「時不知さまと一緒に公会堂まで来てくれないか」

こんな早くに申し訳ないんだが、とロブは言った。

「昨夜、コラルー川の川岸で誰かが動き回ってる音を聞いたってやつらがいる」

「町の近くで？」

ああ、とロブが頷いた。

「川見通りの先から少し南に下ったあたりらしい。夜釣りに行ったジャニスとビシュウインが聞いたって言うんだ。それだけじゃなく」

ロブの眉間に、いっそう深い皺が寄る。

「その誰だかは町中まで入り込んでるかもしれん。ガンディットとマーゴエム、それにカインイルメから相談があった」

「──見たの？」

リンディの脳裏に、自分ではまだ目にしていない、小さな薄灰色の影がよぎった。

だがロブは、いや、と首を横に振る。

「誰も姿は見ていない。ただ、気配を感じたと言うんだ。何かがいた気がする、と」

「それって――」

昨日聞いた、ニーモティカの話が脳裏に甦った。多くの被刻印者に共通した、誰もいないはずの場所で、何者かの視線や気配を感じたという経験。

まさか。

「頼めるか」

ロブの言葉に、リンディは無言で頷いた。


住人のほとんどが七十代以上であるウィンズテイルにおいて、町の運営の多くは町守によって担われている。

元々はその名の通り、徘徊者から町を守ることを目的とした組織だったが、住人の高齢化と人口減少によって徐々に様々な役割を担うようになり、三十年ほど前、町議会長が町守のリーダーを兼任したことを契機にして一本化された。

町守には住人のうち、比較的若く肉体的に頑健な者が多くは責任感から自主的に参加し、リーダーはメンバーの中から複数人の推薦によって選ばれている。ロブはリーダーになって二年目だが、町守としては二十年近い経験があった。

だがそのロブにとってさえ、今回のような事態は未経験だった。〈石英の森〉で目撃が続いている不審な影、コラルー川付近で聞かれた何者かが動き回るような音、そしてガンディットたちが感じたという気配。短期間に連続して起きたこれらの出来事を無関係だと考えるのは難しい。ウィンズテイルの住人は五千人に満たず、身元不明の不審者が入り込むのがそもそも困難で、そんなことはこれまでほとんどなかったからだ。だが対応しようにも、これまでのところ不審者の正体や目的に繋がりそうな手掛かりは何も見つかっていなかった。

どう対処するべきか。

ひとりでは決断できないと考えたロブによって、十数年ぶりに町守の緊急会議が招集された。

「最初は気のせいだろうと思ったらしいんですよ」

滅多に使われることのない公会堂の、一番小さい会議室でロブが言った。薄いオレンジ色の石壁で囲われた室内にあるのは、分厚いメープル材の角テーブルと十脚の椅子だけだ。かつてはあったのだろう様々な調度は、遥か昔に取り除かれてしまっている。

出席者はロブとニーモティカ、それに先代のリーダーであったジョーイと、ロブに乞われ、ニーモティカに引っ張りこまれたリンディの四人だった。ニーモティカは町守ではないが、誰よりも豊かな知識と経験を背景に、相談役として招かれている。見習いである自分だけが明らかに浮いていることを自覚しているリンディは、居心地悪そうにニーモティカの隣で小さくなっていた。

「近くになんかいる気配を感じて、夜中に目が覚めたと。とは言え夢を見てたのかもしれないし、そうじゃなくても近くの畜舎の音も聞こえるし、周りには鳥や犬猫なんかも集まるから、そういうのだったかもしれない。そう思ったんだそうです」

「三人ともがか」

ニーモティカの問いに、はい、とロブが頷いた。

「俺のとこに相談に来たのはガンディットなんですが、話を聞くとマーゴエムとカインイルメも、何度かおんなじような経験をしてたことがわかったんです」

「三人の家はどこだい」

「南西端の、十二号畜舎の向かいですね。——ここと、ここと、それからここ」

ロブがテーブルの上に広げた町の地図に、ピンを三本、並べて刺した。

「東から順に、マーゴエム、カインイルメ、ガンディットの家です」

ふうん、とニーモティカが唇を曲げた。

「袋小路になってるとこだね。てことは、三人の誰かに用でもなきゃ、わざわざ立ち入る道じゃないってわけだ」

そうなんですよ、とロブが応じた。

「最初はみんな、気のせいだと思ってたらしいんです。それが昨日、お茶の時間のお喋りで三人が三人とも似たような体験をしてるのがわかって、どうにも妙だなってことになった」

「で、町守に相談したわけだ」

地図を見下ろしたまま、ニーモティカが言った。

「あんたはどう思ってるんだい」

「正直、三人の気のせいだって可能性も消し切れないとは思ってます。ただ、ここんとこの状況を考えると、そうだと決めつけちまうわけにはいかない」

じゃあなんだと思うんだい、とニーモティカが視線を上げ、ロブを見て尋ねる。

「徘徊者である可能性は低いと思ってます」

全員の脳裏にある言葉を、まずロブが口に出した。

「〈石英の森〉で目撃されてる影の正体はわかりませんが、徘徊者なら黒いはずですし、何より町まで来ているのなら何も〈石英〉化されていないのがおかしい」

「それなら？」

「次に考えられるのは――この可能性も小さいと思ってますが」

ロブが話を続ける。

「泥棒ってやつかもしれません。ただ、生まれてこの方この町じゃ見たこともありませんし、そもそも三人の家に盗むようなものなんて何もなさそうなんですが」

ガンディットたちに限らず、ウィンズテイルの住人で盗みを警戒しなければならないほどの財産持ちはほとんどいない。町にある品物の中で最も貴重なのはニーモティカが持っている機體や機器類だろうが、それらはニーモティカがいなければなんの役にも立たず、盗んだところで意味がないことを町の住人なら誰もが知っている。

「値が張るもの、ってことならそうだろうけど、個人的な思い出の品とか、特定の人間にとってだけ価値があるもの、ってことはあるんじゃないのか。あるいは三人のうち誰か、もしくは三人全員こそが狙い、ってことも考えられなくはない」

「いやいやそんなまさか！」

ロブが目を剝《む》いた。

「三人とも元の仕事は引退して、倉庫や畜舎の番を手伝ってくれてるだけですよ。これまで問題を起こしたようなこともありませんし。思い出の品は、まあわかりませんけど、あの三人が狙われるようなことなんて」

「そうだね、なさそうだね。——となると」

ニーモティカの言葉に、リンディの心臓が、どくん、と大きく鳴る。

「刻印者」

考えるより先に、言葉が滑り出ていた。もうひとつの、一瞬脳裏に浮かんでしまった可能性を否定するために。

いっせいに向けられた三人の視線に、リンディははっと我に返る。

「ご、ごめん」

「謝ることじゃないだろ」

即座に、ニーモティカが言った。

「あたしだって当然それは考えたよ。昨日の今日だからまさか、って感じだけどね。ロブだってそうだろ？」

ええ、と頷くロブの横で、ジョーイがなんのことです？　と問うた。ああそれは――と、ニーモティカが刻印者についてかい摘《つま》んで説明する。

その話を半ば上の空で聞きながら、リンディは胸の内に浮かんでしまったもうひとつの疑念を必死になって打ち消していた。証拠はもちろん、なんの根拠もないことだ。ただ夢に見ただけで――それも、ただ南からっていうだけの話だったじゃないか。それでメイリーンたちを疑うなんて、そんなの、馬鹿みたいだ。

「――なるほど」

ニーモティカの説明に、ジョーイは腕組みをして頷いた。

「状況だけだが、確かに似ている」

「だけど、あの——」

黙っていると余計なことを考えてしまいそうになる。リンディは躊躇いつつも口を挟んだ。

「そもそも刻印者って、本当にいるかどうかもわかってないんじゃ」

「いるかどうかがわからないってんなら、泥棒だって同じようなもんだろ」

ニーモティカが言った。

「今はね、可能性を押さえておくのが大事なんだ」

「だけど、ええと」

考えろ。変なことを想像しちゃわないように。

「もし、もしだよ、もし本当に刻印者だとしたら、僕らにはどうにもできないんじゃないかと思うんだけど」

リンディの言葉に、だろうね、とニーモティカは頷いた。

「刻印者自体にはね。でも、その可能性も踏まえた上で、どうすればいいかを考えることはできる。だろ？　——いいかい」

ニーモティカは順々に三人の顔を見回した。

「まだ何かがあったわけじゃない。それなら今一番大事なのは、何も起こらないようにすることだよ。そのためにできることを考えていけばいい」

「――どうやって?」

ニーモティカの話しぶりに引き込まれ、リンディは尋ねた。ニーモティカはもう一度、いいかい、と続ける。

「〝妙なやつ〟の正体はわからない。泥棒かもしれないし、刻印者かもしれない。いるのかどうかもわからなくて、もしかしたらガンディットたちの気のせいかもしれない。狙われてるのが全員なのか、ひとりだけなのかもはっきりしない。今あたしたちにわかってるのはそれだけだ。そうだね」

うん、とリンディは頷く。ロブとジョーイも黙ったまま、ニーモティカの話に聞き入っている。

「で――あたしたちはこのまま、ガンディットの勘違いだって決めて、何もせずにいるとする。だけど本当は〝妙なやつ〟がいて、ガンディットたちを狙ってたとしたら――起きて欲しくない最悪の事態ってなんだい?」

「ガンディットさんたちが――全員じゃないかもしれないけど、刻印されちゃうこと」

他には? と促すニーモティカの声に応えたのは、ロブだった。

「三人のうち誰か、あるいは何人かが、何が理由かはわからないが、何かの被害に遭うこと」

「理由は今んとこ、考えなくていい。そもそも相手がわからないんだから、考えても意味がないよ」

「何か大事なものを盗まれちまう、という可能性もあるな」

ジョーイが言った。

「そんなもの、あるかどうかはわからんが。……これも考えなくていいのか」

そうだね、とニーモティカが頷く。

「それを考えるのは、〝妙なやつ〟の尻尾を摑んでからでいいさ。今は、とにかく起きて欲しくないことを防ぐのが第一」

「じゃあ、つまり――」

ロブが考え考え言う。

「そういうことが起きないように手を打ちつつ、〝妙なやつ〟の尻尾を摑む手段を考える、ってことですね」

そうだよ、とニーモティカが応えた。

「で、他にはないかい、手を打っておくべき、起きないようにしたいこと」

あの――、と、小さくリンディが手を挙げた。

「ガンディットさんたちは、たぶん不安だと思うんだ。だから、これ以上不安にならないように、安心できるようにしてあげた方がいいと思う」

ちょっと違うかもしれないけど、と自信なげに三人を見回すリンディに、確かにそうだな、とロブは感心したように言った。

話し合いの結果、まずは一週間、他の誰にも秘密にしたまま、三人には別の家に移ってもらうことになった。幸いウィンズテイルに空き家は山ほどあるから、避難先には事欠かない。ガンディットにはロブの斜め向かいの空き家、マーゴエムにはリンディとニーモティカの家から路地を一本入ったアパートメントの一室、そしてカインイルメには以前から親しいジョーイの家が、それぞれ用意されることになった。

「ちょうど明日から、仕入れのために家を空けるんでな」

ウィンズテイルからダルゴナまでは船で二日。月に一便が運行しており、ジョーイはこれまでも年に一度か二度、仕入れのために店を閉めるのを習慣にしていた。買い付けるのは主に経営している小さなレストランで使う調味料や珍しい食材などだが、ドクター・ノブルーシュカから依頼された薬品や、ウィンズテイルでは製造できない工業製品なども頼まれれば対応するし、親族や友人間の手紙を言付かることもあった。

「三人にはそれぞれ、もしあるならだが、盗まれて困るようなものは持っていってもらうことにする。自分で運べる範囲だから家具なんかは無理だが、そんなのなら泥棒も簡単には持ち出せないだろうしな」

居場所を変えて、もし三人が気配を感じなくなったらそれはそれでいい。それでも引き続き何かがいるという感じが抜けないのなら、その時には夜通し付き添ってみようということになった。

その上で今夜から、リンディはガンディットの代わりに、ガンディットの家で寝泊まりする。このリンディの提案に、最初ニーモティカは目を剝いて反対した。

「泥棒だったとしても、正体を確かめる以外のことは絶対にしないから」

リンディは渋面を崩さないニーモティカに繰り返し約束した。

「もし——もし刻印者だったとしても、僕を狙っているんだったら、僕のところに来るはずでしょ。そうじゃない刻印者なら、僕がもう異界紋を刻まれてるのがわかったら諦めると思うんだ」

ふたつ以上の異なる異界紋を刻まれた人間はひとりもいない。もちろんリンディが初めのひとりになる可能性や、また前日にロブが言ったように、刻印者がリンディの異界紋を完全にするためにやってきた可能性はゼロではない。それでも、僕がそんなことになるよりも、他の誰かが刻印を受けてしまう可能性の方がずっと高いでしょう？

リンディの懸命の説得に、最後まで不満げな顔をしてはいたものの、ニーモティカも提案を渋々受け入れた。

「円屋根や影の件で、そうじゃなくても町全体がピリピリしてる。これ以上騒ぎを起こすわけにもいかないから、しばらくはこっそりやるしかない」

ロブが自分に言い聞かせるように言った。

「そのせいでリンディには無理をさせるが――」

「大丈夫だよ。僕だって町守だし、役に立ちたいんだ」

そうして――胸の内で、リンディは自分に言い聞かせた。

あの夢が本当じゃないってことを確かめるんだ。〝妙なやつ〟がメイリーンたちじゃないってことを、僕が証明してみせる。

「絶対危ないことはするんじゃないよ」

ニーモティカが、自分よりも大きいリンディの両肩に手を置き、真剣な口調で言った。

「仕事も大事だけど、生きてることはそれよりずっと大事なんだからね。何かあったら全部放り投げてでも」

わかってる、とリンディは頷いた。密《ひそ》かな決意を秘めて。

「ニーをひとりにするようなことは、絶対にしない。約束する」

不安げなニーモティカの目を正面から見つめ、リンディはきっぱり言った。

11

緊急会議の終了後、リンディはジョーイのレストランに寄った。しばらく休業するがまだ少し食材が残っているから、とジョーイが分けてくれることになったためだ。

「燻製は馬肉で俺の手製だ。かなり塩気が強いから、使うときは味付けで加減するといい」

町守の先代のリーダーであったジョーイは多くの住人と面識があり、それぞれの性格も背景もよく理解している。リンディのことも、ニーモティカに引き取られた時からずっと見てきた。

「俺が留守の間、あまり無理はしないようにな」

長年町守と料理人を続けてきたからか、皮膚の固くなったグローブのような手のひらで、ジョーイはリンディの頭を撫でた。リンディは不安に揺れる胸の内をなるべく表に出さないように抑えつつ、うん、と頷いた。

不安の元は、会議での自分の発言だ。ニーモティカはもちろん、ロブやジョーイからすれば自分はまだまだ幼い子どもに過ぎない。誰も口に出さないだけで、本当は変なことを言い出したと思われているのかもしれないし、あの場には相応しくない、なんの役にも立たない子どもっぽい思いつきを喋ってみんなを困惑させてしまったのかもしれない。会議が終わったあと時間が経つにつれ、リンディの胸の内の不安は膨れ上がる一方だった。

ジョーイが声を掛けてくれたのは、きっとそれを見透かしていたからだろう。その配慮には感謝しつつも、リンディは自分の幼さ、無力さをいっそう思い知らされたような気持ちになった。

結局自分はまだ、守られる非力な子どもに過ぎないのだ。ユーゴには他の誰かと比べるなと言われ、自分でもそうするべきだとはわかっているのに、どうしてもイブスランやメイリーンとの差を思わずにいられない。

ニーモティカの片腕となりつつあるイブスラン。ガンディットの力を借りて、過去の再生に取り組んでいるメイリーン。

南からやってきたふたり。

まとまらない思いがリンディの心を乱していく。燻製肉と根菜を入れたリュックが、やけに重たく感じられた。


ようやく辿り着いた家の中は、いつになく静まり返っていた。ニーモティカはひと足先に帰っているはずだったが、仕事部屋に籠っているか、疲れて横にでもなっているのかもしれない。

足音を立てないように二階への階段を上り始めたリンディの耳に、不意に低い話し声が届いた。

「終わり、ですか」

戸惑ったような、メイリーンの声。思わず足を止めたリンディの耳は、そうだよ、というイブスランの声を捉えた。

「経過観察期間はあと十日ほど残ってはいるけれど、今のままなら問題ないだろう。機體の調整技術についても充分に学ぶことができたから、今後は私だけで君のケアを行える。ここでしなければならないことは、あと少しで終わりだ。――心配かい？」

「――いえ」

くぐもったメイリーンの言葉に、イブスランがなぜか楽しそうにふふ、と笑った。

「リンディのことだね」

いきなり自分の名前が出てきて、リンディは全身を強張らせた。おそらくふたりが話しているのはメイリーンの部屋だろう。イブスランは部屋の中でメイリーンと話をするとき、絶対に扉を開けたままにしていたからだ。年若い女性の部屋に入るんだから、当然のことだよ。そう言ったイブスランに、そんな気配りもできない自分の幼さを思い知らされたことが忘れられない。

その上今は、そんな気はなかったにせよ、盗み聞きしているような形になってしまっている。それをふたりに知られたくなくて、リンディはその場から動けなくなってしまった。かといってイブスランの言葉を聞かずにもいられず、できたのはただ、自己嫌悪に胸を焼かれながら息を殺すことだけだった。

「まっすぐで、純粋で、いい少年だ。彼が君にとってとても貴重な、得がたい存在になったことはわかる。でもね、メイリーン」

微かに床が軋む音がして、リンディは息を呑んだ。自分が立てた音ではなく、ふたりのどちらかが身体を動かしたのだと気づいたときには、心臓がうるさいほど激しく鳴っていた。

「運営議会は——ダルゴナは君の力を必要とし、期待してもいるんだ。だからこそ君を孤児院から引き取ることも許可されたし、こうしてウィンズテイルに来て治療を受けるための支援も行われている」

いいかい、と言ったイブスランの声は、リンディが初めて耳にする、低く凄《すご》みを感じさせるものだった。

「私たちは役割を果たして、その期待に応えなければいけないんだよ。世界を再び人間のものにするために必要な過去の遺産、それを再生する方法を見つけ出し、手に入れなければならない。それを忘れたわけじゃないだろう?」

「——わかっています」

それならいいんだよ、とイブスランは応えた。その口調が、不意にいつも通りの朗らかなものに戻る。

「もちろん本当なら、砕片が多く保存されているこの町を拠点にした方が何かと都合はいい。君の希望も叶うだろうしね。だが、〈石英の森〉の話は聞いただろう? 色々と不穏な兆候があるという噂を」

はい、と弱々しい声でメイリーンが言う。

「私としては、万が一のことを考えないわけにはいかない。君を危険に晒《さら》すわけにはいかないんだ。君は、人間が世界を取り戻すための貴重な、たったひとりしかいない存在なんだからね」

メイリーンの返事は聞こえなかった。何も言わなかったのか、それとも聞こえないほど小さな声だったのか。

「もちろんこれで最後というわけじゃない。実を言うと、私は既にクオンゼィ総司令に手紙を書いて、明日からダルゴナに行くという男性に託したんだよ。ウィンズテイルの状況が落ち着いたのちは、試みの効率化のためにも、また君の状況をニーモティカに詳細に確認してもらうためにも、ウィンズテイルを拠点にするか定期的に訪れることが望ましい――とね。私たちが充分な成果を出して運営議会の期待に応えることができたら、この希望が通るのはそれほど難しいことではないと思うよ」

しばらくの間、沈黙が続いた。階段の半ばでしゃがみ込んだまま、リンディは指先すら動かせずにいた。

役割を果たさなければならない。そうイブスランは言った。過去の遺産を再生する方法を見つけ出し、手に入れるのだと。

夢の女性が告げた言葉が、不意に脳裏に甦る。ウィンズテイルはふたつの力に狙われている。徘徊者たち、そして南からやってきた者たち。

まさか、そんな。

「――わかりました」

まとまらない考えに翻弄されるリンディの耳に、ぽつりと言ったメイリーンの言葉が聞こえてきた。

「七日後、って――そんなにすぐ」

翌朝。ガンディットの家で何事もなくひと晩を過ごしたのち、帰宅して朝食の準備をしていたリンディは、珍しく台所にまでやってきたイブスランの話に困惑の表情を浮かべてみせた。昨日聞いてしまった話から薄々予想はしていたが、それを悟られるわけにはいかない。

イブスランはリンディのぎこちない応答を動揺のためだと取ったようで、わかっていると言わんばかりの笑みと共に、そうなんだよ、と言った。

「幸い経過が順調だからね。もちろん、メイリーンの体力はまだ充分とは言えない。毎日町中を歩いたり、町の人々の仕事を手伝ったりと努力しているようだが、夕方にはすっかりくたびれているからね。だがまあ、それは時間が解決してくれることだ。運動療法はダルゴナでも続けられる」

「そう――ですか」

リンディの表情を見て、イブスランはふふ、と笑いを漏らした。

「君もやはり、メイリーンとは別れがたいかな」

えっ、と驚きの表情を浮かべたリンディに、イブスランはいや失礼、と真顔になった。

まだ五時半を過ぎたばかりで、普段ならみんな眠っている時間だった。ニーモティカはもちろん、メイリーンもまだ部屋にいる。一緒に暮らすようになってからひと月半になるというのに、リンディがイブスランとふたりきりになるのは初めてのことだった。

「ウィンズテイルには、君以外に子どもはいないと聞いた。君にとってメイリーンは、初めての同年代の友だちだったんだろう」

「……そうですね」

短く言うと、リンディはイブスランに背を向け、朝食の準備を再開する。その背中をじっと眺めながら、イブスランは優しげな声で話を続けた。

「私もこう見えても昔は子どもだったからね、君の気持ちもわかる。ダルゴナにはそれなりに子どもはいるが、同年代で、話が合う相手というのは貴重だ。特に君たちくらいの年ごろならね。メイリーンにとっての君もそうだ」

一瞬、野菜を洗い始めていたリンディの手が止まった。ふふ、とイブスランが含み笑いを漏らす。

「あの子もここを離れがたいと思っているよ。——正確に言うなら、君と一緒の生活を終わらせたくないと思っている。本人が、どこまで自覚しているかはわからないがね」

リンディは応えなかったが、イブスランは言葉の意味をリンディがちゃんと理解できるようにだろう、たっぷりと間を空けてから次の言葉を継いだ。

「私としても、君たちの願いは叶えたいと思っている。世界の未来を担うのは、君たちのような子どもだからね。だがそのためには、大人の責任として、まず君たちに手渡せるだけの未来を創らなければならない。このまま徘徊者と〈石英の森〉に侵食され、人の世界が滅びてしまうような未来ではなく、だ」

わかるね、とイブスランは問うた。背中を向けたまま、ええ、とリンディは応える。

「そのためにも、ダルゴナはメイリーンの力を必要としている。それがメイリーンの役割、仕事なんだ。仕事の大切さは、君だってわかっているだろう？　こんな世界だからこそ、ひとりひとりが役割を果たさなければ、あっという間に何もかもが立ち行かなくなってしまう。その年で町守としての仕事を務めているのだって、君がそれを理解しているからだ。違うかい？」

「僕は」

思わず手を止め、振り返ってリンディは言った。

「そんなことまで考えてるわけじゃありません。僕はただ、ニーやみんなを――困ってる人を、助けたいと思ってるだけです。全然役に立ててないけど、それでもいつか、僕を拾って育ててくれた、みんなの役に立ちたいって」

「それが君の行動原理だとしたら、実に素晴らしいことだ」

リンディの目を見つめ、イブスランは熱っぽく言った。

「そうした人と人の感情的な繋がりこそが、この瓦解しかかっている世界を辛うじて繋ぎ止め、動かしているものだからね。君は、自分が好きな人たちを助けるために、自分にできる限りの役目を果たそうとしている。その熱情によって、徹夜の見張り番までこなしているのだから――」

「夜は見張りをしてるわけじゃないんです」

イブスランが勝手に盛り上がり始めたのに慌てて、リンディは口を挟んだ。

「刻印――誰かに狙われているかもしれない人がいて、いやもしかしたら何かの勘違いで心配し過ぎなだけかもしれないんですけど、それでも念のためにってちょっとその、身代わりみたいなことをしてるだけなんです。だから、夜はちゃんと寝てて、徹夜したりはしてないんです」

「そうだったのか、いや、それはすまない。勘違いしていた」

イブスランは頭を掻いた。

「しかし、それにしたって立派に仕事をしていることに変わりはない。今の口ぶりからすると細かいことは話せないんだろうが、それでもある程度の危険がある役割だというのはわかるよ」

「それは――そうかもしれませんけど」

そうなんだよ、とイブスランは力強く言った。

「君はもう少し自信を持った方がいい。それだけのことをしていると私は思うよ。実際君のお陰で、その誰かに狙われているかもしれないという人は安心できるんだろう？」

たぶん、とリンディは応えた。

「そうだったらいいなと、思ってます」

「安心しているに決まっているよ」

リンディに近寄ったイブスランが、満面の笑みを浮かべて力強く肩を叩く。

「君がこれだけ尽力しているんだ。そうに決まっている」

「それならいいんですけど」

あまりの勢いに困惑の隠せないリンディに、イブスランはもう一度、大丈夫さ、と言った。

「積み上げた努力はきっと身になると私は信じているんだ。君の努力も、メイリーンの努力もだ」

だから、とイブスランはリンディの両肩に手を置いて続けた。

「メイリーンはきっと役割を果たすし、そうすればすぐにまた会うこともできる。心配しなくても大丈夫だ」

どう考えたらいいのか、どんな顔をしたらいいのか、まるでわからない。

熱っぽく語るイブスランに押されたリンディにできたのは、無言のまま頷くことだけだった。

12

緊急会議から二日が過ぎたが、状況はほとんど何も変わっていなかった。

円屋根はごく僅かずつではあったが膨張を続け、〈石英の森〉では幾度も薄灰色の影が目撃されていた。いずれも原因はわからず証拠も摑めず、ただ住人が抱く、得体のしれない不安だけが町全体をどんよりとした雲のように覆い、包み続けている。

それでも幾らかリンディの気分をましにしてくれたのは、ガンディットたちの状況に対して打った手が、多少なりとも結果を出したという事実だった。

ガンディットたちは口を揃えて、家を移ってから妙な気配は感じられなくなった、と言った。まだ完全には安心していないようだったが、三人ともずいぶん落ち着きを取り戻している。一方、ガンディットの家に寝泊まりを続けているリンディも、慣れない環境で落ち着かないこと以外には、特に異常を感じることもなく過ごしていた。

もちろん、たかだか二日程度で安心するわけにはいかない。ガンディットの家に泊まり込むにあたって、リンディはニーモティカに貸してもらった被刻印者に関する記録を持ち込み、時間の許す限り読み進めていた。それらの資料によれば異界紋を刻印された者のうちおおよそ半数が、ひと月近く前から何らかの気配を感じていたらしい。気配を感じていたとしても記録されていない場合もあるだろうから、実数はもっと多いかもしれない。

万が一の可能性を考え、問題がなかったとしてもこのままひと月は様子を見る。ダルゴナに向かったジョーイ以外の三人は、話し合った上でそう決めた。

もちろん、その間も普段通りの仕事は続いていく。町に不審者——可能性は低いがもしかしたら刻印者がいるかもしれない。ただでさえみんなが不安を抱えている状況でそんな話を漏らすわけにはいかなかったから、この件を知っているのは当人たち以外では会議に参加した四人だけだった。そのため必然的に、ガンディットらへの対応もその中で動ける者が担うことになる。とは言え、機體調整の仕事から手が離せないニーモティカと、ダルゴナに行ってしばらく不在となるジョーイはほぼ何もできず、町守のリーダーであるロブは元々が多忙であるためそれほど時間を割くことができない。結果として、この件に関してはリンディが中心的な役割を果たすことになっていた。

今の時点では様子を見ているだけだから、実際の仕事はそれほど多くはない。それでもリンディは自主的に、少なくとも朝晩、余裕があれば昼間やお茶の時間にも三軒の家に顔を出し、小まめに様子をうかがうようにしていた。

もちろん、それ以外の仕事や家事もこれまで通りに続けていたし、夜は被刻印者についての資料を可能な限り読み進めた。決して楽ではなかったが、やることが多くある方が余計なことを思い悩まずに済む。それに、何らかの仕事を担うことができているという事実は自分に存在意義があると感じさせてくれ、それが無力感を軽減してもくれたから、リンディはいっそう町守の仕事に打ち込むようになっていた。

ただひとつ、メイリーンのことだけが気掛かりだった。

過去の機械を再生しようという試みは、ガンディットたちの置かれている状況を考慮して、残念ながら一時中断してしまっている。そうなるまでの間、三人が最初に再生に取り組んでいたのはミシン――布などを手縫いよりずっと早く縫い合わせることができる機械だった。最初は武器じゃないもの、徘徊者を倒すものじゃなくて人の役に立つものにしたいというメイリーンの希望と、数は少ないがダルゴナには実物が残っているらしいということから、正しく再生できたかも確かめられそうだ、ということで選んだものだ。

だが、ガンディットの記憶を元にリンディが特徴をまとめ、三人がそれぞれに絵を描いて少しずつすり合わせ、そうやってまとめた情報で何度か再生を試みてはみたものの、残念ながら完璧な再生には至らなかった。なんなく動きはするのだが、ガンディットが話してくれたように布を縫うことができない。とは言えなぜうまくいかないのか、どこがおかしいのかはガンディットもよくわからず、つまるところそもそも誰もミシンの動作をきちんと把握していないことが原因だ、というのが三人の結論だった。

連弩や車椅子の再生が成功したことから、細かな部分の仕組みまで全て理解している必要はないようだったが、少なくとも、どう動作し機能するべきかはわかっていなければならないのではないか。ならば次はガンディットがきちんと働きを覚えているもので、可能ならば入手困難な燃料の類いを必要としないものを見つけ、それを再生してみよう——そう話していたところに今回の問題が起きてしまったのだ。

それに加えて、イブスランとの会話を盗み聞きしてしまった日から、メイリーンとはゆっくり話すどころか、せいぜい朝晩の食事の時間に顔を合わせるくらいしかできていなかった。そうした時間も、メイリーンはなぜかウィンズテイルに来たばかりのころのように塞ぎがちで、自分から口を開くこともほとんどなくなっていた。食後に話しかけようとしても、まるでリンディを避けるかのように部屋に籠ってしまう。

再生の試みを中断せざるを得ず、近々ダルゴナに帰らねばならなくなったメイリーンのことは、もちろん心配だった。だがその一方で、リンディはメイリーンとあまり話さずに済んでいることにほっとしている自分を認めないわけにもいかなかった。

自分たちは役割を果たさなければいけない、とイブスランは言っていた。世界を取り戻すのに必要な過去の遺産、それを再生する方法を手に入れなければならないと。最初リンディはそれを、イブスランがウィンズテイルで何かを強引に手に入れようとしているのではないかと考えた。夢で黒髪の女性から、ウィンズテイルが徘徊者と南から来た者たちに狙われていると告げられていたからだ。

だが考えてみれば、メイリーンは既にガンディットの協力を得て過去の機械の再生に取り組んでいるのだし、それ以外にイブスランが必要としているものがウィンズテイルにあるとも思えない。だとしたら、イブスランがダルゴナに帰ると言ったのは、これまでメイリーンや僕らがやってきたことに意味がないと考えたからではないだろうか。もうウィンズテイルでできることはないと、メイリーンに任せておいてもだめだとイブスランは判断したのではないか。そうだとしたら、メイリーンが塞ぎがちになってしまっているのも不思議ではない。

夢はしょせん夢だ、とリンディは自分に言い聞かせた。なんの根拠もない夢を理由にして、メイリーンのことを疑ってしまうなんて。

恥ずべきことだ、とリンディは思った。だがそう思いつつもなお、リンディは夢の女性の言葉を忘れてしまうことができずにいた。

理屈ではわかっているのに、自分の中の醜い感情を消し去ることがどうやってもできない。それが、リンディもまたメイリーンを避けるようになってしまった理由だった。

「疲れてるのかい」

夕飯後、メイリーンとイブスランが早々に部屋に戻ってしまったあと、ひとり食卓で湯冷ましを飲んでいたニーモティカが不意に言った。

「——そんなことないよ、大丈夫」

調理器具と食器を洗いながら、リンディは答えた。ずっとこうしてきたことなのに、少し前まで並んで一緒に片づけをしていたメイリーンがいないだけで、台所がやけに広く感じられる。

「そんならいいけどね。無理するんじゃないよ」

「わかってる。そんなに心配しなくても、大丈夫だよ」

ついつっけんどんに言い返してしまい、しまった、と思った。すぐに申し訳なさでいっぱいになり、謝ろうと振り向いたリンディが見たのは、どこか困ったような表情で自分を見つめているニーモティカだった。

「ニー？」

ごめんよ、とニーモティカが言った。

「あんたももう十五歳だからね、あんまり色々言われるのは嫌なんだろうってのはわかってるんだ。でも、どうしても気になっちまってね」

「……何が？」

　尋ねはしたものの、リンディにも答はわかっていた。ニーモティカはきっとずっと前から気づいていて、でも聞かずにいてくれたのだ。

「元気ないだろ、最近。だから励ましたかったんだけどさ。百年以上生きてきたけど、なんせ薄っぺらな人生経験しかないから、どう言ったらいいのかわかんなくてさ。ごめんよ」

　いつになく気弱なニーモティカの言葉に、リンディは何も言えなかった。ただ、ん、と短く言うのが精一杯で、そのまま皿洗いへと戻る。

　しばらくの間、ふたりとも黙ったままだった。ただ水が流れる音と、食器がぶつかる音だけが響く。

　もう十年もふたりだけで暮らしてきたのに、とリンディは思った。このままずっとこのウィンズテイルの町で、最後までニーモティカと一緒に、穏やかに生きていくのだとばかり思っていたのに。ほんのひと月半の間に、いろんなことがすっかり変わってしまった。

　徘徊者の襲来に加え、円屋根や〈石英の森〉の異変によって、こんな世界の日常などいつでも終わってしまうのだという事実を改めて思い知らされた。イブスランの存在はリンディの無力さと未熟さ、そして嫉妬してしまう醜さをあぶり出した。そしてメイリーン。初めてできた同じ年ごろの友だちなのに、親しくなれたと思っていたのに、ほんの数日でどう接したらいいのかわからなくなってしまい、今では考えることからさえ逃げ回っている始末だ。

その上こうやって、いつでもずっと傍《そば》にいてくれた、ニーモティカにまで心配させて。

唇を嚙んだまま、ディッシュスタンドに皿を並べ、水気をふき取った鉄製のフライパンに丁寧に油を引いた。リンディが生まれるずっと前に作られ、これまで大事に使われてきたフライパンを、これからも使い続けられるように。

このフライパンは、ウィンズテイルでの生活と同じだ。大事に受け継がれてきて、この後も大切に使い続けていくもの。もしかしたらもう、これを受け渡す人はいないかもしれないけれど。

可哀想《かわいそう》だと言われたこともある。こんな時代に生まれるだなんて、と。でもリンディは、自分が可哀想だと思ったことはなかった。

いつでも、ニーモティカがいてくれたから。

ニーモティカがいてくれたらそれでよかった。ニーモティカを喜ばせられたら、それが一番だった。ニーモティカがウィンズテイルの人々のために働いているから、その笑顔を喜んでいるから、だから自分もそうなりたかったのだ。

そうだったはずなのに。

僕は、何をやってるんだろう。

「ニー」

エプロンを外し、ニーモティカの向かいの椅子に腰を下ろした。

「なんだい」

とっくに空になっていたカップを置いて、ニーモティカが応えた。

「ごめん、心配かけて。それから、ありがとう。ずっと育ててくれて」

「何言ってんだい、いきなり」

目を丸くして、ニーモティカが言った。

「ますます心配になっちまうだろ。ホントに、何かあったんじゃないだろうね」

「何かあった、っていうか——」

ゆっくりと、自分の考えを確かめるように考え考え、リンディは話し始める。

「メイリーンがね、頑張ってるんだ。足のこともそうだけど、イブスランさんのために、なんでも再生できるようになりたいからって。それで、メイリーンがそんなに思うくらい、イブスランさんはすごい人だと思うんだ。機體のこともすぐ覚えたし、ニーの仕事だって僕よりずっとうまく手伝えるし」

うまく話せているかどうかわからなかったが、ニーモティカは真剣な表情で話を聞いてくれていた。その目に勇気を得て、リンディは話を続ける。

「だけど僕は、町守の仕事だって見習いだし、徘徊者が来ても囮になるくらいしかできない。イブスランさんみたいにはニーのこと手伝えないし、メイリーンみたいに何かを再生したりもできない。それなのに、なんにもできないくせに、変な夢を見て、それでそのせいでふたりが何か企《たくら》んでるんじゃないかって疑ったりして。そんなことないって、頭ではわかってるのに」

「――それで？」

穏やかな声で、ニーモティカが先を促した。その声があまりに優し過ぎて、リンディはなぜだか幼い子どもに戻ったような気持ちになってしまう。

「僕は――僕は、一所懸命頑張ってるんだけど、そのつもりなんだけど、でも、なんの役にも立ててないままで、それなのにどんどん嫌なことばっかり考える人間になってしまってて」

訥々と続くリンディの言葉を、ニーモティカは黙って聞いていた。うねっているみたいな癖っ毛の、プラチナブロンドのショートヘア。口を閉じていたら十二歳かそこらにしか見えない、リンディより頭半分背が低い華奢な身体。そのブラウンの瞳を、自分をまっすぐに見つめている視線を、リンディは受け止める。

これまでは、ニーモティカ以外に自分と同じ年格好の人間を知らなかったからわからなかった。でも、メイリーンと出会った今ならわかる。

ニーモティカの瞳が秘めている、他に比べようもないほどの深さが。

どんなに外見が幼くても、瞳だけはそうではなかった。それまで目の当たりにしてきたもの、見送ってきた多くの者たちの影と記憶とを内側に抱え込んで、ニーモティカの瞳は深く美しく、そしてどうしようもない昏《くら》さを湛《たた》えている。

きっと僕はこのあとどれだけ努力を重ねても何も成し得ないまま、あの瞳をいっそう昏くすることしかできないまま、いつかニーの前から消えてしまう。

不意に訪れたその思いが、無力感となってリンディの全身を覆い尽くした。

「僕はニーの、みんなの役に立ちたくて、喜ばせたくて頑張ってたつもりだったんだけど、何もかも全然うまくいかなくて。それどころか嫌なことばかり考えるようになって、やめたいんだけどできなくて、だから、だから、僕は本当にダメだなって思ってしまって」

口から出ていく言葉が、自分でも意識していなかった自分の心を紡いでいく。少しずつ胸の内に積み重なっていた重く暗い不安が、恐れが、その姿を形にしていく。

「僕はこれまでニーに育ててもらって、本当に大事にしてもらってきたのに、それなのにこんなになっちゃって、それでもしかしたら、僕がこのまま何もできないダメなままで、そしていつか――いつかニーをひとりにしてしまうって思ったら」

「リンディ」

静かなニーモティカの声が、少しずつ早口になっていたリンディの言葉を優しく遮った。いつの間にか視線を落としていたリンディは顔を上げ、ニーモティカが少し寂しそうな、初めて見る不思議な笑みを浮かべているのに気づく。

「手を出してみな」

「えっ」

手だ、ともう一度言われ、リンディはおずおずとテーブルの上に両手を差し出した。その手の甲に、ニーモティカの白く華奢で小さな手のひらが重ねられる。

「大きくなったな。最初にうちに来たときには、あたしの手のひらで簡単に包み込めるくらいだったのに」

「そう……なの？」

戸惑いながら言ったリンディに、ああ、とニーモティカは頷く。

「もう子どもの手じゃないな。でも、大人の手でもない。ユーゴやロブほどごつくないし、血管も浮いてないし、皺だってない」

だろ？　と問われて、リンディは頷くしかできなかった。

「成長してるのは身体だけじゃない。自分の無力さを実感したり、他人に嫉妬してそんな自分を醜いと思ったりするのは立派な成長さ。自分に足りてないところがあるとわかるからこそ、それを持ってるように見える人間に嫉妬するんだ。自分を客観的に見られるようになってきたってこと、同じように周りのことも見られるようになってきたってことさ」

　本当だよ、とニーモティカは付け加えた。

「もちろん、ただ嫉妬してるだけじゃダメだよ。自分に足りないものがわかったんなら、それをどうやって埋めるかを考えて、手に入れるための努力をしなくちゃいけない。楽なこっちゃないよ、なんせ〝自分に足りないもの〟ってのは、際限なく見つかってくもんだからね」

「……ニーもそうなの？」

　弱々しいリンディの声に、ニーモティカはもちろんそうさ、と笑った。

「百年以上生きてたってそうなんだ。足りないものをなんとかしようと足掻《あが》いて足掻いて、ようやくなんとかできたと思ったらまたダメな自分が見つかる。その繰り返しだよ。最初からいっぱしのことができる人間なんていやしないさ。みんな考えて考えて、いろんなことを試してまた考えて、力をつけてできることを少しずつ少しずつ増やしてく。時にはどうやってもできなくて、諦めなきゃいけないことだってあるだろう。でもそうやって努力と選択を繰り返して、その先に自分だけの本当に大切なもの、そこに向かう道筋を見つけてくんだよ。あんたは今、その最初の一歩を踏み出したとこなんだ。できないことばかりなのも、不安になるのも当たり前のことだよ」

とん、と軽くリンディの両手を叩いたあと、ニーモティカはそっと自分の小さな手のひらをリンディから離した。

「みんなそうやって成長して、少しずつ大人になってくんだ。最初から自分の本当に大切なものがわかってる人間はそんなにいないし、欠けてるところがない人間なんていやしないよ。でもみんなその時その時で一所懸命考えて、今できる精一杯のことに挑んで、でも満足できなくてもっと先、少しでも先へって、歯噛みしながらじりじりと進んでいくんだ。そうやって少しずつ何かを見つけて、何かができるようになっていくんだよ。そんなに慌てて通る過程じゃないし、急いで選べる道でもない。しっかり考えて選んで、じっくり学びながら進めばいいんだ」

「でも――メイリーンは」

そうだね、ニーモティカが頷いた。

「あの子には特別な力がある。でもそれは、言ってみれば生まれつき足が速いとか歌がうまいとか、そういったのと同じもんだよ。足が速い人間には足が速いなりの、歌がうまい人間には歌がうまいなりの欠けているものがあって、それを埋めよう手に入れようと必死なのは何も変わらないさ」

それとね、と続けたニーモティカの表情が僅かに曇った。

「上手に歌えるようになりたい人間が、足が速くたってしょうがないだろ？　あの子は確かに砕片からの再生ができるけど、それがあの子のためになるのか、本当にあの子がやりたいと思うことに続いているのかはまた別の話なんだよ」

特別過ぎるから周りは放っておかないだろうけどね、と呟くようにニーモティカが言った。

「子どもが、親や身近な大人の役に立ちたい、喜ばせたいって思うのは自然なことだよ。だから最初はそこから始めるのもいいさ。でも、だからってそれに縛られなくていい。そこを最初の一歩にして本当に自分がやりたいことを探して、辛くても苦しくても少しずつ、そこに向かって進むんだ。それが成長で大人になるってことだとあたしは思うし、あたしはそうやって大人になってくあんたを見たいんだ」

ニーモティカの顔に、どこか照れたような笑みが浮かんだ。

「この先もいつだって、あたしはあんたの話を聞くよ。それが泣き言だって自慢話だってね。でもね、答は与えてやれないんだ。ああしろこうしろなんてことも言えない。それだけは、リンディ、あんたが自分で探し出さなくちゃいけない。時間は幾らかけてもいいから、一所懸命考えるんだ。考えること、そして挑むことだけはやめちゃいけないよ。時にはしくじったっていい、一番だめなのは、失敗を恐れて何もしないことだからね。何もしなきゃ失敗はしないけど、そのかわりそのあとずっと、あのときもし足を踏み出していたらって何度も後悔することになる」

ほんの僅か、ニーモティカの表情に陰が差した。

「悔しい思いをして痛い目に遭って、それでも少しずつ、あんたのペースで前に進んでいけばいい。その頑張りを、あたしがずっと見ててやるから」

「ニー……」

呟くように言ったリンディに、なに大丈夫さ、とニーモティカはいつもの、悪戯っぽい笑みを浮かべた。

「ちゃんとそういうことができるように育てたからね。まあちょっと、可愛がり過ぎてマザコンの気があるけど、なんとかなるだろ」

立ち上がったニーモティカは腕を伸ばし、リンディの頭をぐい、と力強く撫でた。

「悩んで迷って、こんな世界で生きてくための自分の道を、答を、見つけ出しな。あんたはあたしの自慢の息子なんだからね、ちゃんとできるよ」

いいね、とニーモティカが言った。

子どもとも大人とも違う、今だけ浮かべることができる表情で、リンディは頷いた。

自分の無力さに変わりはなく、悩みが消えてしまったわけでもない。それでも、ずっと暗く重く苦いものが居座り続けていたリンディの胸は、少しだけ軽くなっていた。

# 第三章　異　変

## §　13

目の前を覆っていた暗灰色の分厚い布が裂けると同時に、それまで薄ぼんやりとしていたリンディの視界が急に白い光で満たされた。

誰かが甲高い声で何かを叫び、幾つかの野太い声がそれに応じる。少し遠くに聞こえるそんなやり取りが、慣れ親しんだ平穏が失われる不安と、待ち望んでいた変化が訪れたのかもしれないという期待の、相反するふたつの感情を同時に湧き上がらせた。

揺れ動く胸の内に翻弄されている間に、リンディの目も眩しさに慣れてくる。恐る恐る身を乗り出し、光に照らされた世界を目にしようとしたその時、彼女はなんの予兆もなく、唐突に視界に入り込んできた。

一本に結ばれた、黒く長い髪。リンディ自身のものと同じ、黒い瞳と彫りの浅い顔だち。なぜか見覚えがあるその容貌に、だが、リンディは違和感を覚えた。何かが変だ。それが何かはわからないけれど、でも。

リンディが違和感の正体に思い至るよりも早く、黒髪の女性は両腕を伸ばし、リンディの肩を乱暴といえるほど力強く揺さぶった。

「彼らを止めて、なんとかして、少しでも早く」

(彼ら?)

声は出なかったはずなのに、黒髪の女性はそう、と力強く頷いた。

「このままではみんなが——」

彼女の言葉は、鳴り響く目覚まし時計のベルによって断ち切られた。

§

寝る前に薬を飲むようになってから、夢を見ることは減っていたのに。

目覚め際の奇妙な夢を反芻しながら、リンディは身支度を整えた。ガンディットの家で夜を過ごすようになって一週間、今朝久しぶりに奇妙な夢を見たことを除けば、気になるようなことは何も起きてはいなかった。

もちろん、だからと言って安心できるような状況でもない。円屋根の膨張が変わることなく続いているのに加え、〈石英の森〉での薄灰色の影の目撃はこの数日、はっきりとわかるほどその数を増やしていた。

あの夢はそのせいかもしれない、とリンディは思った。円屋根の膨張の理由は不明なまま、謎の影の正体も捉えられずにいる。漠然とした不安と、なんとかしなければならないと思うのに何をしたらいいのかがわからない焦り。それが黒髪の女性の姿を取って、あんな言葉に結実したんじゃないだろうか。

腑に落ちないのは、それを告げたのがニーモティカではなくて黒髪の女性だったことだ。夢の場面は、おそらくニーモティカが最初にリンディを見つけたときのものだ。それがリンディ自身の記憶なのか、ニーモティカから繰り返し聞かされたことであたかも自分も覚えているように感じているものなのかはともかくとして、本当ならあそこで姿を現すのはニーモティカのはずだ。

夢なんだから、本当はそうじゃなかったとしても、ニーモティカがよくわからない言葉で警告したっておかしくはない。なんでわざわざ、違う女性の姿になったんだろう。

夢に理由を求める無意味さはわかっているものの、どうにも気になって仕方がなかった。とは言え、いつまでもそんな答のない疑問に囚われているわけにはいかないのも確かだった。まずは目の前の仕事を片づけなければならない。

部屋の中に異常がないことを確かめ、入念に戸締まりをしてリンディはガンディットの家を後にした。最初に向かうのは、カインイルメが避難しているジョーイの家だ。

ジョーイの家は彼が経営しているレストランの二階で、町の南側、中央通り沿いで人通りが一番多い一帯に位置している。マーゴエムに移ってもらったのはリンディたちの家から路地を一本入ったアパートメントの一室、ガンディットが寝泊まりしているのはそこから円形広場を挟んだほぼ反対側、ロブの家の斜め向かいの小さな一軒家だった。一時避難している三人の本来の家はウィンズテイルの住宅地のほぼ南端に位置しているから、ガンディットの家で夜を過ごしたリンディが翌朝最初に様子を見に行くのはジョーイの家だった。

朝型の住人が多いウィンズテイルだったが、中央通りに人影はほとんどなかった。もちろん朝食前の時間だということもあるだろう。だがそれ以上に、出歩くのを控える者が多くなっているのだ。

自分にできることの小ささ、少なさに歯噛みしつつ、リンディはレストラン傍《わき》の路地に入り裏に回った。年代物の外階段を上って、重厚だがシンプルな木製の扉をノックする。しばらく待って姿を現したのは、リンディとさして背丈の変わらない、痩せた女性だった。

「おはよう、カインイルメさん」

「おはよう、リンディ。毎朝本当にご苦労だね。あんたみたいな小さな子に、こんな面倒な仕事させてしまって申し訳ないよ」

深い皺の刻まれた顔の奥から覗く目には、心底からの同情と憐憫《れんびん》が込められている。リンディはそれに気づかないふりをして、そんなことないよ、と言った。

「変わりはない？　カインイルメさん」

「何もないよ、お陰さまでね」

良かった、とリンディは朗らかに笑ってみせる。

「何か困ったこととか、必要なものとかは？」

「大丈夫だよ。こんな年寄りのことなんて気にしなくていいんだからね、リンディ」

悪い人じゃないのは知っているが、実を言えばリンディはカインイルメのことがあまり得意ではなかった。このまま長話していたら、またこんな時代に生まれて可哀想だとか、私があんたくらいのころはとか、そういう話が始まってしまう。

「じゃあ、夕方また来るからね。何か思いついたら、その時に」

「わかったよ、ありがと。——ああほら、これ」

カインイルメが差し出すキャンディを受け取って、リンディは暇《いとま》を告げた。次はガンディットのところだ。中央通りをまっすぐ北上して、そろそろ朝市が始まる円形広場に出る。

町守のシンボル、並んだ三つの盾を染め抜いた旗を掲げているのがロブの家だ。その斜め向かいの少し古びた一軒家へと向かうと、リンディは耳が遠いガンディットのため、力を込めてシンプルな錫《すず》のノッカーを叩いた。

返事がなかった。

それどころか、物音ひとつしない。

まだ寝ているのかも、とは考えなかった。ウィンズテイルのほとんどの住人と同じく、ガンディットは朝も夜も早い。ましてやガンディットは、このくらいの時間帯に必ずリンディが訪問することを知っている。確かに耳は遠いし車椅子だから移動に時間はかかるが、扉を開けないのはともかく返事もないのはおかしかった。

重厚な錫製のドアノブを回す。かちゃり、という軽い音と共に、なんの抵抗もなく扉は開いた。

リンディの全身から血の気が引く。

鍵は絶対かけるようにと、何度も念を押してあった。刻印者だとしたら鍵などなんの役にも立たないかもしれないが、〝妙なやつ〟は人間である可能性の方がずっと高いからだ。

小さな玄関ホールの右手がリビング、その奥にダイニングキッチン。本来は応接間である左手の部屋にはベッドを運び込んで、階段を上がれないガンディットのための寝室に仕立ててあった。

玄関ホールから見る限り、どの部屋にも明かりはついていない。防犯のためにほとんどの窓の鎧戸《よろいど》を閉めてあるから、照明を灯《とも》さない室内は暗いままだ。リンディは慎重に、足音を立てないように注意しながらまずリビングに向かった。昨夜、ガンディットと少しの間お喋りをした場所だ。半開きになった扉を押し開けると、暗い室内が目に入った。

細部までは見えないが、それでも異常があるようには見えなかった。昨晩訪れたときと同じように、ガンディットが持ち込んだ僅かな日用品だけが置かれた、生活感がほとんどない空間。少し埃っぽい、ひんやりとした空気が満ちた室内は、少なくともしばらく前からここには誰もいないことを教えてくれる。念のためダイニングキッチンの様子を見てみたが、昨夜ガンディットに代わってリンディが洗った食器類がそのまま乾いているだけだった。

玄関ホールに戻る。うるさいほど激しく心臓が鼓動する。奥歯を強く噛み息苦しさに耐えて、リンディは寝室のドアハンドルをそっと押した。明かりのついていない、薄暗い室内が目に入る。

部屋の中央には、持ち込まれたひとり用のベッド、その横に車椅子が置かれていた。奥の壁際に、元々あったテーブルと椅子が重ねてあるのが見える。鎧戸とカーテンが重ねて閉められているから、そうしたものの全ては初め、ぼんやりとした影にしか見えなかった。

ベッドの上が膨らんでいるのを見て、リンディは少しだけほっとする。単に寝過ごしただけなのかもしれない。何事もなく数日が過ぎて、安心してしまったせいで。

ゆっくりとベッドに近づいて様子を見ようとしたリンディの動きは、だがほんの数歩で止まった。

震えている。

ブランケットで覆われ、こちらに背を向けたガンディットの身体は、小刻みに、だがはっきりと震えていた。

眠っているのか起きているのかはわからない。だがどちらにしても普通の状態ではないことだけは、リンディにもはっきりと感じ取れた。

「ガンディットさん！」

叫ぶように名を呼び、ひと息でベッドに駆け寄る。名を呼ばれたガンディットの身体が、罠《わな》にかかった小動物のように跳ね、ぐるりと回転する。ベッドから転げ落ちそうになりながら辛うじて留まったその顔が、まっすぐリンディを見つめていた。

恐怖としか見えない表情を浮かべて。

「ガン――ディットさん？」

ガンディットの身体がいっそう激しく震え出す。まるで自分を守るかのように、ブランケットを自分の胸にかき集め、這うようにしてベッドのぎりぎりまで下がった。まるでリンディから少しでも距離をとろうとでもいうかのように。

「だっ、だっ、だっ、だっ」

ガンディットの口から、白い泡が溢れているのが見えた。

「だっ、だっれ、だれだ、おっ、おまえっ」

「えっ」

暗闇に慣れてきた目が、ガンディットの表情を捉える。昨夜話したときとはまるで違う、血走り濁ったふたつの小さな目が、リンディをまっすぐ睨《にら》みつけていた。

「どっ、どこだ、どこだここは、おれの、おれのうちじゃねえ、おれのうちじゃねえ！」

大きく叫んだガンディットが、抱え込んだブランケットをリンディに向かって投げつけようとした。だがそれより早く、大きく振り回してしまった両腕が、ガンディットの骨と皮だけの身体のバランスを大きく崩した。

「ガンディットさん！」

伸ばした両手は届かなかった。ガンディットの身体は頭から、あっという間にベッドを滑り落ちていた。

「どうだい、エリー」

ニーモティカの問いに、痩せた、背の高い白衣の老女は首を横に振った。

「頭の傷は大したことないし、ここで調べられる限りのバイタルに問題はない。すぐに命に関わるどうのこうの、ってのはなさそうだ。これ以上のことは、ダルゴナに運んで検査してもらわなけりゃわからない」

ちなみに、と鎮静剤を投与され、意識を失ってベッドに横たわるガンディットにブランケットをかけながら、エリー——ドクター・エレアノア・ノブルーシュカが言った。

「眠らせてから裸に剝いて、頭のてっぺんから尻の穴まで調べてはみたけど、異界紋らしいものはなかった」

「やっぱりそうかい」

眉根に皺を寄せたニーモティィカの言葉を、ドクター・ノブルーシュカが聞きとがめた。

「やっぱり？」

ウィンズテイルの住人で、ニーモティィカに敬語で話さない人間はふたりしかいない。ひとりはリンディ、もうひとりがドクター・ノブルーシュカだ。ニーモティィカもまた、ドクター・ノブルーシュカに対してはなんの遠慮もなく本音で話した。一見すると曽祖母とひ孫のように見えるふたりだが、それぞれの領域でプロフェッショナルであるからこそ、お互いを認め合っている。

「リンディから話を聞いたときに、もしかしたらと思ったんだよ。まさか、とも思ったんだけどね」

背負ってきた、身体に似つかわしくない大きな鞄から、ニーモティカは無数のケーブルが生えた金属製のボードを取り出した。携帯型の、機體制御盤だ。

「ちょっと手伝っとくれ、リンディ」

「うん」

広いとは言えない仮の寝室の隅で、所在なげにしていたリンディはぱっと立ち上がり、ブランケットをまくってガンディットの寝巻きの前をはだけさせた。ニーモティカからケーブルの束を受け取り、慣れた手つきで一本一本の先についた円形の電極を、ガンディットの身体の定められた位置に貼り付けていく。

「首の後ろ、盆《ぼん》の窪《くぼ》の左右に追加でふたつ」

「わかった」

後頭部を持ち上げるときにガンディットは、うー、と微かに声を上げたが、目を覚ますことはなかった。

「機體の問題だと？」

腕組みをして処置を見守るドクター・ノブルーシュカに、たぶんね、とニーモティカが頷いた。

「一昨々年《さきおととし》くらいから、認知機能に問題が出てたからね。それまで足に使ってた機體を認知補助に調整し直したんだよ」

「その機體が問題を起こしたというのなら、確かに理屈は合う」

しかしね、と納得したとは言いがたい表情でドクター・ノブルーシュカが続けた。

「専門外だが、いったん適用した機體が急に動作しなくなるなんて聞いたこともない」

「機體自体じゃなく、身体の方が機體を動作させられない状態になったんじゃないかと思うんだよ」

制御盤の表面に触れ、電極経由で収集され始めた情報を解析させながらニーモティカが応えた。

「ガンディットは百歳を超えてる。機體は元々、ここまでの高齢者に適用することは考えられてなかったんだ、動作のための熱量を確保できるかわからないからね。あるいは、再利用に再利用を重ねてきてるから、可能性は低いにしても機體の方に——おかしいな」

話しながらも操作を続けるニーモティカの表情が不審に曇る。

「どうしたの」

尋ねるリンディに、ニーモティカは制御盤の表面を向けてみせた。リンディはイブスランのように、機體制御の細かな部分まではまだ教わっていない。それでも何年間もニーモティカの隣で手伝いを続けていたから、習わずとも表示されている内容が異常であることはひと目でわかった。

「これ、もしかして何も出てない？」

そうだ、と短く言ったニーモティカの眉間には、深い皺が刻まれていた。

「ごめん、電極の貼り付け場所間違ったかも。もう一回やり直して」

「違う」

リンディの言葉を、ニーモティカが断ち切った。

「ちゃんと見てたけど、あんたは間違ってない。これはつまり——機體がなくなってるんだ、ガンディットの身体の中から」

「そんな」

思わず発したリンディの声は、ニーモティカの耳には入っていないようだった。睨みつけるように制御盤を見つめ、一心不乱に何かを考え込んでいる。

機體がどういうものか、体系的にこそ教わってはいないが、リンディも大まかには理解していた。〈変異〉発生と同じころに完成したとされる、もはや製造どころか修理する知識も技術も失われた超高度な医療機器。残された数は潤沢と言うにはほど遠く、だからこそ機體は繰り返し繰り返し再利用されてきた。使われなくなった——つまりもう必要なくなった利用者の身体から取り出して、入念に消毒して初期化して、それをまた次の利用者に——。

まさか。

リンディがその可能性に気づくのと、ニーモティカが怒りを押し殺した声を上げたのが同時だった。

「ロブ！」

隣のリビングで、ガンディットの件を受けて急遽《きゅうきょ》呼ばれたマーゴエムとカインイルメから話を聞いていたロブが、何事だと顔を出した。

「どうしたんです、何か――」

「イブスランだ、イブスランを連れてこい！」

呆気《あっけ》にとられた表情のロブに、ニーモティカは早口でまくし立てた。

「こんなことができるのは他にやつしかいない。くそったれ、締め上げて全部吐かせてやる」

リンディの脳裏に、ほんの三十分前の出来事が甦る。ベッドから落ちて気を失ったガンディットに慌てて、ロブに助けを求め、ロブの指示でニーモティカとドクター・ノブルーシュカを呼びに行った。パニックになりそうなのを必死で堪《こら》えていたから、周りのことを気にする余裕は全くなかった。

でもあのとき、力任せに自宅の玄関を開き、大声でニーモティカを呼んだとき。朝食前の時間だというのに、ニーモティカ以外には誰も出てこなかった。イブスランも、そしてメイリーンも。

〝私たちは役割を果たして、その期待に応えなければいけないんだよ〟。イブスランの言葉が脳裏に甦った。〝それを再生する方法を見つけ出し、手に入れなければならない〟

いっせいに血の気が引く。耳の奥、夢に出てきた黒髪の女性の言葉が何度も何度も繰り返される。南からやってきた者たち。気を許してはいけない。

そのイブスランに、自分は話してしまった。狙われている者がいて、自分はその身代わりを務めているのだと。それなら――もし、もしイブスランが僕の後をつけていたとしたら。ガンディットの居場所など、簡単に把握してしまったに違いない。

そんな、まさか――。

足元の床が、不意に消失してしまったかのようだった。

14

ガンディットをドクター・ノブルーシュカの診療所に送り届け、そこから自宅に戻ったリンディらを待ち受けていたのは、綺麗に片づけられ、がらんとした客間だった。イブスランやメイリーンの姿はもとより、荷物もほとんどがなくなっている。ただひとつだけ、もう用がないからだろう、メイリーンが室内用に再生した小型の車椅子が部屋の隅に放置されていた。

くそっ、とニーモティカが悪態をつく。

「どういうことです、時不知さま」

「ガンディットの機體をイブスランが奪ったんだ。間違いない」

機體を？ とロブが目を丸くした。

「いったいなんのためにそんな――あいつもどこか悪かったってことですか？」

「そんなわけあるか」

何かに気づいたように、ニーモティカが自分の処置室へと駆け込んだ。乱雑ながらも整理されている室内を一瞥《いちべつ》したニーモティカは、唇を固く結んだまま室内に置かれた一番大きなキャビネットを力任せに開いた。

「やはりそうだ」

「そうだって、何が――」

ロブにはわからないその変化も、リンディはすぐに理解した。キャビネットの中に保管されていたのは、ニーモティカが苦労して集めた予備の機器だ。今では作り出すことはもちろん修理することさえできない制御盤や、必要としなくなった患者から取り出して初期化した機體などは、全てここに集められていた。

その中からひとつ、制御盤がなくなっている。

ニーモティカがガンディットを検査するときに使ったのより旧型の、携帯型制御盤があったはずの棚が空っぽになっていた。帳簿と突き合わせて確認しなければ確実なことは言えないが、初期化された機體も幾つか不足しているように思える。

イブスランが持っていったのは間違いなかった。ニーモティカを除けば、イブスラン以外に制御盤を使える人間は他にいないのだから。その制御盤を使い、ガンディットから機體を取り出したのだ。だが、なんのために？

機體自体が必要なら、初期化されたものがあるのだからそれを持っていけばよかったはずだ。わざわざ制御盤を持ち出したのは、ガンディットの機體でなければならなかったからだ。ガンディットの機體は――。

〝特に儂のはな〟

ガンディットの言葉がリンディの脳裏に甦る。あれは、初めてメイリーンを倉庫に連れて行ったときのことだった。

〝頭のやつでな。これがないとものも覚えてられんようになるし〟

あの時はまだ車椅子だったメイリーンと、ふたりで聞いた言葉だった。そのあとメイリーンは倉庫の中で――。

頭の中でパズルのピースがかちり、と嵌《はま》る。全体像はまだ見えない。だが、一番大事だと思われる部分が、リンディの中でいきなりその姿を現した。

「記憶だ」

突然発したリンディの言葉に、ロブが驚いて振り向いた。

「記憶ってなんのことだ、リンディ」

「メイリーンだ、メイリーンに使わせるつもりなんだ」

「なんでいきなりメイリーンが出てくるんだ」

全くわけがわからん、というようにロブは激しく頭を振った。

「あの子にはもう機體は適用されてるんだろ？　わざわざガンディットの機體なんて取り出さなくたってここに新品があるのは俺にもわかるぞ」

待ちな、とニーモティカがロブの言葉を遮った。

「メイリーンに、ガンディットの記憶が保存されてる機體をそのまま適用しようとしてる、って言いたいのかい」

「そうだよ」

リンディは大きく頷いた。ロブが、はあ？　と調子外れの声を上げたが、ニーモティカは眉すら動かさずに問いを重ねた。

「なぜだい。あたしにわかるように説明してみな」

「メイリーンは、徘徊者の砕片から人間が作ったものを再生できる」

それで？　とニーモティカは先を促した。

「だけどメイリーンは、自分がよく知ってるものじゃないと再生できないんだ。ナイフや車椅子はすぐ再生できたし、連弩は見て触って、仕組みを詳しく説明されたら再生できた。だけど」

気持ちが昂《たか》ぶっていくのが抑えられず、リンディは激しく身振り手振りを加えながら説明を続けた。

「ミシンみたいに、どう動くのかがちゃんとわかってない機械は再生できなかったんだ。ガンディットさんもミシンのことはよくわかってなかったから。でも、ガンディットさんは昔の武器のことは詳しいって言ってて、だから」

「――ガンディットの記憶を移して、ガンディットが知ってるものをメイリーンも知ってることにして、それを再生しようとしてる、ってことかい？」

「そうだよ！」

叫ぶように言ったリンディの言葉に、ロブが口を挟む。

「なんのためにだ」

「なんのためって、それがきっとメイリーンが本当に再生したい――」

違う、と頭の隅で声がした。確かにメイリーンは、もう作れなくなった昔の複雑な機械を再生できるようになりたいと言っていた。だけど、たとえそのためだって、メイリーンがガンディットさんから機體を奪うなんてするはずがない。だってメイリーンは、ガンディットさんのために、頼まれてなかったのに車椅子を再生してあげてたじゃないか。そんなメイリーンが、ガンディットさんから機體を取り上げたりするはずがない。

自分の中に疑念が芽吹いてしまっていたことを、それをずっと意識しないようにしていたことを、リンディは認めないわけにいかなかった。あの日から、自分と目を合わせようとしなくなってしまったメイリーンの後ろ姿が目に浮かぶ。あれは後ろめたかったからじゃないのか。〝それを再生する方法〟を見つけて、手に入れると決めてしまったから。

——違う、絶対に違う。

リンディは必死になって自分に言い聞かせた。

だってそうだ、そうだよ、そもそもメイリーンが昔のものを再生したいのは、自分のためじゃなかったじゃないか。メイリーンが一所懸命頑張ってたのは自分のためじゃなく、あれは。

激しく首を横に振って、そうじゃない、とリンディは言い直した。

「——イブスランさんが本当に欲しがってるものなんだ。昔の、もう今では作れない複雑な機械、それをメイリーンに再生させたがってた。それはきっと、ガンディットさんが詳しい武器のことだったんだ」

ふむ、とロブが唇を曲げ、眉間に皺を寄せた。

「まさかの泥棒だった、ってことか。三人が感じてた気配が、機體を盗もうとしたイブスランがガンディットの様子を探ってたもんだとしたら、確かに理屈は合う。こうして姿も消してるわけだしな」

「僕のせいなんだ」

リンディの声は震えていた。

「僕が、僕が狙われている人がいるって、その身代わりをしてるんだって喋ったから、だから」

「それは関係ない」

ロブがリンディの言葉を遮った。

「ガンディットの機體を盗んだのがイブスランなら、悪いのはイブスランでリンディじゃない。大体こんな小さい町だぞ、リンディが喋ろうが喋るまいが、遅かれ早かれ見つけてたろう」

「でも」

いいから落ち着け、とロブがリンディの両肩に手を置いた。

「いいか、今は後悔してる場合じゃない。反省は全部終わってからだ。町守なら、まずは目の前の問題を解決することに集中しろ。——できるな」

ロブに正面から見つめられ、リンディは呑まれるようにうん、と頷いた。よし、と大袈裟に頷いたロブがリンディの頭を力任せに撫で、ニーモティカに向き直る。

「時不知さま、ひとつ確認させてください。メイリーンにガンディットの機體が適用されたら、リンディが言ったことは本当にできるんですか」

「あたしは異界紋があの子に与えた能力を詳しく調べたわけじゃないから、確かなことは言えない。ただ」

ロブとは目を合わさず、中空を睨みながらニーモティカが答える。

「機體についてはわかる。ガンディットの機體を初期化せずそのままあの子に適用したら、メイリーンは確かにガンディットの記憶を自分が経験したもののように感じられるだろう。少なくともガンディットが覚えていたことならね。そしてもうひとつ、わかることがある」

ニーモティカの眉間に、その幼い外見には不釣り合いなほどの深い皺が刻まれた。

「あの子にはまだ、長期間ふたつの機體を使い続けられるだけの体力はない」

あっ、と小さく声を上げたのはリンディだけだった。ウィンズテイルの住人には、機體は身体機能を補助してくれる便利な昔の機械というくらいの認識しかない。どういうことです？　と尋ねるロブに答えるニーモティカの顔には、はっきりとわかるほど強い怒りの感情が浮かんでいた。

「適用された機體は動作のために、利用者の身体が生産する熱を利用する。充分な体力がある大人なら、複数の機體を利用することも確かに不可能じゃない。だがあの子は歩けるようになってまだひと月、同じ年ごろの子どもよりもよっぽど脆弱《ぜいじゃく》だ。おまけに、脳の補助を行う機體が必要とする熱量は、筋肉や骨を支えるのに比べてずっと大きいんだ」

ロブ、と視線を向け、厳しい声でニーモティカが言った。

「イブスランがそれを認識してるかどうかはわからん。だけどとにかく、本意を確かめるためにもなんとしてもあのふたりを探し出して止めなくちゃだめだ。下手をしたらあの子の命が危ない」

「わかりました」

短く応えたロブが、目を見開いたまま青ざめていたリンディに向き直り、手伝ってくれ、と言った。

「荷物が消えていることから考えると、目当てのものを手に入れてダルゴナに帰ろうとしている可能性が高い。来るのに使われた飛空船に乗られちまったら、俺たちにはもう手が出せない。だから先にそこに向かって、もし見つけたらなんとかして足止めしてくれ。俺は他の町守に声を掛けてから、すぐに後を追う」

場所はわかるか、と問われてリンディは頷いた。ウィンズテイルの町の、住人のいない北部にある広場。

「話してわからないようなら、飛空船を壊しちまえ。風船に穴開けちまえば飛べなくなる」

「わかった」

リンディは力強く頷いた。ロブの話を聞いているうちに血の気は戻り、身体はむしろ熱いほどになっていた。

「あたしも心当たりを探してみる」

ニーモティカが言った。

「ダメだよニー、危ないよ」

リンディの言葉に、険しかったニーモティカの表情が僅かに緩んだ。

「なめるんじゃないよ、ロブと同じってわけにはいかなくてもね、あたしだってあんたくらいには動けるさ。それに」

ふっと、その明るいブラウンの瞳に陰が差した。

「あの男に機體技術を教えたのはあたしだ。あたしにも責任がある」

「無理はしないでくださいよ、時不知さま」

念を押すように言ったロブの言葉に、ニーモティカは手を振ってああ、と応えた。

「どうにも嫌な予感がするよ。——急ごう」

ふたりが見つからなかったら、いったんロブの家に戻る。それを約束して、三人はそれぞれ目的の場所へと走り出した。

# 15

北の広場はかつて、ウィンズテイルに多くの人々が住んでいたころには多種多様な運動競技を行うための場所として整備されたものであったらしい。今ではその面影は全くなく、長辺が四百メートル、短辺が二百五十メートルほどの広大な空き地となっている。

飛空船は、その中心にぽつんと鎮座していた。

飛行時には膨らんでいた巨大な気嚢《きのう》がしぼんでしまっているため、コックピット部分と気嚢を支えるための長大な竜骨、尾翼とプロペラだけとなった姿はまるで伏せた首長《くびなが》竜《りゅう》の化石のように見える。飛べるような状態でないことは明らかだった。

一瞬湧き上がった安堵は、すぐ焦燥感に取って代わられる。

飛空船に駆け寄り、コックピットの窓から中を覗き込んだ。船内には操縦席がひとつ、座席がふたつあるばかりで、人の気配はない。強風で倒れないよう機体を固定している四本の舫《もや》い綱も、打ち込まれた杭《くい》に固く結ばれたまま誰かが触れた様子すらなかった。

誰もいない。それどころか、誰かが来た形跡すらない。

過去の武器や複雑な機械を再生するために必要なガンディットの機體を手に入れた以上、ふたりは見つかる前に飛空船で逃げて、ダルゴナで悠々と再生を試みる——ロブと同じように、リンディもそう考えていた。それなのに。

ふたりは、いったいどこに。

不安と焦りが膨れ上がる。だがその感情は、初めて聞く鋭い吠え声によって打ち破られた。反射的に振り向いたリンディの目が捉えたのは、恐ろしいほどの速さで一直線にこちらに向かって駆けてくる、純白の毛並みだった。

「コウガ！」

どうして、と思うよりも先に、コウガはリンディの足元にまで到達していた。身体を捻り四肢を撓《たわ》ませて速度を緩めたコウガの激しい動きに、首から下げられていた銀色のプレートが大きく宙を泳ぎ、太陽の光をきらきらと反射する。

町守が使う、連絡プレートだ。無線通信技術が失われた今、コウガに託された連絡プレートは素早く情報を伝えることが可能な数少ない手段のひとつだった。

説明を受け知ってはいたが、実際に使われているのを見るのは初めてだ。リンディがプレートに気づいたことを理解したコウガが、さっと座れの姿勢を取る。走り続けてきたのだろう、荒い息で舌を出しているが、姿勢は微塵も崩さなかった。

銀色のプレートを手に取る。ロブに宛てた文章は、ユーゴの文字で書かれていた。既に昼番の交代時間を過ぎてしまっているのだ、とリンディは気づく。

〝円屋根が細かな振動を開始〟

プレートにはそう書かれていた。

〝それ以外の異常はないが、警戒態勢をとるべきと思慮。判断を乞う〟

「円屋根が震えてるって――どういうこと？」

もちろん誰の答もない。だが、これまでにない事態であるのは明らかだった。

どうしてこんなときに。

メイリーンとイブスランを探さねばならない。だが、円屋根の異常がウィンズテイル全体にとってそれ以上に重要な問題になり得ることは、リンディとて理解している。まして今この時間、本当なら自分はユーゴと共に見張り櫓にいなければならなかったのだ。

膨張していた円屋根、〈石英の森〉の不審な影、コラルー川河畔の何者かが動き回る音、刻印者かもしれない存在の出現。巨大徘徊者の出現から立て続けに発生していた異常と、新たに発生した円屋根の振動が無関係だと考える方が難しかった。

何かが起こっている。起ころうとしている。でも、それはいったい――。

短く、コウガが吠えた。考え込んでいたリンディの背中を押すように。

「よし」

そうだ、考えていても仕方ない。

自分はロブやユーゴのような大人じゃない。ひとりで考えてたって何かがわかるはずがない。だけど自分は、何もできない無力な幼い子どもでもない。できることだってあるはずだ。

「ちょっと待ってて」

コウガに声を掛けてから、リンディは長く伸びた飛空船の竜骨によじ登った。空気を抜かれて折り畳まれた気嚢が、巨大なかさぶたのように竜骨の上部を覆っている。気嚢は初めて触れる、つるりとした不思議な手触りの布でできていた。

リンディは上衣の内ポケットから、ニーモティカにプレゼントされた万能ナイフを取り出した。刃渡りは四センチほどしかなかったが、リンディの不安をよそにナイフはあっさりと気嚢の表面を切り裂いた。

念のためもう一ヶ所、離れた場所を切っておく。これで空気が溜まらなくなるから、すぐには飛べなくなったはずだ。

「よし」

自分に言い聞かせるように力強く言って、リンディは竜骨から飛び降りた。座って待っていたコウガがさっと立ち上がる。

「行こう。ロブを探さなくちゃ」

コウガと共に、リンディは全力で走り出した。

その五分後、リンディが目指していたまさにその方向から、この百年間、住人の誰ひとりとして聞いたことがなかった轟音が、ウィンズテイルの町に響き渡った。

円形広場の中央、噴水池の中にそびえ立つ時計塔は、この町がウィンズテイルと名づけられたころに建造され、長い町の歴史の中で常にその場に立ち続けてきた。

高さ十五メートルを誇るその威容は、見張り櫓ができるまではこの町で最も高い建造物だった。振り子式の時計は比較的単純な構造でありながら、建造から長い時間が経過した今もなお、週に一分未満のずれしか生じさせない精度を維持しており、町のシンボルとして住人たちから親しまれていた。

その時計塔の姿が、消え失《う》せている。

町の中心を南北に貫く中央通りをコウガと共に走りながら、リンディが最初に気づいた異常がそれだった。反射的に自分の目を疑い、状況を理解できずにいたリンディの耳に、多くの人々の悲鳴と、それに混じった荒々しい声が届き始める。

なんだ。何が起きてるんだ。

全身の血の気が引いた。ウィンズテイルの住人のほとんどは円形広場の付近に住んでいる。イブスランとメイリーンを探しているニーモティカやロブも、きっとそのあたりにいるはずだ。

早く行かなければ。だがどれだけ焦っても、二十分以上走り続けている足と心臓、肺は言うことを聞いてくれず、逆にスピードは落ちていくばかりだった。

円形広場の状況が見えてくる。散乱する瓦礫《がれき》、力なく地面に倒れ伏している多くの人々、助けを求め泣き叫ぶ者と彼ら彼女らに駆け寄る人たち、そしてパニックに陥ってしまったのか、でたらめに逃げ惑っている男女。

朝市もそろそろ終わろうという時間、本当なら穏やかだったはずの朝の光景はどこにも存在していなかった。代わりにそこに現れたのは、阿鼻叫喚《あびきょうかん》と呼ぶしかない地獄絵図だ。

接近するにつれて、動ける者たちが必死の形相で時計塔があった場所から離れようとしているのがわかった。それも多くは北へ、普段は極力接近するのを避けている方向へと逃げている。地面に倒れ伏していた人間は十数人、その多くも他の住人の手を借りて家の中に逃げ込んだり、とにかく円形広場から離れようとしていた。

埃だらけで額から血を流している老人に肩を貸し、近くの空き家に入ろうとしている男性の顔に見覚えがあった。以前ロブに紹介された、町守のひとりだ。

「トランディールさん！」

リンディの声に、男が顔を上げた。ロブと同年代、やや細身で無精髭の浮いた顔に当惑と焦りの色が浮かんでいる。

「何やってんだお前、早く逃げろ」

リンディを見るなり、トランディールは早口で言った。

「何があったの、時計塔は」

「吹っ飛んだんだ、わけのわからんやつらがいきなりやってきて、吹っ飛ばしやがった」

切り出した岩を積み重ねて作られた時計塔は恐ろしく頑丈で、徘徊者ならともかく人間の手でなんとかできる代物だとはとても思えなかった。だが今、円形広場の中心にあるのは空虚だけだ。信じがたいが、それが現実なのだ。

「そんな、いったいどうやって」

知るかよ、とトランディールは吐き捨てるように言った。

「とにかく命が大事なら逃げろ、やつら百人くらいいる、何されるかわからんぞ」

「やつらって」

「知らねえよ！」

我慢の限界に達したのか、トランディールはリンディを遮って叫び、手近な空き家の扉を力任せに開いた。そのまま老人と共に中に入ろうとするのを、リンディは慌てて呼び止める。

「ごめんあとひとつだけ、ロブ、ロブがどこにいるか知らない？」

「ロブならあっちだ」

円形広場の先、南方向を雑に指さしてトランディールが言った。

「時不知さまと一緒にあいつらの方に行っちまった、畜生、俺はどうなっても知らねえぞ！」

「ニーも⁉」

リンディの叫びに応えることなくトランディールは老人を引き摺《ず》るようにして空き家に入り、叩きつけるように扉を閉めた。がちゃがちゃと鍵をかける金属音が続く。これ以上話を聞くのは無理だ。

トランディールが指さした方向に振り向く。既に倒れていた人の姿も、逃げ惑っていた人々の姿も円形広場から消えていた。

その先に、〝やつら〟がいた。

円形広場から南に延びる中央通り、その一帯を占領するように。

全員が同じ薄灰色の上下に、おそらく帽子も着用しているのだろう。三、四百メートルは離れているここからでは個人の区別はつかず、ただ同じ格好の人間が大量にいることだけしかわからなかった。

全員が整然と直立して、並んでいる。本当に百人くらいいるようだ。

いったいあれは、と訝ったリンディの目が、薄灰色の集団よりも手前に、黒に近いグレイの人影を捉えた。

どれだけ離れていても見間違えるはずがなかった。リンディよりも小さな身体、白に近いプラチナブロンドのショートヘア。

薄灰色の集団の前にただひとりで立ちはだかるその姿は、大波に立ち向かう小舟のように見えた。

「ニー！」

叫んでコウガと共に走り出したリンディの腕が、幾らも進まないうちにいきなり摑まれた。振り返る暇さえなかった。あっという間に口を塞がれ羽交い締めにされ、気づいたときにはもう、細く暗い路地の奥へと引き込まれていた。

16

「静かにしろ、声出すな」

耳元で囁かれたのは、馴染み深い声だった。瞠《みは》った目が捉えたのは、人の良さそうな禿鷲に似た男性。

「ロブ！」

くぐもった声で言ったリンディに、だからでかい声出すなってと念を押してから、ロブがようやく腕を放してくれた。

解放されたリンディの足元に、素早くコウガが寄り添う。そういえば、とリンディはようやく気がついた。路地に引きずり込まれたとき、コウガは抵抗もせず吠えもしなかった。わかっていたのだ。

「こっち来い、裏から回る」

言うなりロブが、リンディとコウガを先導して路地の奥に進んでいく。リンディは慌てて後を追った。

「どこ行くの、あいつらは、それにニーが」

「いっぺんに言うな」

苦い顔でロブが応える。

「あいつらはたぶん、ダルゴナの警備隊だ。でかい船でいきなり来やがった」

「ダルゴナって、なんで」

メイリーンとイブスランがそこからやってきて、ガンディットの機體を持って逃げ込むだろうと思われていた町。ふたりは見つからないまま、でもその町から警備隊がやってきた。困惑するリンディに、ロブもまた、俺にもわけがわからん、と言った。

「とにかくやつら、いきなり入り込んで来たと思ったら、こっちが誰何《すいか》する前に時計塔吹っ飛ばしやがったんだよ、どうやってだかは皆目見当もつかねえが」

「なんでそんなこと」

足早に進むロブが路地を何度も折れる。ロブが人目につきやすい大きな道を避け、大回りして町の南側に向かっていることにリンディは気づいた。

「時不知さまはそれを確かめに行ったんだ」

細い路地の先に、川見通りが見えた。大通りで人の目を遮るものは何もないが、町の南側、ニーモティカと薄灰色の集団、おそらくはダルゴナの警備隊が対峙している場所に出るにはどうしてもここをつっきらなければならない。

ロブがリンディに待っているように指示し、壁に背を当てて進んでいく。しゃがみ込んで左右を確認し終えると、手振りでリンディとコウガを招いた。

「走り抜けるぞ。なるべく音を立てるな」

無言で頷き、ロブに続いてひと息で通りを渡る。警備隊は全員があの場にいるのか、幸い誰かに見つかることはなかった。再び、狭い路地を選んでの進行が続けられる。

「俺も一緒に行くつもりだったんだが、先に町守を指揮してみんなを助けろって言われてな。それに、万が一を考えたら別々に行動した方がいいと」

だから見つかるわけにはいかないんだよ、わかるなと言われ、リンディはわかった、と抑えた声で応えた。

「――そういや飛空船の方はどうだった」

「いなかった」

ロブの問いが、あまりの事態に忘れていたことを思い出させる。

「そうだロブ、ユーゴから」

ポケットにしまっていた銀のプレートを取り出して渡す。受け取ってさっと目を通したロブの顔が歪んだ。

「なんだってこんなときに」

「どうしよう」

一瞬考え込んだロブだったが、すぐに、とにかく、と言った。

「まずはこっちの状況を確認する。それから判断だ。行くぞ」


「──ようやく責任者のお出ましか」

ニーモティカが言った。等間隔できっちりと整列している、全員が同じ薄灰色の制服に身を包んだ百人以上の人間を引き連れた男を前にして。

その男も同じ制服を纏っていたが、他とは違いベレー帽は被っていなかった。短く刈った頭髪には白いものが交じっているが、太い眉の下にあるのは、圧力さえ感じさせる視線を発する焦げ茶の瞳だった。意志の強さを感じさせる通った鼻梁《びりょう》と角張った顎、丁寧に刈り揃えられた白い口髭の下では薄い唇がきつく結ばれている。膨れ上がった上半身が筋肉の塊であることは、制服の上からでもひと目でわかった。体重ならニーモティカの三倍あってもおかしくない。

そんな状況にあってもなお、ニーモティカは顔色ひとつ変えていなかった。

肉体的なことだけなら、この中の誰ひとりにだって敵《かな》わないだろう。そうでなくても相手は、ロブによればどういう手段でか突然時計塔を吹き飛ばしたのだ。

怖くないわけがない。それなのにどうして、ニーは平気な顔でいられるんだろう。

中央通りに面した二階屋の窓に張り付いたリンディは、ニーモティカの顔ばかり見つめていた。裏口から入った家の住人は避難したらしく無人で、ロブとリンディは開かれていた二階の寝室の窓、カーテンの隙間から息を殺し、通りの様子をうかがっている。

整列している警備隊員たちは微動だにせず、話し声はもちろん物音も立てない。そのお陰で、声はなんとか聞き取ることができていた。

「お初にお目にかかる、ウィンズテイルの魔女」

錆びて低く、だがよく通る声。

「報告は受けていたが、本当にただの子どもにしか見えんな」

「自己紹介は不要みたいだね」

臆せず言い返すニーモティカに動じる様子もなく、男はああ、と鷹揚《おうよう》に応えた。

「私はシュードルト・クオンゼィ。ダルゴナ運営議会メンバーであり、ダルゴナ警備隊総司令を兼任している。彼らは」

右手で背後を示し、クオンゼィと名乗った男は続ける。

「その精鋭だ。この町にも徘徊者に対する防衛組織があるそうだが、それとは同一視しないことをお勧めする。彼らは暴力のプロだよ、特に対人についてのね。私がいったん指示を出せば、彼らは躊躇うことなくそれを遂行する」

「そのお偉いプロの集団がこんな町になんの用だい」

腕組みしたニーモティカが尋ねる。憤然としたその表情はだが、余裕に溢れたクオンゼィと警備隊の前では虚勢を張る子どもにしか見えなかった。

「ダルゴナの警備隊だっていうなら、自分たちの町を警備してりゃいいだろ。いきなりよその町に土足で踏み込んで、あたしらが大事にしてた時計塔を吹っ飛ばすなんてどういう了見だい」

「大事にしていたのか、それは申し訳なかった」

一片もそうは思っていないことが明らかな口調で、クオンゼィが言った。

「再生兵器のテストにあまりにもおあつらえ向きの目標だったものでね。高さといい強度といい、先般出現したという徘徊者の代わりにするにはぴったりだった」

「――再生兵器？」

ニーモティカが繰り返した言葉に、隠れて聞いていたリンディの身体が強張った。再生って、まさか、そんな。

おそらく同じことを考えたのだろう、ニーモティカの顔色も変わっていた。クオンゼィはその反応を楽しんでいるかのように、そうだよ、と含み笑いを漏らす。

「正式には携帯型地対空誘導弾とかいうらしいが、些か長いからね。いずれ種類が増えたら考えなければならないだろうが、今のところはそう呼ぶのが簡便でわかりやすいだろう？」

「——再生させたのか、砕片から？」

強張った声で問うニーモティカに、クオンゼィはそうだよ、と平然と応えた。

「折角だ、お目にかけようか。ヒールイエルチ・ブースディリア」

ちらと背後に視線を送ったクオンゼィが名を呼ぶと、背後に整列していた警備隊からひとりの男が駆け出してきた。他と同じ制服を纏っているが、暗いカーキ色をした円筒形の物体を抱えている。

「再生兵器を使ってみた経験を教えてやれ」

はっ、と短く応じた隊員の声は若々しく、緊張と興奮とが綯い交ぜになっていた。

「発射は極めて容易でした。事前に教示された手順通り、スコープの中央に目標を捉えて安全装置を解除、トリガーを引くのみで、迷うこともありません。懸念していた発射時の反動も想像していたより小さく、姿勢にさえ留意すれば立った状態でも扱えるものと考えます。発射から着弾までは想定より時間がかかるようにも思えましたが、それは緊張していたためかもしれません。着弾後は想定通りで、充分な効果が得られたものと判断します」

「これまでにそれと同じ、あるいは類似の武器を使ったことは？」

ヒールイェルチはクオンゼィの問いに間髪入れず、ありません、と答えた。

「素晴らしいと思わないか」

クオンゼィがニーモティカに話しかける。

「小さく持ち運びが容易であるにも拘わらず、我々の手にある武器でここまでの攻撃力を有しているものは他にない。しかも使用のための修練さえ必要ないんだ。唯一の難点はこの武器が使い捨てで再利用できないということだが、それもこの町に拠点を置けばなんの問題もない。再生素材はまだまだあるそうだからね」

「拠点だって？」

ニーモティカの低い声にははっきりと怒りが込められていたが、クオンゼィはそれを歯牙にもかけず、そうだよ、と口元に笑みさえ浮かべて言った。

「人間世界回復活動の、記念すべき第一拠点だ。今はまだ臨時拠点だが、いずれ大規模な施設を整備することになるだろう。これから得られる大量の砕片を保管するのに、今の小さな倉庫だけではとても足りないだろうからね」

「本気で言ってるのか？」

もちろん、と鷹揚に頷いたクオンゼィが、戻っていいぞ、とヒールイェルチに声を掛けた。使い捨てだという武器を大事そうに抱えたまま、若い警備隊員が隊列に戻っていく。

「イブスラン・ゼントルティの働きによって再生された武器が正常に動作することは、つい先刻確認された。運用の容易さ、破壊力についても期待通りだ。もはや徘徊者など敵ではない。我々はこの場から、世界を人間の手に取り戻す行動を開始する」

イブスランの名前を聞いて反射的に叫びそうになったのを、リンディは辛うじて堪えた。イブスランの働きで再生された、そうクオンゼィは言った。もちろん再生したのはイブスラン自身じゃない。それはつまり。

そうだったのか。

このために、あの武器を再生するために、そうしてウィンズテイルを自分たちの活動の拠点にするために、ふたりはダルゴナからやってきたのか。

そうして自分たちに取り入って、メイリーンの治療を理由にして機體の使い方を覚え、手に入れた技術でガンディットの機體を奪ったのか。そうやって盗んだ記憶を元にして、あの、時計塔を破壊した武器を再生したのか。メイリーンが。

気を許してはいけない、南からやってきた者たち。

彼らを止めて。少しでも早く。

夢で与えられた忠告は真実だったのだ。それなのに僕は。僕は。

視界が暗く、狭くなる。頭に血が上って吐きそうだった。暑いのか寒いのかすらわからない身体が、小刻みに震えるのを止めることができない。

なんで。どうして。

一緒に過ごした時間の記憶がばらばらになって甦る。ガンディットの車椅子を再生したときの、少し辛そうな、でも一所懸命だったメイリーンの顔。歩行訓練中に歯を食いしばり、汗だくになりながらも毎日少しずつ動けるようになることが嬉しくてたまらないと、こんな日が来るなんて思ってもみなかったと言った、その声の響き。一緒に料理を作った、後片づけをした、散歩に行ってランチボックスを食べて、そうして。そうして、イブスランの期待に応えることができないと泣いた横顔。

それもこれも全てはこのためだったの？　そう尋ねたかった。ウィンズテイルを支配して徘徊者を砕く、そのために昔の強力な武器を手に入れたいというイブスランの願いを叶えたかったの？

「リンディ！」

押し殺したロブの声が耳元でして、リンディはいつの間にか俯いていた顔を上げた。その反動で、つ、と熱いものが口元へと垂れる。

「鼻血が出てる、大丈夫か」

ロブが拭ってくれたハンカチには、べったりと鮮血がしみ込んでいた。

「そのまま鼻押さえて、床に座れ」

「でも」

「でもじゃねえ」

力ずくで床に座らせられる。視界からニーモティカが消え、自分の家と同じような古く使い込まれた家具や、長年磨かれ続けてきた板張りの床が見えた。今の今まで見ていたことも聞いたことも全て嘘《うそ》だったと思えるくらい、ごく普通の寝室。ベッドを椅子代わりにして立ち上がる練習を繰り返した、並んで座ってお喋りした、日常だと思っていた光景が恐ろしく遠い。

「深呼吸しろ、リンディ。いらんことを考えず、呼吸を数えることに集中しろ」

しゃがみ込んだロブが、低い声でゆっくりと言う。

「俺に合わせせろ。いいか、始めるぞ。吸って――」

言われるがまま、ゆっくりと息を吸う。

「吐いて――。今何回目だ？」

いっかい、と鼻声で答えたリンディに、そうだな、とロブが笑みを浮かべた。いつの間にか、座り込んだリンディにぴったりとコウガが寄り添っていた。ズボン越しでもはっきりとわかるその熱が、リンディの身体を包み込んでいく。

「よし、二回目行くぞ。吸って――」

五回目を数えるころには、暗くなっていた視界も熱くなっていた頭もかなり普段通りに戻っていた。鼻血も止まったようだ。大丈夫か、と問われてうん、と答える。

「ゆっくり立ち上がれ。無理するなよ」

言われた通り、慎重に、ゆっくりと立ち上がってみる。最初だけ少しふらついたが、あとは大丈夫だった。心配そうに見上げるコウガの頭を撫でてやると、安心したように尻尾を振った。

「いいかリンディ」

身を屈め、視線の高さを合わせたロブが静かに言った。

「お前はコウガと一緒に見張り櫓に行って、ユーゴを助けてやってくれ」

でも、と言いかけたリンディの言葉を、ロブが首を横に振って遮る。

「円屋根に何が起きてるのかはわからん。震えてるだけで何でもないのかもしれん。だが、もしそうじゃなかったら、できるだけ早く判断してすぐに対応しなくちゃいけない。それはわかるな」

うん、とリンディは頷いた。円屋根を起点にして何かが起きるとしたら、それは間違いなく異界絡みだ。手を打たなければ、ウィンズテイル全体が危機に陥る可能性も否定できない。

「本来なら町守全員で向かいたいとこだが、こっちはこっちであの連中を放っておくわけにもいかん。勝手にウィンズテイルをなんちゃら回復活動とかの拠点にされてたまるか。あんな物騒な武器なんぞ振り回してたら、次々に徘徊者を呼び寄せちまいかねん」

ロブの言葉にリンディははっとする。確かにその通りだ。徘徊者はより高度で複雑で、実際に稼動しているものに反応する。再生兵器の複雑さはわからないが、ここ百年以上失われていたことは間違いない。そんなものが急に幾つも現れたとしたら。

リンディが理解したことを察して、ロブが頷いて続ける。

「今は時不知さまがああして止めてくださってるが、こっちの言うことを聞いてやめるようなタマじゃないだろう。無理にでも止めるしかない」

「でも、あんなにたくさんいるよ」

まあな、と言ったロブの口元に不敵な笑みが浮いた。

「だけどこっちには地の利がある。とは言えそれも今だけだ。だからこそ、なるべく早いうちになるたけ多くの町守でやつらを追い出さなくちゃいかん」

わかるなと問われ、リンディは頷く。

「円屋根の方も心配だが、距離があるからまだ幾らかは時間の余裕はあるだろうし、徘徊者だとしたらお前とコウガが助けてさえやれば、ユーゴひとりでもなんとかなる。もちろんこっちの片がついたら、俺たちもすぐそっちに行く」

「――わかった」

唇を噛んで、リンディは頷いた。ニーモティカのことが心配でならなかった。ウィンステイルで傍若無人な振る舞いをしようとしている百人の、自分よりもずっと頑健な肉体を持つ人間たちとたったひとりで対峙しているニーモティカが。

だが、今リンディがここに残ったとしても、何かができる可能性はほとんどなかった。訓練を積んだのは見張りと徘徊者相手の囮になることだけで、武器の使い方も戦い方もほとんど知らない。今の自分が少しでもちゃんとできるのは、ユーゴの手伝いだけだ。

「裏口から出ろ、見つかるなよ。それと、他の町守には救護が終わったら俺ん家《ち》に集まるように言っといたから、そいつらにここに来るように伝えてくれ」

「わかった」

「よし。行け」

立ち上がったリンディが走り出そうとしたとき、窓の外からニーモティカの激しい声が聞こえた。思わず振り向いてしまったリンディに、ロブが行け、と強い言葉でもう一度言った。

「今は余計なことを考えるな。目の前のことにだけ集中しろ。いいな」

言葉にして返事をすることはできなかった。リンディは奥歯を嚙みしめ、くしゃくしゃになった顔のまま前を向くと、耳に届く音を懸命に無視して走り始めた。

## 17

見張り櫓に向けて走る途中、北の広場が目に入った。飛空船は放置されたまま、飛行準備どころか誰かが近寄った形跡すらない。イブスランもメイリーンも、ダルゴナに戻るつもりなど最初からなかったのだ。ガンディットの機體を手に入れたあとはまっすぐ倉庫に向かい、保存されている砕片からあの武器を再生したのだろう。

ほんの小一時間前、自分が飛空船の気囊に穴を開けたことをリンディは苦い感情と共に思い出す。あんなことをしてもなんの意味もなかった。必死になって走り回って小細工したのに、僕は何も理解してなくて、やったことは全部無駄だったんだ。

だからメイリーンのこともわからなかったし、ニーを助けることだってできない。

湧き上がってきた感情を、強く頭を振って打ち消す。考えるな、今はそんなことに思い煩ってる場合じゃない。ロブにも言われたじゃないか。今はできることをやるんだ。ユーゴの力になるんだ。ニーのことはロブがきっとなんとかしてくれる。僕はユーゴと一緒に、ウィンズテイルを護らなくちゃ。

ぴったり並んで走っているコウガが短く吠えた。リンディの背中を押すように。

「わかってる、ありがとう」

苦しい呼吸と共に言って、リンディはようやく見えてきた見張り櫓をまっすぐに睨みつけた。

ウィンズテイルの中心部と北端までをほぼ一往復半したリンディの足はもはや限界に

近く、見張り櫓の螺旋階段は永遠に続いているように思えた。なんとか上り切ることができたのは、先導しつつ幾度も振り返ってリンディを励ますように見つめる、コウガの視線があったからだ。

ようやく見張り台に辿り着いたリンディを迎えたのは、初めて見る険しい表情のユーゴだった。だがその顔は、ぜいぜいと肩で息をするリンディを見た瞬間に一変する。

「何があった」

それは疑問ではなく、確認だった。幼いころから一緒だったリンディがユーゴの表情を読めるように、ユーゴもリンディをよく知っている。なんの理由もなくリンディが交代の時間に遅れたりしないことを、ユーゴは確信していたのだ。

「ダルゴナから、警備隊っていうのが、来て」

床にへたり込むことを自分に許したリンディが、激しい呼吸を繰り返しながら言う。

「再生兵器っていうので、徘徊者を倒して世界を取り戻すって、ウィンズテイルをその拠点にするんだって言ってて」

「再生兵器?」

しゃがんでリンディと視線を合わせたユーゴが、聞きなれない言葉に顔を顰《しか》める。リンディの胸の内に、苦い思いが湧き上がった。

「ずっと昔の強い武器で、メイリーンが再生したんだと思う」

「ロブはどうしてる」

「止めようとしてる。他の町守や、ニーと一緒に」

百人の警備隊とたったひとりで向かい合っていたニーモティカの姿を、最後に背中で聞いた叫びとも怒声とも思えた声を思い出す。大丈夫だ、きっとロブがなんとかしてくれる、してくれている。

リンディの表情から何かを感じ取ったのか、ユーゴは短くわかった、とだけ言うと立ち上がった。

「そちらはロブとみんなに任せよう。来てくれて助かった、リンディ」

ユーゴはキャビネットから水筒を取り出し、コウガ用の皿に幾らか注いだあと手渡してくれた。平気な顔をしていたコウガだったが、やはり喉は渇いていたらしい。一気に空になった皿に、リンディは受け取った水筒から追加で注いでやる。

「水分をとって休め。状況を説明する」

ん、と頷いて水を口に含む。水は喉を滑り落ちる前に吸収されてしまったかのようだった。それでようやく、喉がひどくひりついていたことに気がつく。

「円屋根全体が細かく振動している。約二時間前からだ」

ぶっきらぼうとも思えるような言い方で、ユーゴが言った。

「膨張も、昨日から急激に進んでいる。西側の一部では亀裂の発生が確認できた。膨張に耐えられなくなったのだと考えられる」

「振動はまだ続いてるの？」

ようやく少し息が整ってきたリンディの問いに、ああ、と頷くとユーゴは首から下げていた双眼鏡を手渡してきた。

「見てみろ」

まだ震える足で立ち上がり、見張り用の椅子に腰を下ろして双眼鏡を覗き込む。低めに設定されていた倍率のお陰で、円屋根だけでなく周囲の〈石英の森〉も同時に視野に入った。

確かに震えていた。想像よりもずっと細かく激しく、円屋根の輪郭がぶれて見えるほどに震え続けている。

倍率を上げてレンズを西側に向けると、ユーゴが言ったように円屋根の一部に細かく亀裂が入っているのが目に入った。確かにこれは尋常の事態ではない。

「なんなのこれ……何が起きてるの」

「それを確かめに行く」

ユーゴの言葉に、リンディは目を見張った。

「確かめにって、円屋根まで⁉」

そうだ、とユーゴが頷く。

「これまでになかったことが起きようとしている。それがなんなのか、明らかになるまでここで待っていては手遅れになる可能性がある」

確かにその通りだ。でも。

「道ならわかる」

リンディの懸念を察したかのように、ユーゴが言った。

「過去の徘徊者が作った通り道を逆に辿る。万が一のときのため、破砕用の装備一式を持っていく」

「わかった。僕も行く」

決意したリンディの表情に、そうしてくれると助かる、とユーゴが口元を緩めた。

「準備をする。その間、休んでいろ」

「でも」

「休むのも仕事だ」

きっぱりと、ユーゴが言った。

「体力には限りがある。可能なら携行食を食べて横になれ。いいな」

「――うん」

ようやく息は落ち着き始めていたが、両足はむしろ熱を持ち、腫れ上がっているように感じられた。意地を張っている場合ではないのは明らかだ。

大したことができないのならせめて、とリンディは自分に言い聞かせる。できることを少しでも増やすために、今は身体を休ませなければ。

ソファに横になるとすかさずコウガも飛び乗ってきて、リンディの肩に顎を載せて目を閉じる。コウガの体温と規則正しい呼吸音に、リンディの意識はあっという間に遠くなっていった。

どのくらい眠ってしまっていたのかはわからない。

腹の底に響く低く巨大な音に全身を揺さぶられて、リンディの意識は覚醒した。

「――リンディ」

初めて聞くほどに張りつめたユーゴの声。反射的に跳ね起きたリンディの目は、見張り窓の外のすぐには信じがたい光景を捉えていた。

「徘徊――者？」

茫然《ぼうぜん》と呟くように言ったリンディの視線の先にあったのは、西側の一部が崩落した円屋根の下から姿を現し、立ち上がった漆黒の巨人――いや、塊だった。

双眼鏡などなくてもわかる。尋常の大きさではない。

しかもその姿は、これまでに現れたどんな徘徊者とも異なっていた。

記録のある徘徊者は全て、大きさに拘わらず人間を歪にしたような形状をしていたとされている。201号や212号のように十メートルを超える巨体となると、その重量を支えるためか多脚のケンタウロスのような姿になることもあったが、それでも上半身は人間を思わせる形状が維持されていた。

だが今、円屋根を破壊しつつ現れたその姿に、人間らしい要素は一欠片《ひとかけら》もなかった。

表面に無数の黒いムカデが張り付いた、巨大で歪な岩塊。リンディが最初に受けた印象はそれだった。その岩塊の底から、太さがまちまちな六本の脚が伸びている。脚の表面にも恐ろしく長いムカデが何匹も這い回っているかのような模様が刻まれていた。腕のようなものは見えないが、岩塊の上部からは複数の細い触手のようなものが生えて、内臓から無理やり引き出された寄生虫のように、それぞれが激しくでたらめにのたうっている。

岩塊の前方上部には、頭部らしいものが突き出していた。表面には大小様々な孔が穿たれている。目だ、とリンディは思った。全ての徘徊者に共通する頭部の孔。やはりあれも徘徊者なのだ。だが、それにしたって。

「大き過ぎる――」

212号でさえ、円屋根の下から姿を現したときには四本の脚で立っていた。だがこの徘徊者らしき物体は、円屋根の端に来るまで六本の脚を折り畳み、這うようにして進んできたらしかった。にも拘わらずその移動によって円屋根は振動し続け、遂にはその一部が破損し崩れ落ちてしまったのだ。

「三十メートルはある」

双眼鏡を覗いたまま、なんの感情もこもっていない声でユーゴが言った。

「そんな！」

これまでウィンズテイルに襲来した徘徊者のうち、最大と考えられているのは212号で推測全高十五メートル。三十メートルはその倍以上、この見張り櫓すら超えている。

「なんで急にあんなのが、この間212号が出たばっかりなのに」

「急じゃない」

リンディの言葉を、ユーゴは静かに否定した。えっ、と振り向いたリンディを見下ろし、ユーゴが話を続ける。

「円屋根の膨張は、おそらくあの徘徊者が通過できるようにするためのものだ。ずっと前から準備されていたんだ」

「ずっと前からって、なんで――」

言いかけて、はっと気がついた。

円屋根の膨張に最初に気づいたのはリンディだ。あれは、二回目の見張りの時だった。

そしてそれは――。

「メイリーンが来てからだ」

「かもしれん」

ユーゴが否定しなかったことが、リンディに確信を抱かせる。212号の出現も、円屋根の膨張も、メイリーンとイブスランがウィンズテイルにやってきたのと時期を同じくしていた。直接の証拠はない、でも——と思うと同時に、リンディの胸に違和感が湧き上がる。

「でもそれなら、円屋根が崩れたのはおかしいよ」

ユーゴにというより、自分に向けてそれを言葉にする。

「あの徘徊者が通れるようにするのが目的なら、出現するまでにもっと膨らんでなくちゃ——」

そこまで口にしたところで、気がついた。もしかして。

本当は、もっと膨張して、崩れなくなってからあの徘徊者が現れるはずだったんじゃないのか。

だけど、それが待てなくなった。

なぜなら今日、ついさっき、ダルゴナの警備隊が、メイリーンが再生した武器を使って——。

「考えている時間はない」

無言になったリンディに、ユーゴが言った。

「ウィンズテイルの何かがやつを呼び寄せた可能性は高い。だがそちらはロブたちに任せるしかない。俺たちの役割は、この場でやつを砕き、先に行かせないことだ」

「できるの⁉」

縋りつくように言ったリンディに、ああと応えてユーゴは再び双眼鏡を覗き込んだ。

「胸部に〈核〉がある。巨大でこれまで見たことがない形状をしているが、徘徊者であることに違いはない」

そして、と静かな、しかしリンディを安堵させる声で続けた。

「徘徊者であるならば、砕けない道理はない」

ユーゴの言葉がリンディを落ち着かせてくれる。そうだね、と自分を納得させるようにリンディは言った。

「そうだよね。それが僕らの仕事だもんね」

ウィンズテイルを護る。そうだ、とリンディは自分自身に言い聞かせた。ニーはきっと大丈夫だ。だから僕らは、ニーモティカやみんなが住んでいるこの町を、徘徊者から護るんだ。

だが冷静になると同時に、リンディは問題に気がついた。〈核〉があるのならば、確かにあれも砕くことはできるかもしれない。だが。

「連弩の矢じゃ、あの高さは届かない――」

だがユーゴは平然と、そうだな、と言った。

「地上からでは無理だ。だから」

立ち上がったユーゴは、見張り櫓の中を見回した。キャビネットと見張り番用の椅子、小ぶりのソファがあるだけのさして広くもなく飾り気もない空間。北側には大きな見張り窓が四つ並んでいる。見張り櫓自体は大小様々な石を組み合わせ、積み上げた上で作られたものだが、経年と共にあちこちに生まれた隙間からは常に乾いたすきま風が吹き込んでいる。もしここまであの徘徊者がやってきたら、こんな見張り櫓などひとたまりもないだろう。

「ここから撃つ」

「ここから⁉」

ああ、とユーゴが頷いた。

「窓を一枚割って、そこから狙う。地上より風が強いことを考慮に入れる必要はあるが、おそらく対応できる」

そうか、とリンディは叫ぶように言った。

「わかった、じゃあ僕とコウガがここまで、この正面まで誘導する。防衛壁のあたりで待機して――」

だがユーゴは、いや、と首を横に振った。

「相手の速度や攻撃手段がわからない以上、それは危険過ぎる。防衛壁に対する反応の観察が必要だ」

「でもそれじゃ、ここまで誘導できないかもしれないよ。ここから撃つのなら、なるべく正面に連れてきた方がいいでしょう」

「確かにそうだ」

少しの間考え込んだユーゴが、よし、と呟くように言った。

「もう一枚窓を割って、そこから誘導用に赤布を吊《つる》そう。倉庫に保存してあったはずだ」

「わかった、取ってくる」

「予備の連弩と矢も頼む。持てるだけでいい」

わかった、ともう一度言うなりリンディは走り出した。足はまだ熱を帯びていたが、呼吸が落ち着いただけでもずいぶん楽だ。足元だけを見て、転がり落ちないように注意しつつ一気に螺旋階段を駆け降りる。

下りの勢いのまま、見張り櫓から少し離れた場所に建つ小さな倉庫へと走った。扉を開け、明かりをつける余裕もなく指示されたものを運び出す。折り畳まれた鮮やかな真紅の布、六本ずつまとめられた矢、そして真新しい連弩。

あの日、メイリーンが再生してくれたものだ。リンディの話を聞いて、役に立ちたいからと自分から申し出てくれたメイリーン。あの時はまだ、今よりずっと体力がなかった。きっと身体だってきつかったろうに、それでも一所懸命連弩について尋ねて触れて学んで、そうして再生してくれたのだ。

ウィンズテイルにとっては貴重な武器だが、連弩はイブスランが本当に求めていた、過去の複雑で強力な武器からはほど遠い。それでも再生してくれたメイリーンの、力になりたいと言ってくれた言葉、あれも嘘だったのだろうか。

そうは思えなかった。思いたくなかった。

メイリーンに尋ねたい、最初から全部知っていたのかと。イブスランが再生しようとしていたものの役割や、やろうとしていたことを。知っていて、僕らに近づいてきたのかと。

だがそのためには、今を生き延びなければならない。あの徘徊者を砕き、警備隊をウィンズテイルから追い出すのだ。

そうしてもう一度、メイリーンに会おう。会って話をしよう。

そう決意したリンディの耳が、徘徊者の歩行音と似た、だがもっと規則正しい音を捉えた。方向は徘徊者の真反対、南からだ。

一瞬ごとに大きくなっていく音の正体には、すぐに思い至った。

靴音だ。それもひとりやふたりではない、おそらく百人ほどの者たちの。

# 18

前面の窓が大きく割り砕かれた見張り櫓の中は、絶え間なく吹き込む強風のために季節が戻ったかのような寒さとなっていた。

「ユーゴ！」

足を震わせながら螺旋階段を上り切ったリンディの叫び声に、超巨大徘徊者、仮称213号の破砕準備を進めていたユーゴが何事かと顔を上げた。

「どうした」

「下を見て、西側」

息を切らしつつ絞り出されたリンディの声に、ユーゴは手にしていた連弩を脇に置き、西側の窓に近づいた。あそこを、とリンディが指す場所を見たユーゴの眉が上がる。

薄灰色の制服を纏った集団が、整然と列を作って〈石英の森〉に向かっていた。

全体の数は百人に欠けるかどうかといったところだろう。最後尾には馬が引く荷車が五台、続いていた。

「あれか」

「ダルゴナから来た警備隊だよ」

リンディが言った。

「ロブが止めるって言ってたんだけど——見てあそこ、前から二列目」

双眼鏡を覗き込んだユーゴの奥歯が、耳障りな音を立てる。

「——時不知さま」

「腕を縛られてる、捕まったんだ」

「自力で歩いている」

ユーゴが唸るような声で言った。

「意識はあるということだ。であれば、少なくとも時不知さまは向かう先にいるのが徘徊者であることは理解している」

「そうなんだよ、それなのに逃げるどころかみんな〈石英の森〉に向かってるんだ」

顔を上げたリンディの視線の先には、まっすぐウィンズテイルに向かって進行を続けている213号の巨大な姿があった。ユーゴの見立て通り三十メートルを超える巨軀が、六本の脚を一本ずつ、順々にゆっくりと動かしながら前進している。動作自体は速いとは言えないが、一歩ずつの移動距離が大きいためか、進行速度はこれまでに出現した他の徘徊者と比べても遜色はない。

〈石英の森〉が隠しているのはその巨軀のせいぜい脚だけに過ぎず、体軀の大部分は森の上にあった。警備隊が存在に気づいていないはずがない。

徘徊者の頭部は見張り櫓よりもかなり高く、穿たれた無数の孔が周囲を睥睨《へいげい》していた。

孔の幾つかは明らかにこちらに向けられている。まだ数キロメートルの距離があるにも拘わらず、リンディは真正面から213号に見られているという感覚を全身に感じていた。

あんな怪物に、自分から近づいていくなんて。

〝もはや徘徊者など敵ではない〟。そう言った髭の男、クオンゼィの言葉が脳裏に浮かぶ。〝我々はこの場から、世界を人間の手に取り戻す行動を開始する〟

213号を砕くつもりなのか。メイリーンが再生したのだろう武器で。

「ロブやみんなはどうしたんだよ、なんでニーが捕まっちゃってるんだ」

「――ロブも捕縛されたようだ」

ユーゴの言葉に、リンディは息を呑む。

「そんな」

「最後尾の馬車を見てみろ。荷台の上だ」

手渡された双眼鏡を覗き込む。堆く積み上げられた木箱の隙間に、押し込められるようにしてロブの身体が横たわっていた。腕から足首までロープで縛り上げられていて、身動きひとつできそうにない。

「ロブ、なんで――他のみんなは」

他の町守の姿を求めて双眼鏡を動かしていく。その視線が先頭の馬車の荷台に達すると同時に、リンディの身体が強張った。

「――メイリーン！」

後続と違い、先頭の荷車に載せられていたのはクオンゼィが再生兵器と呼んだ、カーキ色の筒だけだった。ざっと見て二十前後が並べられている。そしてまるでそのひとつのように並んで横たわっていたのは、間違いなくメイリーンの小さな身体だった。

ロブほどではなかったが、足首のところで縛り上げられている。仰向《あおむ》けに寝かされているその顔は目を瞑ったままで、意識があるようには見えなかった。

メイリーンも捕まっている。ニーやロブと同じように。じゃあ、それなら――。

双眼鏡を少し動かしただけで、目的の相手は見つかった。メイリーンが寝かされている荷車の先頭、御者台で手綱を握った警備隊員の隣に座っている。

イブスラン。

縛られてはいない。それどころか、楽しげな表情で隣の警備隊員に何か話しかけていた。

何が起きてこうなったのか、それはまだわからない。

それでも、とリンディは思った。ニーモティカとロブ、それにメイリーンは程度の差こそあれ縛られ、無理やり連れてこられている。でもイブスランは違う。イブスランだけが違う。

メイリーンが足を縛られているのは、きっと逃げ出そうとしたからか、逃げると思われているからだ。メイリーンはきっと、イブスランの真意を知らなかったんだろう。それを知らされて、嫌がったんだ。だから縛られて、そうしてきっと、メイリーンは。〝きっと〟ばかりであることは自分でもわかっていた。自分に都合がいい解釈をしていることも。それでもリンディは縋った。メイリーンは裏切ったのではないという可能性に。

確かめよう。メイリーンを、ニーやロブと一緒に救出して。

リンディは顔を上げ、北側の窓の向こう、接近しつつある213号の姿を見た。あまりにも巨大過ぎるため、どの程度進んでいるのかすぐには把握できない。それでも必死になってその移動時間を予想する。彼我の距離はおおよそ四キロメートル。212号と同じ程度の移動速度だと仮定すれば、早ければあと三十分前後で防衛壁にまで到達する。防衛壁が213号の足止めになることは期待できなかった。相手が小型であればともかく、あの213号の巨軀にかかれば防衛壁はあっという間に全て〈石英〉化されてしまうだろう。

余裕はほとんど残されていなかった。

「みんなを助けに行く」

飛び出そうとしたリンディを、待て、という低く厳しい声でユーゴが止めた。

「ただ行っても捕まるだけだ。考えはあるのか」

「そんなのないけど、でも、急がないと徘徊者が――」

「それを待て」

ユーゴの言葉に、リンディはえっ、と息を呑んだ。

「どういうこと？」

いいか、とリンディの両肩に手をかけ、まっすぐに目を見てユーゴが話し出す。

「あのダルゴナ警備隊というのの目的は、徘徊者を砕き、世界を人間の手に取り戻すことだと言ったな」

「うん」

ならば、とユーゴが言った。

「やつらの目標は徘徊者だ。あの巨体には当然気づいた上で、そちらに向かって進行しているのがその証左だ」

である以上、とリンディが理解できるように間を空けながら、ユーゴが続ける。

「間もなくあの徘徊者に対する攻撃を、再生兵器というのを用いて行うはずだ。時計塔は砕いたかもしれないが、徘徊者に向けて使用するのは初めてだろう。やつらの注意は全て、徘徊者に向けられることになる。そもそもダルゴナから来たというのなら、徘徊者を見るのも初めてだろう。周囲に気を配る余裕はないはずだ」

「じゃあ、その時に」

そうだ、とユーゴが頷く。

「最後尾から接近して、まずロブを助ける。味方がひとり増えればできることも多くなる」

いいか、と念を押すようにユーゴが言った。

「時不知さまを助けたいのはわかる。だが一度に全員は無理だ。わかるな」

無言で頷くリンディの表情に、ユーゴの口元が僅かに緩んだ。

「あの連中が確実に徘徊者を砕けるかどうかわからない以上、俺はここから離れられない。あの徘徊者を止めなければ、時不知さまや俺たちも含め、ウィンズテイルが全滅してしまうからだ。だからリンディ、先に行け。徘徊者が片づき次第、俺も後を追う」

ユーゴの視線を、リンディは正面から受け止めた。心配してくれているのと同時に、ひとりの町守として見てくれていることが伝わってくる、その視線を。

「わかった」

「コウガも連れて行け。きっと役に立つ」

うん、とリンディは頷いた。

「おいで、コウガ。一緒にニーたちを助けに——」

その時だった。

なんの前触れもなく、耳を聾する轟音がふたりを襲った。何が起きたのかと考える時間すら与えられなかった。次の瞬間、割った窓から吹き込んできた突風によって、ふたりの身体は見張り櫓の床へと叩きつけられていた。

19

〝目を覚ましなさい〟、そう言われた気がした。〝みなを助けたいのなら、今すぐに！〟

頬を張られたような激しい言葉に、一瞬遠くなっていたリンディの意識が明瞭になる。頬に熱いものを感じて目を開くと、ざらつく熱い舌で繰り返し頬を舐め上げている、埃まみれになったコウガの姿が見えた。遠くから、無数の人々の歓声が聞こえる。勝ちどきの声だ、と思ったときには身体を跳ね起こしていた。

肩や背中に痛みが走る。だが幸い、骨折や出血はしていないようだった。

「ユーゴ！」

「――大丈夫だ」

壁にもたれるようにして座り込んでいたユーゴも、頭を振って立ち上がる。突風が吹き込んだらしい見張り櫓の中は様々なものが散乱してはいたが、幸い既に割ってあった箇所以外の窓が割れたり、何かが壊れたりした様子はなかった。

鼻を鳴らし、心配げに身体を寄せてくるコウガを抱き、純白の身体に積もった埃を払ってやる。体高が低いからか四本脚で安定していたからか、コウガは埃を被ったくらいで済んでいるようだった。

立ち上がろうとしてふらついたリンディは、四つんばいのまま窓へと近づく。そこから見える光景は、直前までと一変していた。

あの、厳然とそびえ立っていた213号の、巨大な漆黒の姿が消え失せていた。代わりにそこに出現していたのは、文字通り小山のように積み上がった、色も形も大きさも、その全てがバラバラな砕片だった。遠過ぎて肉眼では細部まで見分けることができないが、色彩が全く存在していなかった〈石英の森〉の中で、陽の光を受けて輝くでたらめな色の集合体は、驚くほどの存在感を放っていた。

「砕いたんだ……」

茫然と呟く。

地上から響く地鳴りのような人声に振り向くと、そこには直前まで整然と行進していた警備隊員たちがてんでばらばらに手を振り回し飛び跳ね、喜びと興奮を全身から溢れさせている姿があった。

徘徊者までの距離はまだ四キロ近くあったはずだ。にも拘わらず再生兵器は〈核〉を的確に射貫き、知られている限りのどの徘徊者よりも巨大だった体軀を砕片へと変えてみせたのだ。

ユーゴの技量をもってしても連弩の射程は三百メートル前後、確実に〈核〉を射貫くためには二百メートル以内まで徘徊者を引きつける必要がある。再生兵器が時計塔を砕いたとは聞いていたが、リンディは直接その場を見たわけではなく、ユーゴはリンディから話を聞いただけだった。ふたりは今初めて、再生兵器の威力を目の当たりにしたのだ。

すごい、と漏れ出したリンディの言葉に、コウガが低く短く唸った。その声が、ふたりを自失から呼び戻す。

「リンディ」

ユーゴに名を呼ばれ、リンディは顔を上げた。

「行こう。時間が経てばやつらは冷静さを取り戻す」

即座に表情を引き締めたリンディが、螺旋階段へ向けて走り出した。

ふたりとコウガが螺旋階段を下り切った時にはもう、警備隊員たちは再び隊列を組み直し始めていた。だが離れた場所からちらと見ただけでも隊員たちの頬が赤く火照り、誰も彼もが高揚を抑え切れずにいることがわかる。

先頭に立つクオンゼィが全員に向かって声を張り上げていた。再生兵器による初めての破砕が成功裏に終わったことを誇り、自分たちの活動の開かれた未来を保証し、隊員たちひとりひとりの尽力と貢献を讃えている。

隊列は既に見張り櫓の前を通り過ぎていたが、クオンゼィがこちらを向いている状態では外に出ることはできない。リンディにできたのは、出口傍の壁に背を預けたまま懸命に苛立《いらだ》ちを抑え、勝ち誇ったような男の演説を聞くことだけだった。

「諸君」

クオンゼィの声が朗々と響き渡る。

「長い喪失の年月を越え、我々が再び手に入れた人類の叡知《えいち》が徘徊者を砕き得ることが、たった今、証明された。諸君もその目で見、そして私と同じように確信しただろう。もはや徘徊者など敵ではない。我々は遂に、世界を人間の手に取り戻す力を得たのだ」

しわぶきひとつなく、警備隊員の全員がクオンゼィの語りに聞き入っていた。長く失われていた強力な武器とその威力。それを己の目で耳で全身で体験した警備隊員はみな、その劇的な結果に酔っている。

「だが、ダルゴナ運営議会はこの程度では認識を改めはしないだろう。やつらの頭の中には、てっぺんから鼻の先まで己の保身だけが詰まっているからだ。従って我々には、あの年寄りどもに有無を言わせない実績が必要だ。即ち」

いったん言葉を切り、クオンゼィは警備隊ひとりひとりに視線を送った。その全員が、熱い視線でクオンゼィに応える。

「――この後も現れるだろう徘徊者どもを破砕し続け、〈石英の森〉を再び人間の領域とするのだ。我々ならそれができる。さあ諸君、行動だ。行動と実績あるのみだ！」

全員がどっと沸いた。手を振り上げ足を踏みならし、紅潮した顔でクオンゼィを見つめている。

誰も彼もが熱狂しているその姿に、リンディは歯を食いしばった。何が行動と実績だ、時計塔を破壊してニーモティカを捕え、ウィンズテイルを好きに蹂躙《じゅうりん》して何を勝ち誇ってるんだ。

「――やつらが動き出すタイミングで行くぞ」

リンディの胸の内を察したように、落ち着いた囁き声でユーゴが言った。

「コウガを先行させて視線を集める。その隙に最後尾の荷車に乗り込め」

わかった、とリンディが頷く。

「俺はコウガに指示を出しつつ、距離をとって追尾する」

いいか、とリンディが飲み込んだのを確かめてから、ユーゴは指示を続けた。

「隊列を引き連れてきている以上、おそらくやつらはこのまま円屋根まで前進する。だが万が一町まで戻ろうとしたりこの場で何か始めようとしたら、俺とコウガが攪乱《かくらん》するからその機に乗じて脱出しろ。それまでの間にロブの縄が解《ほど》けていれば一番だが、難しい場合は自分だけでも逃げろ。ふたりとも捕まるのが最悪だ」

わかるなと問われ、リンディは急に喉が詰まったような感覚に襲われつつ、頷いた。これは徘徊者相手の行動とは違う。相手は敵意を持った、自分たちと同じ人間なのだ。これまでに感じたことがない緊張が、リンディの胸や四肢に満ちていく。

「隊列が前進を続けている間は、見つからないように荷車に潜め。ロブを解放できたら、そのあとはロブの指示を仰ぐんだ。そっちからは見えないかもしれないが、俺とコウガは必ず傍にいる。何かあったら合図しろ。――行けるか」

自分に課された役割の重さに押し潰されそうになる。だがやるしかないのだ。経験不足な子どもで智恵《ちえ》も力も足りなくても、今対応できるのは自分だけなのだから。

「うん」

よし、と頷いたユーゴの視線が扉の外へ向けられる。固く結ばれたその口から、コウガ、という短い言葉が発せられたのはそのあとすぐだった。

ハンドサインを視認するや否や、コウガが扉を抜けて駆けていく。ほんの数歩でトップスピードに達した純白のシェパードは、躊躇うことなく警備隊の隊列へと突っ込んだ。たちまち驚きの声と悲鳴が上がり、整然と進んでいた隊列が乱れ膨れ上がる。だが警備隊員たちに正体を把握する暇を与えず、純白の稲妻は隊員たちの足元を恐るべきフットワークの良さで走り続け、警備員たちはたちまちパニック状態に陥った。

その時にはもう、リンディとユーゴは最後尾の荷車へ向かって走っていた。接近と同時にユーゴがリンディの胴を抱え、放るように荷車に上げる。走り抜けたコウガに驚いた馬が動揺し足踏みしていたお陰で、荷車の揺れは目立たなかった。

荷車の上にはぎっしりと木箱が積み上げられ、崩れないように縄で結わえられていた。焼き印を信じるなら食料や水の類いらしい。わざわざこんなものを持ってきているのなら、ここで止まったり戻ったりはしないだろうとリンディは思った。おそらく〈石英の森〉に拠点を作り、そこに陣取るつもりなのだ。

ロブの身体はその木箱と荷車のあおり板の間の隙間に、まるで荷物のように押し込められていた。あおり板の高さは五十センチほどで、お陰で外からロブの身体は見えない。

リンディがあおり板に身を隠して這い進み始めるのと、荷車が進行を再開するのが同時だった。コウガがうまく逃げおおせたことを祈りながら、リンディはロブの元へと向かう。

見張り櫓から見た通り、ロブは腕から足首までをロープで縛り上げられていた。あおり板と木箱の間にほとんど隙間がないため、リンディはロブの身体に乗りかかる格好で先に進む。誰かが来たことがわかったのだろう、ロブの頭が動いた。

「——ロブ」

「リンディか」

うんと応え、リンディは上衣のポケットから万能ナイフを取り出した。

「ロープ切るから、もうちょっと我慢してて」

おう、というロブの声が普段通りだったことに勇気を得て、リンディは慎重にロープを切っていく。ニーモティカからプレゼントされた万能ナイフの刃は鋭く、全てのロープを切断してロブを解放するまでに五分もかからなかった。

「助かったぜリンディ」

解放されたとは言えまだ見つかるわけにはいかない。リンディはロブと共に荷車の一番後ろまで這い進んだ。ここなら警備隊員が後ろに回るか横に並ばない限り、木箱が視界を遮ってくれる。ようやく身体を伸ばせる状態になったロブが、年寄りにはきついぜと言いつつ、肩と首を回した。

「ユーゴとコウガがついてきてる」

囁き声で、リンディが言った。

「先頭の荷車にメイリーンが捕まってて、隊列の先頭近くにニーが縛られて歩かされてる。ふたりを助けたいんだ、どうしたらいい」

「ユーゴはなんて言ってた」

「ロブの指示に従えって。こっちから見えなくてもついてきてるから、何かあれば助けに入るって」

リンディの答に、よし、と言ったロブの口元に笑みが浮いた。

「期待通りだ。ユーゴもリンディも、コウガもさすがだぜ」

「期待通りってどういうこと」

ロブの余裕が理解できず、リンディは焦って聞いた。

「町を護るって言ってたのにロブは捕まっちゃってるし、何が期待通りなの」

「俺はわざと捕まったんだ」

鼻を鳴らしてロブが言った。

「見張り櫓にはユーゴとお前がいるから、絶対助けてもらえると思ってな。捕まったときには他の、足腰の悪い町守にも何人か一緒に来てもらったから、やつらこれで町守は全員捕まえたもんだと勝手に思い込んで、留守番の何人かだけ置いてほぼ全員でこっちに来たってわけだ、まんまと引っかかってな。町の方じゃ今ごろ、残った連中が留守番をふん縛って道の封鎖を始めてるはずだ」

「じゃあ、警備隊を町から出て行かせるために？」

そうさ、とロブが得意げに笑う。

「あとは時不知さまとメイリーンを助けて、さっさと町に戻るだけだ。町に入らせさえしなけりゃ、やつらはいずれ根負けして出て行かざるを得なくなる」

一瞬安堵しかけたリンディの脳裏に、直前に目の当たりにした再生兵器の威力が甦った。

「でも、道を塞いで入れないようにしようとしても、あの再生兵器っていうのがあったら止められないんじゃ――」

「その点は、たぶん心配いらねえ」

「なんで？」

リンディの問いに、ロブの目が一瞬昏くなった。

「これはな、俺が町守のリーダーになったとき、時不知さまから教えてもらった話なんだけどな――」

最後の引き継ぎは、先代のリーダーであるジョーイの家で、ニーモティカの立ち会いのもとに行われた。仕事自体は半年前からほぼジョーイに代わって行うようになっていたし、ニーモティカも来るというからおそらく形式的なものなのだろうと思っていたロブは、案内された地下室で見せられたものに仰天した。

「武器ですよねこれは、それも大昔の――」

そうだ、とジョーイが頷く。小さな地下室の中、ガラス張りの戸棚の中に並べられていたのは、ロブが初めて目にする何丁もの銃器だった。

「何種類かあるが、大半はライフル、離れた場所から狙撃するための銃だ。射程は撃ち手の技量によるが、うまいやつなら二キロ先からでも〈核〉を射貫ける」

二キロという言葉に、ロブはショックを受けた。それだけ遠距離から〈核〉を撃てるのなら、町守の仕事はずっと安全なものになる。特にユーゴほど優れた射撃の腕を持っていない者にとって、高性能の武器の持つ価値は計り知れなかった。

「こんなもんがあるのになんだって隠してるんですか」

半ば抗議のようなロブの言葉に、ジョーイは重々しく首を横に振り、お前の言いたいことはわかる、と言った。

「だがな、ここにある武器は、これを使うしかなくなったとき以外、決して持ち出すな」

「なんでです」

「――呼び寄せちまうからだよ」

それまで黙っていたニーモティカが、ぼそりと言った。

「悪いが少しの間、あたしの昔話につき合ってくれ」

ニーモティカの声は、それまでに聞いたことがないほど静かで、重々しかった。声を出すことができず、ロブはただ無言で頷いた。

「あたしが昔、ノスティリア――今じゃ〈石英の森〉に呑まれた、工業都市から逃げ延びてきたばかりの人間から聞かされた話だ。百年と少し前のな」

工業都市と言えば聞こえはいいが、ノスティリアで製造されていたものの多くが兵器の類いであることは公然の秘密だった。坂道を転がるように世界――当時はまだ人間だけのものだった世界の情勢が不安定になっていくのに従い、ノスティリアには膨大な予算と無数の人間がつぎ込まれ、既存兵器の製造・改良と並行して様々な研究開発が行われるようになっていた。

「当然そこには、長年の間に開発されてきた強力な武器が無数にあった。ここに並んでる代物が玩具《おもちゃ》に見えるような、都市を一瞬で丸ごと消し去っちまえるやつまであったんだ。そんな街のど真ん中に、ある日、いきなり黒錐門が現れた」

そのころには人間はもう、それがどういうものなのか、その内から何がやってくるのかを嫌というほど知っていた。世界中で幾つもの都市が既に、〈石英の森〉に姿を変えられてしまっていたからだ。

「だから、ノスティリアは躊躇わなかった。作り続けてきた全ての武器を使うのを。そうして黒錐門から姿を現した徘徊者に、片っ端からありとあらゆる攻撃を加え続けたんだ」

当時はまだ、徘徊者の〈核〉については知られていなかった。それでも、徘徊者に向けて放たれ続ける膨大な量の攻撃は、その量によって偶然〈核〉を撃ち抜くことがあった。何体かの徘徊者が砕片へと姿を変え、それが人間の士気を高めた。勝てるかもしれない、誰もがそう思った。

「だがな、だからこそノスティリアは、他のどんな都市よりも早く〈石英〉化されることになったんだ」

「どういうことです？」

まだ収奪するべきものが無数にあった世界に、徘徊者は次から次へと現れた。一体を砕いてもすぐに次の徘徊者が現れ、そうして大地に堆積していた砕片を吸収し、己の肉体を倍以上に膨れ上がらせていった。

それは、永遠に終わることがないループだった。可能な限りの攻撃を加え続けても、いやおそらくは加えるからこそ、徘徊者は次々と現れた。そこに自分たちの同類を砕くだけの文明の産物が存在すると知ったかのように。そして新たに出現した徘徊者は、砕かれた己の先行者の砕片を吸収して巨大化する。ループが一巡するたびに、徘徊者の体躯は膨れ上がった。

そうして徘徊者の体躯が巨大化すればするほど、人間の攻撃が偶発的に〈核〉を撃ち抜く可能性は低くなっていく。破砕までに要する時間は延び続け、ノスティリアは蹂躙され、人も動物も植物も、人間が作り出したありとあらゆる物も次々と〈石英〉へと姿を変えられていった。

無限とも思えたノスティリアの兵器が底をつくまでに要した時間は、半月にすら満たなかった。

遂にノスティリアの奪還を断念した人間は、住人を避難させたのち、黒錐門に対して最後の攻撃を行った。誰もが使うことを想定していなかった都市破壊兵器が使用され、そうしてノスティリアは地上から姿を消したのだ。

だが。

「その攻撃さえも〈石英〉にされたんだよ。その痕跡があの円屋根だ」

わかるか、とニーモティカは言った。

「複雑で強力な武器の使用は徘徊者を呼び寄せる。効果的に効率的に徘徊者を砕けば砕くほど、徘徊者はより強力に大きくなり、短期間で姿を現すようになる。いったんその循環が始まってしまったら、徘徊者が奪い尽くして満足するまでそれは終わらないんだ」

だから、とジョーイが後を引き継いだ。

「これが町守のリーダーとして最も大事で難しい役割だ。本当にこれを使うべきかどうかを判断する、ということが」

「じゃあ」

ロブの話を聞き終えて漏らしたリンディの言葉に、そうだ、とロブが頷く。

「あいつらは再生兵器を使った。それも二回だ。徘徊者はすぐにまた現れるだろう。あれを奪いに」

やつらもそれは知っているんだろう、とロブが言う。

「やつらの制服姿を見てピンと来た。しばらく前から〈石英の森〉で目撃されてた人影は、たぶんあいつらだ。ガンディットたちが感じてた気配も、川岸の怪しい音もそうだろう」

えっ、とリンディは息を呑んだ。理解が追いつかない。

「なんのために？」

「船でコラルー川から資材を運び込んで、〈石英の森〉の中、おそらく円屋根の下に拠点を作ってたんだろう。腰を据えて、徘徊者を砕き続けるために」

「でも、再生兵器は使い捨てだって――」

中央通りで聞いたクオンゼィの言葉を思い出したリンディだったが、言い終わる前に気がついた。そうか、だから。

「メイリーンに作らせるつもりだ」

だろうな、とロブが頷く。

「砕いた徘徊者の砕片でまた武器を作らせる。しかも武器の数は、砕けば砕くほど増える。勝算があるのか我慢比べをするつもりなのかは知らんが、そのつもりであの子を連れてきてるのは間違いない」

「じゃあ、ニーと一緒にメイリーンを助け出せば」

ああ、とロブが頷いた。

「やつらは当然メイリーンを取り戻しに来るだろうが、その間も徘徊者は現れ続けるだろう。俺たちがなんとかしてあの子を護り切れば、いずれやつらは再生兵器を使い果たす。そうなれば〈石英〉にされるか撤退するかしかなくなるはずだ」

とは言え、と続けたロブの眉間に皺が寄る。

「最後にやつらと徘徊者がうまい具合に共倒れにでもなってくれればいいんだが、そう都合よくはいかんだろうな。最後の徘徊者がどのくらいでかくなるかはわからんが、おそらくそいつは、俺たちの手で片をつけなきゃいかんだろう」

厳しい表情で、ロブが言った。

20

行進を再開した警備隊の隊列は、迷うことなく〈石英の森〉に足を踏み入れた。向かう先が円屋根、もっと言えばその下にある黒錐門なのはほぼ確実だった。それ以外に目指すような場所など、〈石英の森〉にはひとつも存在しないからだ。

とは言え、そこまでの道のりは容易ではないはずだった。防衛壁までは歴代の町守が踏み固めて自然にできた道があるものの、その先にあるのは長年続いた徘徊者の侵攻によって作られた、開けてはいるが道とは呼べないものだけだ。さらにこれほど大規模で馬車まで引き連れた隊列が先に進むには、防衛壁自体が障害になってしまう。

防衛壁には何ヶ所か扉が設けられているが、そのどれもが人がひとり通るのが精一杯の小さなもので、しかも普段は小型の徘徊者の出現を想定して閉じられ、その表面にも蔓性植物を繁茂させてあった。扉を見つけ、蔓性植物を排除して開けたとしても、人間はともかく馬車が通れるような場所はない。荷車に積み上げた荷物を〈石英の森〉に持ち込もうとしている以上、少なくとも馬車は幅三キロメートルの防衛壁をぐるりと迂回《うかい》していくことになるはずだ。

そこがチャンスだ。ロブはそう言った。

徒歩の隊員が防衛壁を抜け、馬車が迂回することになってくれれば最も都合がいい。周りを見張る目の数が減れば減るだけ、ふたりにとっては行動の自由が増すからだ。ついてきているユーゴやコウガの助力があれば、気づかれないうちに幾つかの馬車を制圧することもできるかもしれない。

最悪、全員が防衛壁を迂回することになったとしても、その移動はかなりの困難を伴うだろう。警備隊員がその対処に手と注意力を取られれば、そこには隙が生まれる。その機を逃さず、馬車の車輪を壊すなどして、警備隊の移動能力を削ぐことができれば、〈石英の森〉を知っているこちらがぐっと有利になる。

「防衛壁近くになったら、隙を見て馬車から降りるぞ」

ロブが小声で言った。

「大きく迂回することになったら、前に進む以外気にする余裕はなくなるはずだ。ユーゴたちと合流して、時機を見て仕掛ける。どっかでトラブってくれりゃありがたいが、ダメならコウガを先行させれば――」

リンディの眉間に皺が寄っていることに気づき、ロブが途中で話をやめた。

「何か気になるのか？」

小声で問われ、リンディはわからない、と首を小さく横に振った。

「でも――嫌な予感がする。まだ動いちゃいけないような」

「理由は？」

「ないんだ。ごめん――誰かに引き止められてる気がするだけで」

ふむ、とロブが目を細めた。

「わかった、様子を見よう。馬車から降りるのは、やつらが実際にトラブるなり、進行で目一杯になって気が回らなくなるまで待つ」

「いいの？」

ああ、とロブが頷いた。

「俺もちょっと気になってきたんだ。やつらが防衛壁のことを知らないはずがない――

にしては、やけに平気な顔でいる気がする」

二十分ほどが過ぎ、防衛壁が間近になったとき、ふたりはリンディの予感が正しかったことを知った。

隊列は一切足を止めることなく、スムースに防衛壁を通過していったのだ。

最後尾の馬車の荷台に潜んでいたリンディたちは何が起きているのかわけがわからず、息を呑んで顔を見合わせるしかできなかった。身体を起こして前をうかがうわけにもいかないリンディたちはじりじりしながら隊列が進むのを待ち、遂に自分たちが身を隠している馬車が防衛壁にさしかかったことで、ようやくその理由を知った。

防衛壁が、大きく切り開かれている。周囲をうかがったリンディの目が、ぽっかり開いた穴とちょうど同じサイズに切り取られたネットが、表面に繁茂している蔓性植物ごとうち捨てられているのを発見した。

「前もって切断してやがったのか」

ロブが憎々しげに言った。

「今の今まで簡単に結わえておくなりして留めといて、そのときがきたらいつでも外せるようにしてたってわけだ」

リンディの予感通りだったな、とロブには言われたが、全く嬉しくはなかった。得体のしれない予感がどこから来たものか自分でもわからなかったことに加え、警備隊にとって黒錐門に至るまでの間で最大の難関だと思っていた場所を易々《やすやす》と越えられてしまった以上、いつになればニーモティカたちを救い出せるのか、そもそものチャンスがあるのかすらわからなくなってしまったからだ。

その後の隊列の進行は、213号が残した砕片の山を回避するときだけはさすがに手間取ったものの、それ以外では順調のひと言だった。〈石英の森〉の奥にはいつの間にか人間用の通行路が作られ、見張り櫓からではわからないよう偽装されていたのだ。

「事前に拠点だけじゃなく、馬車を持ち込むことまで含めて準備を整えてやがったのか」

くそったれ、とロブが毒づく。

「拠点があるのは、やっぱり円屋根の下なのかな」

リンディの囁きに、だろうな、とロブが頷いた。

「あの下なら双眼鏡でも見つからないからな、やりたい放題だろうぜ。――そういや、リンディは円屋根まで行ったことあるか」

ううん、と首を横に振る。町守の仕事でユーゴと一緒に防衛壁より北に足を踏み入れたことは何度かあったが、それでもせいぜい防衛壁から三百メートルほど先までの区域だ。円屋根は見張り櫓から見下ろすか、遥か遠景としてぼんやりと目にしたことしかない。

「あの下にはな、屋根を支える〈石英〉の柱が無数に立ち並んでるんだ。〈石英〉だから半透明で、完全に視線を遮ってくれるわけじゃないが、何もないよりはずっといい」

「じゃあそこで？」

ああ、とロブが頷いた。

「そこが最後のチャンスだろう。円屋根の下に入ったところでこっから抜け出す。柱の陰を使って、なんとかして時不知さまとメイリーンを助け出すぞ。俺たちが動くのが見えれば、隠れてついてきてるはずのユーゴやコウガとも合流できるだろう」

いいなと問われ、リンディは無言で頷いた。


円屋根に到着するまでの間、荷車の上で息を潜め、身を縮めているしかなかったリンディの胸の中では様々な不安が渦巻いていた。

訓練を積み武装したダルゴナの警備隊員およそ百人に対し、こちらはロブとユーゴ、コウガと自分がいるだけだ。最初は不意をつけるにしても、人数差は如何《いかん》ともしがたい。果たして三人と一匹だけで、本当にニーモティカとメイリーンを助け出すことができるのだろうか。

それに加えて、自分たちが向かっている先に徘徊者の源、円屋根の下の黒錐門があることが不安に輪をかけていた。ロブがニーモティカから聞かされた話の通りなら、再生兵器が213号を砕いたことでさらに強大な徘徊者を呼び寄せてしまう可能性が高い。

警備隊を率いるクオンゼィは、再生兵器によって新たな徘徊者をも砕き、その砕片を利用してさらに再生兵器を生産するつもりであるらしい。だがリンディには、そんな思惑通りに全てが進むとはとても思えなかった。

まず、メイリーンの体力が問題になる。ずいぶん回復したとは言え、メイリーンはほんのひと月前にようやく歩けるようになったばかりの少女に過ぎない。一方、砕片からの再生にはかなりの体力を消費する。食事をとらねばならないし休むことも必要だ。いつまで現れるかわからない徘徊者に対し、無限に再生兵器を生み出し続けることはできないだろう。

そして何より――リンディは自分の左のうなじに触れた。そこには、どんな影響を及ぼしているのか未だに明らかになっていない異界紋が刻まれている。

メイリーンが過去に失われた遺物を再生できるのは、間違いなく異界紋によって与えられた能力だ。異界紋が何者によって刻まれたものかはわからないが、少なくとも人間の力によるものとは考えられなかった。異界紋の名に明確な根拠はない。しかし異界以外に、この刻印を刻むことができるものを人間は知らないのだ。

もしその名の通り、異界紋が異界によってもたらされたのだとしたら、人間に自分たちを退けることが可能な能力をわざわざ与えるだろうか？

異界紋を自分たちに都合のいい能力の源とだけ考えるのは危険に過ぎる。ニーモティカやメイリーンのことだけを考えるとそう思ってしまうかもしれないが、リンディは過去の資料を調べ、そこに記録された多くの実例を知って自分たちが本当に幸運だったということを、改めて思い知らされていた。異界紋を刻まれた人間のほとんどは短期間のうちに死ぬ。それが悪意によって成されたものかどうかはわからないが、少なくとも善意があるとも思えなかった。この刻印を刻んだものにもし意思があるとするなら、そこに存在するのはただの好奇心だ。人間が動物に薬剤を投与して反応を見るような、対象をモノとしか考えない視点だ。リンディにはそうとしか思えなかった。

だとしたら、そんなものを頼りにして徘徊者と対峙しようとするなど、仕掛けられた罠に自分から嵌りに行くようなものではないのか。しかもその罠に嵌るのは、クオンゼィやダルゴナ警備隊だけではない。間違いなく、ニーモティカもメイリーンも、ウィンズテイル全体すらも巻き込まれてしまうことになる。

なんとしてでも止めなければならない。そうリンディが決意したとき、遂に円屋根がその姿を現した。

それは、異様としか言いようのない光景だった。

どんなに低く見積もったとしても全高三十メートルはあるだろう半透明の柱が、無数に、どこまでもどこまでも立ち並んでいる。一本一本の太さはまちまちだったが、どれも根元が太く、先に行くほど細くなるという点は共通していた。まるで枝葉のない、〈石英〉の大樹のようだった。生えている場所に規則性は見られず、密集しているところもあればぽっかりと開けたところもある。

その全ての柱が、半透明の歪な円形の天井を支えていた。

見張り櫓から双眼鏡で見る表層部とは異なり、円屋根の裏側には不規則な凹凸や無数の蛇がのたうち回ったかのような跡がついていたり、所々に蜂の巣に似た形状の膨らみがぶら下がっていたりと全く一様ではなかった。何ヶ所かには超巨大徘徊者の体軀が干渉したときに生じたのだろう、欠落やひびが見られる。

半透明とは言え、分厚い屋根状の〈石英〉に覆われているため、円屋根の下は薄暗かった。それでも、屋根の厚さに応じてまちまちではあったが、どこも概ね目が慣れれば不都合はない程度の明るさはある。

地面もまた〈石英〉化していたが、それ以上に特徴的なのは緩やかに傾斜していることだった。周辺部分が最も高く、円屋根の中心に近づくほど低いすり鉢型になっている。

そうした傾いだ地面の上、柱と柱の間には、周囲の光景とは全く不釣り合いな大小様々な淡いグレイのテントが、幾つも設置されていた。ダルゴナ警備隊が設営したものであるのは明らかだ。

「——ロブの言ってた通りだ」

思わず呟いたリンディに、ロブは周囲を油断なく見回しながら、よし、と短く言った。

「次の柱で行くぞ。なるべく足音は立てないようにして、ついてこい」

ん、とリンディが応えた直後、ロブが低い体勢のままひらりと荷車から飛び降りた。考える時間を与えられなかったのは却って幸いだった。迷うことなく、リンディはロブに続く。

テントがある以上、警備隊員らは初めてここまで来たわけではないだろう。それでも多くは自然と視線を落とし、柱や天井が必要以上に視線に入らないようにしていた。円屋根の威容には、人間を自然とそうさせるだけの圧倒的な存在感があった。加えて上空が〈石英〉の屋根で塞がれ、また柱が林立しているためだろう、隊員たちの足音、馬の蹄鉄《ていてつ》の音、荷車の音などが複雑に反響し合うことも幸いした。ふたりは姿も足音も気づかれることなく、無事直径二メートルはありそうな〈石英〉の柱の陰に身を潜めることに成功した。

「ユーゴだ」

ロブの声にリンディが振り向くと、ふたりが隠れている柱からさらに二十メートルほど後方の柱の陰に、同じように身を潜めているユーゴとコウガの姿が目に入った。ロブが挙げた手に、ユーゴが頷くのが見えた。

「あっちを見てみろ、リンディ」

姿勢を低くしてな、とロブに言われるまま、地面に這うような姿勢で慎重に柱の陰から頭を出す。警備隊員の姿がないことを確かめ、指示された方向に視線を送ったリンディは息を呑んだ。

すり鉢状になった地面の、底の部分。

巨大な黒い物体が、黙然と鎮座していた。

「あれが——黒錐門」

全てが半透明の中でただひとつ異彩を放つ、黒一色の巨大な物体。

三角錐の頂点は、ほぼ円屋根の直下まで達している。地面の傾斜を考慮すると、全高は四十メートルに近い。幅はその半分程度しかないため、全体としては天頂に向かってそそり立つ、恐ろしく巨大な矢じりのようだった。表面は概ね滑らかだが、ところどころに複数の孔が穿たれている。

門、と言われて想像する形からはかけ離れていた。だが記録されている通りであれば、あの中から徘徊者が姿を現すのだ。

全身がいっせいに粟立つ。自分が感じている恐怖が本能的なものなのか、それともあれが徘徊者が出入りする門だと知っているからなのか、リンディには判断がつかなかった。

ダルゴナの警備隊員たちはリンディのような恐怖感は抱かないのか、それとも理性や使命感で抑制しているのか、クオンゼィの指示に従って躊躇うことなく黒錐門の周りに接近し、展開している。リンディが潜んでいる場所からは数百メートルの距離があるためはっきりとは見えないが、どうやら再生兵器を抱えた者で黒錐門の周囲を包囲するらしい。そちらに割かれたのは十五、六名——全員が再生兵器を持っている。

黒錐門の包囲を確認したクオンゼィが、何人かの隊員に個別に指示を出していく。それを受けたひとりがニーモティカの後ろ手に縛り上げられた腕を掴み、引き立てるようにして移動を始めた。一瞬で頭に上る血を奥歯が鳴るほど噛みしめることで抑えつけ、リンディは進む先を確かめる。黒錐門から最も離れた場所に設営されている、小さなテント。その前にはイブスランと、別の警備隊員に抱えられたメイリーンの姿があった。

「ニーとメイリーンを見つけた。手前のテントに入るみたいだ」

よし、とロブが拳を握りしめた。

「いいか、よく聞け」

這い戻ったリンディに、ロブが言った。

「時不知さまたちがテントに連れ込まれたら、俺が連中の目を引く。その隙にここから出て、そのテントに張り付け。俺の縄を切ってくれたナイフがあるだろ、あれでテントを切るなりして中の様子を見張るんだ。助け出せそうな時機を見極めて、ユーゴに合図を送れ。ユーゴとコウガはお前の近くで待機してるはずだ」

「目を引くって、何するつもりなのロブ」

「大丈夫だ、見つかったりしないから心配すんな」

でも、と不安げに言うリンディに、ロブは見てみろ、と顎をしゃくった。

クオンゼィの指示が終わったのか、整列して待機していた隊列が分かれ、そのほとんどが馬車の方へ向かっていくのが見えた。荷下ろしを始めるようだ。

「こんだけ落ち着いてんだ、いずれ俺がいないのはバレるし、そうなったら騒ぎになる。だから、そうなる前にこっちから騒ぎを起こして主導権を握る。ある程度騒いでから逃げたと見せかけりゃ、黒錐門から手は割けねえし、町は押さえたと思い込んでんだから
どうせ大した人数は追ってこない」

いいか、とロブが続けた。

「〈石英の森〉についちゃこっちの方がよっぽど詳しい。倒すならともかく、逃げるだけなら幾らでもやりようがある。伊達《だて》にウィンズテイルで何十年も生きてねえぞ」

にっ、と不敵な笑みを浮かべる。

「テントの様子を確かめるには、図体《ずうたい》のでかい俺やユーゴじゃすぐ見つかっちまう。そっちはお前にしかできない、だから任せるんだ。できねえか？」

挑戦的なロブの言葉に、リンディの頬が熱くなった。

「――できる」

いいぞ、とロブが笑う。

「その調子だ。ただ、頭だけはキンキンに冷やしとけ。こっちはなんせ人数が少ない、無茶して全滅ってのが最悪だ。それもこれも、全部お前の判断にかかってるんだ」

うん、と身が引き締まる思いでリンディは頷いた。

「いきなりこんな大仕事任せて申し訳ないけどよ、お前ならできる。無責任に聞こえるかもしれねえけど、俺はお前がウィンズテイルに来てからずっと見てきたんだ。最初はひとりじゃなんにもできなかったちびっ子が、あっという間に時不知さまの家族になって、今じゃ頼りになる町守だ。リーダーの俺が言うんだ、信じろ」

「わかった」

「よし」

ぐい、とごつい手でリンディの頭をひと撫でして、ロブが荷車の方に向き直った。

「もう俺の方は見るな。騒ぎが起こったら、振り向かずにテントに走れ。いいな」

「うん」

リンディが言い終えるのと、低い姿勢でロブが走り出すのが同時だった。振り向きたい気持ちを抑えて、リンディは睨むようにテントを見つめる。

警備隊員に引き立てられたニーモティカが、メイリーンを抱えた警備隊員とイブスランと共にテントの中に入っていった。つまりテントの中には少なくとも三人、ダルゴナ側の大人がいるということだ。自分ひとりでは太刀打ちのしようがない。

なんとかして、確実にふたりを助け出せるタイミングを摑まなくては。

そう決意したとき、背後で声が上がるのが聞こえた。数人の怒声に笛が鳴り、走っていく靴音が響く。

リンディは振り返らず、全力で駆け出した。まず目星をつけてあった間近な柱に向かい、その陰に入るや周囲の様子をうかがう。大丈夫だ、気づかれていない。すぐに次の柱へ、そしてまた次へ。人目につかないルートを選び、二分と経たないうちにテントに張り付いた。

万能ナイフを取り出す。町守の仕事を始めた日、ニーモティカからもらったナイフを。テントの支柱に沿って、縦に切れ目を入れた。シートはなんの抵抗も見せず、するりと刃を通した。切れ目を指で押し開け、中を覗き込む。

（ニー！）

辛うじて、声を出すのは堪えた。怒りで視界が暗くなる。リンディは、拳を握りしめて耐えた。

# 第四章　石英の森

## 21

　力任せに肩を突かれたニーモティカが倒れ込みそうになるのを、警備隊員が腰縄で強引に引き立てた。腹部を絞り上げられたニーモティカの口から苦悶《くもん》の声が漏れ、その顔が歪む。

「足癖の悪いガキめ」

　憎々しげに吐き捨てたのは、せいぜい三十歳前後にしか見えない警備隊員だった。これ見よがしに太ももの埃を叩き落としている。テントに運び込んだトランクを開けていたイブスランが顔を上げ、ははっ、と楽しげに笑った。

「気をつけた方がいい、見た目はともかく中身は老獪《ろうかい》な魔女だからね」

　ただ、ともうひとりの警備隊員にメイリーンを寝かせるように指示を出しつつ、イブスランは付け加えた。

「あまり乱暴にはしないで欲しいな。少なくとも今しばらくは必要なんだ」

「必要なくなったら教えてくださいよ」

ニーモティカに何をされたのか、警備隊員の口調には怒りがこもっていた。わかったわかった、とイブスランがまた笑う。

「取り敢えず今のところは、身動きできないようにするだけで満足してもらえないかな。その行儀の悪い足を動かせないようにするとかさ」

　わかりましたと即答するなり警備隊員はニーモティカの足を払い、倒れ込んだ華奢な身体にすかさず馬乗りになった。一人前の体格の大人の全体重を容赦なくかけられた、十二歳の肉体しか持たないニーモティカの口からくぐもった悲鳴が漏れる。

　叫び声を上げ飛び出しそうになる自分を、リンディは奥歯を軋むほど噛みしめてなんとか抑えた。テントの中にいる大人は予想した中では最少の三人だが、今の状況だけでも自分ひとりの力ではどうしようもないことはわかる。トランクから荷物を取り出しているイブスランを除いたとしても、ニーモティカを押さえつけている警備隊員に加え、簡易ベッドにメイリーンを寝かせ終えて自由に動ける隊員がもうひとりいる。なんの策もなく飛び込んだところで、ニーモティカを解放する間もなく捕えられてしまうだろう。

　チャンスを待て、時機を見極めるんだ。必死になってリンディは自分自身に言い聞かせる。冷静になれ、ロブに言われた通りに。僕が隙を見つけるしかないんだ。

　足首を揃えてきつく縛り上げられ、歩くことさえ封じられたニーモティカの姿にイブスランは満足そうな表情を浮かべた。

「じゃあ、あまり待たせるのも悪いから、早速始めようか。悪いけど、起こしてもらえる？」

乱暴に引き立てられたニーモティカの姿は、磔刑《たっけい》に処されようとしている子どものようだった。だがその顔には絶望はなく、瞳には強い怒りの色があった。

「お前たちは正気じゃない、イブスラン」

吐き捨てるように言ったニーモティカに手を上げようとした警備隊員を、鷹揚な表情でイブスランが止めた。

「あんな再生兵器で徘徊者を砕き続けるつもりなのか。徘徊者は無限に湧いて出てくる、それもこちらが攻撃すればするだけ現れるんだぞ」

「わざわざのご教示痛み入るよ、ウィンズテイルの魔女。だが徘徊者が無限に湧いて出たとしても、そんなもの全て砕いて再生兵器の原料にするだけだ。あの程度の小さな武器なら百どころか千でも万でも生み出せるほどの原料にね」

「そんなことをしたらメイリーンがもたない。体力がついたといっても高が知れてるんだ、千や万なんて再生できるわけがない」

わかっているさ、と余裕の表情を維持したまま、イブスランが応える。

「千や万は言葉の綾《あや》だよ。どうやら君は私たちを何もわかっていない、無謀な馬鹿だと思っているようだけど、総司令も私も君の想像よりはもう少し物事を理解しているよ。だから正直言えば、そこまでは事態を楽観していない。今のうちに、より強力で、できれば自動で運用できるような武器の再生が必要だ」

「ガンディットの記憶を元にして再生できる武器など知れてるぞ」

挑むようにニーモティカが言う。

「ノスティリアに黒錐門が現れたとき、あいつはまだ生まれてなかった。武器についての知識は親や周りから教わったものだけだ。お前たちが必要とするものなんて」

もちろん知ってるさ、とイブスランがにったり笑って言った。その表情の醜悪さに、ニーモティカの言葉が止まる。

「あの年寄りは確かに知らないだろう。だが、あなたは知っている。そうだろう、ウィンズステイルの魔女。あなたの百二十年を超える人生で蓄積された知識は膨大だ。メイリーンの力に加えてその記憶があれば、我々はなんでもできる。なんでもだ」

「お前——」

血の気の引いた顔で、ニーモティカはイブスランを見上げた。

「あたしの記憶を盗むつもりか」

ニーモティカの言葉が電撃のようにリンディを貫いた。確かに機體を悪用すれば、そうしたことさえ可能になる。加齢によって記憶能力に衰えが見え始めたとき、残った記憶を機體に転写し、今ある記憶だけでも失わないようにする施術。機體の適用例の中でも高度で複雑な事例であり、具体的な手順をリンディは知らない。

だが、イブスランは違う。

そうさ、と知識と技能を持つ男は笑った。楽しくてならないといった顔つきで。

「あなたに教わった技術を用いればそれができる。機體に記憶を転写して取り出すだけだ、さして難しくもない」

「初めからそれが狙いだったのか」

まっすぐにイブスランを睨みつけ、ニーモティカが言った。

「メイリーンの足を口実にしてあたしに近づき、あたしの技術と知識、そして記憶までも盗む、それがお前の計画だったのか」

「そうだよ」

イブスランの顔に満面の醜悪な笑みが浮かんだ。

「笑いを堪えるのが大変だったよ。百二十年以上を生きた魔女が、見た目通り素直で純朴な小娘だなんてね。しかもその上、折角貴重な技術と知識を持っているというのに、ただただ年寄りどもを幾らか長持ちさせるためだけにしか使ってない。純朴な上に愚かときたもんだ。全く信じがたいよ、世界を思うがままにできるかもしれない技術だというのに。ま、これからは私が存分にその本来の力を引き出していくことになるだろうけろした。


どね」

　怒りで赤く染まったニーモティカの顔を、イブスランはにやけた表情を浮かべて見下ろした。

「──そうそう、念のため言っておくけど」

　弱者をいたぶる喜びを微塵も隠さず、イブスランが続ける。

「町守が助けに来る、なんて期待は持たないことだ。彼らのことは総司令に報告済みだよ。抜かりなく手は打たれている。君の愛《いと》しいリンディも含めて全員とっくに捕縛されているだろうし、ウィンズテイル自体、もはや私たちの拠点の一部だ」

　さて、と邪悪な微笑みを隠すことなく、イブスランはトランクから白っぽい粘土のような塊を取り出した。見間違いようがない、初期化された機體だ。

「こいつを飲み込んでもらおうか。君の身体を切り開いて無理やり接合させることも、強引に口を開かせて喉の奥に押し込むこともできなくはないけど、できればそういう無粋なことはしたくない。自主的に飲んでもらえると嬉しいんだけど」

　誰が、と言いかけたニーモティカの言葉が途絶えた。それまで黙って立っていた警備隊員が、イブスランに抜き身のナイフを手渡したからだ。

「──てめえ」

「機體は他にもある。君のところから拝借したからね」

見せつけるようにナイフを手で弄びながら、ぐったりと横になったまま身動きもせず、意識があるかどうかすら怪しいメイリーンにイブスランが近づいていく。その様子を、リンディは息を呑んで見ているしかできなかった。

「つまり、僕がうっかり彼女を傷つけてしまったとしても、死なせない方法はある、ということだ。もちろんその場合――」

イブスランはナイフの刃をこれ見よがしにひけらかし、天井から吊されたライトの光をちらちらと反射させてみせた。

「現在ただでさえふたつの機體を適用されて青息吐息、自分がどうなって何をしているのかさえ理解できていないだろうメイリーンの身体、特に脳に、何が起きるのかはわからないけどね。君から教わった限りでは、同時に三つの機體を適用した例はこれまでにないようだし」

さて？　とイブスランがニーモティカを睥睨して尋ねた。

「――その子に手を出すな」

怒りを押し殺したニーモティカの声を聞いたイブスランの顔に、満面の、勝ち誇った笑みが浮いた。

ぐったりしたニーモティカの身体は、メイリーンと並んで簡易ベッドに横たえられた。

拘束は既に解かれていたが、リンディの目には身動きするどころか、周囲の状況を把握できているのかさえ怪しく見える。

ニーモティカの頭部には複数の電極が貼り付けられ、そこから伸びたコードがイブスランが操る携帯型制御盤へと繋がっていた。具体的な操作方法はわからなくても、イブスランが何をやっているのかはリンディにも理解できる。ニーモティカの体内で機體に記憶補助機能を発現させたのち、現時点でニーモティカが覚えている記憶内容の転写処理を実行しているのだ。その過程で機體は、患者の身体の熱量を多大に消費する。そのため本来は、機體の機能発現だけで一日か二日をかけて行うべきものだった。

ニーモティカとメイリーンが自失状態に陥っているのは、機體に多大な熱量を奪われているからだ。生命活動を継続するために、身体は心臓を動かし血流を維持することを最優先とし、その結果他の機能は著しく低下してしまう。身体を動かすことはもちろん、意識すらも。

「――命令送信終了。処理完了までは半時間の予定。さすがにきついでしょうが、大丈夫、死なない程度ですよ」

聞こえているはずのないニーモティカに向かって、イブスランが得意げに言った。

「これでもう、あの年寄りのあやふやな記憶を元に、失敗や試行錯誤を繰り返さなくてもよくなる。大変だったんですよ、年寄りの記憶を飲ませるのも、意識があるのかないのか怪しい状態のメイリーンに武器の再生をさせるのも。まあ、あんなものだけでもちゃんと再生できたのは何よりでしたが」

ニーモティカの身体から電極を外しながら、イブスランのひとり語りは続く。

「あなたの記憶があれば、より強力な武器を、より早く正確に再生することができるようになるはずだ。あれでも充分役には立ってますが、なんせ使い捨てですからね。あんなものの数を揃えるより、かつて存在したより強力で長期に亘って利用できる兵器を幾つか再生した方が話も早いし、何よりあなたが気にしていたメイリーンの負担も軽い。その方があなたも本望でしょう、ねえ」

全ての電極を外し終わったイブスランが、束ねたコードを持って立ち上がった。ニーモティカの脇に立つ警備隊員に向けて、悪いけどそのまま見ててね、と言う。

「大丈夫だと思うんだけど、なんせ魔女だからね。気は抜かないように」

ニーモティカを無力化したら気を抜くかもしれない。そう考え、我慢に我慢を重ねてテントに張り付いていたリンディは、血が滲《にじ》むほど強く唇を噛みしめた。ふたりの身体と記憶を弄ばれるのを黙って見ているのも、イブスランがニーモティカを愚弄するのを黙って聞いているのも、とてもじゃないがこれ以上耐えられそうになかった。

そんなリンディのことなど知る由もないイブスランは、さて、と呟いてメイリーンの傍にしゃがみ込んだ。

「メイリーン」

しばらく経つと、メイリーンの瞼が震えながら開かれた。焦点の合わない瞳がイブスランへと向けられたが、その姿を捉えられているのかどうか定かではなかった。

「今から、君に適用している機體をひとつ排出させる。さすがに三つの機體を同時に適用したら、心肺機能に影響が出かねないからね。——ああ、心配しなくていい、歩行補助の方じゃない。歩けなくなったりはしないよ」

イブスランがふふ、と底意地の悪い笑みを浮かべる。

「ようやく歩けるようになったんだ、それを手放したくないのはよくわかる。自分で歩けなくなったら、リンディに置いていかれてしまうかもしれないものね」

リンディの名前を、イブスランはまるで餌か何かのようにメイリーンの前に差し出した。そのあまりの卑劣さに、リンディは呼吸すらまともにできなくなりそうになる。できることなら今すぐイブスランの胸ぐらを掴み、怒鳴りつけてやりたい。お前を、そんなお前をメイリーンは恩人だと信じていたんだぞ。お前のために文化文明を取り戻そうとして、メイリーンは黙って一所懸命努力してたんだぞ。

再生を試みるなら武器じゃないのにしたい、と言ったメイリーンの言葉を思い出す。人の役に立つものにしたいと、ミシンという機械にしようと決めたときの緊張と希望が混じり合った表情を。

それを。あのメイリーンの言葉を、気持ちを、お前は。

「これまでのところ、君は実に素晴らしい仕事をしてくれている。全てが終わったら約束通り、君の希望が叶えられるように僕からクオンゼィ総司令に進言する。大丈夫、すぐにリンディたちとまた一緒に暮らせるようになるさ」

メイリーンの虚《うつ》ろな目が、何かを探すように泳いだ。

「――リンディ」

掠《かす》れた声で弱々しく呼ばれたその名によって、リンディの我慢は限界に達した。前後の見境なくテントを切り裂き、飛び込もうとしたまさにその時。

（繋がった）

それは声ではなかった。

鼓膜を揺らす音ではなく、脳裏に直接浮かんだ言葉だった。いや、言葉ですらない――言葉にする前の意思、自分のものではない誰かの考えが、いきなりリンディの中に差し込まれてきたのだった。

（まだ動いてはいけない）

面と向かって言われるよりも遥かに強力な制止に、ほとんど動き始めていたリンディの身体が止まる。

（事態は動く。すぐに）

伝わってくるメッセージの意味を理解するよりも早く、リンディの全身がいっせいに粟立った。凍りついたように体温が下がり、ただうなじだけが何かを捉えたかのように熱い。

一瞬で、世界が纏っている空気が変わったのがわかった。何かが——絶望的な何かが起きたことを理屈ではなく全身で理解したリンディの鼓膜を、多くの人々がいっせいに上げた、悲鳴と怒声とが揺らした。

## 22

悲鳴と怒声が響き渡った方向に視線を向けたリンディは一瞬、自分の目がおかしくなったのかと思った。

黒錐門の一面、巨大な深黒の鋭角三角形の表面が、まるで風に吹かれた水面《みなも》のように波打っていると見えたからだ。どう見ても岩塊にしか見えない、斜めに傾いだその表面が。

だが瞬きする間もなく、リンディの目はそれ以上に異様なものを捉えた。

孔が動いている。

黒錐門の平面に穿たれていた孔が、まるで生き物のように移動しているのだ。半透明の円屋根が上空を覆っているために一帯は薄暗かったが、それでもその動きは見間違いようがないほど明らかだった。まるで池に放たれた小魚が自由勝手に泳ぎ出したかのように、それぞれがでたらめに、かなりの速度で動き回っている。

周辺では再生兵器を持った警備隊員が慌ただしくその砲口を黒錐門に向けていた。だが彼ら彼女らも何が起きているのか理解できていないのだろう、一様に緊張し、不安を隠せない表情を浮かべている。

クオンゼィが大声で次々に指示を出す。それまで馬車の周囲で荷下ろしを行ったりテントで作業をしていた隊員たちがいっせいに黒錐門に向かい、遠巻きにするように展開していく。

テントの中から、行くな！　とイブスランの叫び声がした。隙間から覗き込むと、ふたりの隊員とイブスランが何か言い争っているのが見える。

「お前らはここを警備しろと命じられてるだろう！」

苛立ちを露《あらわ》にしてイブスランが叫んでいた。ふたりの隊員はあからさまに不満げな表情になったが、それ以上逆らうつもりはないらしい。くそっ、とリンディが歯噛みしたそのとき、黒錐門の方向からいっそう大きな声が幾つも同時に上がった。反射的に振り向いたリンディの身体が凍りつく。

黒錐門の一部が、瘤《こぶ》のように膨れ上がっていた。

瘤は細かく振動しつつ伸張を続け、見る見るうちに円柱のような形状に変貌した。同時に、円柱の先端に寸前まで黒錐門の表面を動き回っていた孔が集まっていく。その孔に引っ張られているかのように、円柱はいっそう伸張のスピードを上げた。警備隊員たちがいる方向に向けて、少しでも近づこうとするかのように。

隊員たちにできたのは、ただ慄然として目の前で起きている事象を眺めることだけだった。

その間にも、黒錐門は形状変化を続けていた。伸び続ける円柱を追いかけるように、その左右から新たな巨大な突起がふたつ、黒錐門の表面に生じたのだ。

黒錐門が変形している——いや。

違う、あれは変形してるんじゃない。警備隊員たちの誰よりも先にリンディがそれに気づいたのは、それと間近で対峙した経験があったからだ。

あれは黒錐門じゃない。徘徊者だ。徘徊者が、黒錐門から出てこようとしているんだ。

「やつの正面に集まれ！」

クオンゼィの声が響いた。

「あれは徘徊者だ。ヒールイェルチ、再生兵器を構えろ」

全周を包囲していた隊員たちが集まり、黒錐門から抜け出そうとしている徘徊者に正対する。うちひとりが片膝を立てて再生兵器を構えた。離れた場所からでもその全身が力み返り、小刻みに震えているのがわかる。

「大丈夫だ、焦るな。やつの胸が見えるまで待て。〈核〉を確認してから撃つんだ」

おそらくは無意識のうちに、何人もの隊員たちが後じさりしていた。それほどの存在感を、圧倒的な圧力を、這い出そうとしている徘徊者は放っていた。

大きい。もしかしたら、警備隊によって砕かれた超巨大徘徊者よりも。しかもその形状は明らかに、六本脚だった２１３号よりも一段と異様だった。

その時点で既に、徘徊者の身体はかなり黒錐門から突出していた。その容積は黒錐門自体とほぼ変わりがないようにさえ見えるのに、露になっているのはまだ長く伸びた頭部らしき部分とそれに続く肩、そして二本の腕のようなものだけだ。全身がどんな形状なのか、どれほどの大きさなのか、想像すらできない。

全身の強張りは、地面に伏せてテントの様子をうかがっていたからではない。これは恐怖だ。初めて目の当たりにするものに自分が恐怖していることを、身体を動かすどころか声すら出せないほど脅えていることを、リンディは知った。すぐ横、テントの中のニーモティカとメイリーンの存在がなければ、逃げ出したいという本能的な衝動を抑え込むことは到底できなかったろう。

だが、どれほどの恐怖に震えていたとしても、今から自分は、自分たちは、ありったけの勇気を奮い起こし、精一杯力を尽くしてあの異様な姿の徘徊者と警備隊の両方を相手取り、ニーモティカとメイリーンを助け出さなければならないのだ。できるのか、たった三人と一匹で。やれるのか、あんな化け物を相手にして。

できるかじゃない、やらなきゃいけないんだ！　あまりの圧力に消し飛ばされそうになる己の意志を、勇気を、リンディは必死になって奮い立たせた。

「胸だ、胸が現れさえすれば砕ける。焦るな」

クオンゼイもまた、自分自身に言い聞かせるように上ずった声で繰り返していた。

「ヒールイエルチ、ちゃんと狙ってから引鉄《ひきがね》を引け。スコープで〈核〉を確実に視認してからロック、それから発射だ。わかってるな」

「はいっ」

名を呼ばれた警備隊員の全身に緊張が走るのが見て取れた。焦るな、まだだとクオンゼイが重ねて声を掛ける。

「胸だ、胸が現れるのを待て」

ずるり、とまるで這い出すかのように徘徊者の腕が伸びた。胴体の方は肩らしき部位までは見えているが、そこから先が進まない。

黒錐門の方向を睨みつつ、リンディは耳をテントの隙間に押し付けた。徘徊者を退けることとニーモティカたちを救い出すこと。その両方を同時に行うのはもちろん、考えることとさえ自分の力では無理だ。まずはふたりを助けること、それだけに集中するんだ。余計なことを考えるな。

だが、テントの中からは物音ひとつ聞こえなかった。おそらくリンディと同じように、息を殺して状況をうかがっているのだろう。

動いてくれ、とリンディは祈った。今、誰もが黒錐門と徘徊者に注意を向けている今こそがチャンスだった。

あの徘徊者を、クオンゼィたちが砕けるかどうかはわからない。だがもし徘徊者が砕かれてしまったら、警備隊員たちの注意は他にも向くことになるだろう。そうなったらふたりの救出はずっと難しくなってしまう。逆にもし、もし再生兵器でもあの徘徊者を砕けなかったなら、その時はふたりを助け出すどころか、自分たちを含むこの場にいる全ての人間が〈石英〉化されてしまう危機に直面することになるのだ。

今こそが、絶好の機会だった。あともうひとつ、一瞬の隙さえあれば――。

まるでリンディの願いを受け取ったかのように、直後、事態は一気に動いた。

リンディが張り付いていたテントから黒錐門までの距離は、約三百メートル。近いとは言えない距離だが、対象の巨大さゆえに薄暗い光の中でも何が起きているのか見誤ることはなかった。

その時点で黒錐門の表面に頭部が浮き出してから、既に半時間近くが経過していた。胃が痛くなる緊張感で一帯を支配したまま、徘徊者は未だその全身を露にしていなかった。こちら側に出てきているのは頭部から肩と思われる部位までで、〈核〉のある胸部は未だ黒錐門の内側に隠れている。

上半身が姿を現さない一方、地面に近い場所からは二本の腕らしきものが伸び続けていた。腕といってもそれは頭部との対比で連想されているだけで、形状は人間のそれとは全く違う。先端に手のひらや指のようなものはなく、見た目は先端を丸めた棒のようだった。

その二本の腕の全体が、不意にぶるぶると震え出すや、ぐにゃり、と曲がった。弧を描いた先端が二本とも、地面に深々と突き立てられる。

次の瞬間。

腕の上部が裂けたかと思うと、その内側から無数の、数え切れないほど大量の細い触手が爆発したかのような勢いで噴出した。

無数の触手は火山の噴火のように四方八方に広がりつつ、その中の数本が恐ろしい勢いで伸び進んだ。黒錐門に対峙し、再生兵器を構えていたヒールイェルチに向かって一直線に。

人間が反応可能な速度ではなかった。ヒールイェルチはトリガーを引くことはもちろん声を出すことすらできず、爆発の次の瞬間にはその頭部を、胸部を四肢を何本もの触手に同時に貫かれてしまっていた。

ヒールイェルチが全ての柔らかさと色彩と機能と意味を、命だけではなくその存在の全てを、再生兵器ごと吸われ奪われ失うまで、十秒もかからなかったろう。

他の警備隊員たちが何が起きたのかすら理解できず、茫然自失していた僅かな間に、徘徊者はそれまで溜めに溜めていた力を爆発させたかのように、一瞬で黒錐門の外へと這い出した。

全身の、異様な形状が初めて露になる。

それは、二本の恐ろしく長く伸びた腕で這い進む、上半身だけの漆黒のゴーレムだった。

これまでウィンズテイルに襲来したどんな徘徊者とも異なる、異形の姿――《這いずり》。

ひと目見ただけで、リンディにはわかった。《這いずり》はこれまで人間の前に姿を現した、出現順の番号で呼ばれてきた徘徊者とは明らかに違う。人間の文化文明を収奪するために現れたんじゃない。はっきりとした目的を持ち、そのために最適化された身体で現出したのだ。

地面に突き刺した腕を支えに、《這いずり》がずるり、とその上半身を前進させた。その振動が地震のように大地を震わせる。進行速度は速くはない、だが。

無数とも思える触手はうねりながら全方位に広がった。その範囲にいた警備隊員たちは次々と貫かれ、一瞬で〈石英〉となって斃《たお》れていく。何が起きているのかようやく理解した者たちが、抑え切れない恐怖の声を上げた。

崩壊しかけた統制を辛うじて繋ぎ止めたのは、クオンゼィの怒声だった。いち早く自分を取り戻したクオンゼィが矢継ぎ早に指示を出し、その声に縋って恐慌から逃れた隊員が再生兵器を構え、命じられるがまま《這いずり》の頭部に向けてトリガーを引いた。

だが、発射された弾頭は爆発すらしなかった。

再生兵器のトリガーが引かれたのと同時に、《這いずり》の触手が弾頭の行方を遮るかのように重なり合って広がった。そのさまはまるで、獲物を捕えようと放たれた投網のようだった。空中に大きく展開された真っ黒な網の中心に吸い込まれた再生兵器の弾頭は、次の瞬間、小さな〈石英〉の塊となって地面に落下した。

その場を制御できる者はもはや誰もいなかった。隊員たちにできるのはただ悲鳴を上げ、でたらめに戦い、あるいは逃げ惑うことだけだった。

テントの中からふたりの警備隊員が飛び出すのが見えた。異様な徘徊者の姿と次々〈石英〉と化していく隊員たちの姿を目にしたふたりは、獣のような雄叫《おたけ》びを上げながら、腕を振り回し、声高に怒鳴り続けているクオンゼィに向かって走っていった。

その叫びと姿に、リンディは我に返る。今だ。今こそ。

未だ思うように動かない身体で立ち上がり、精一杯腕を振った。身を隠しているだろうユーゴやロブに向かって。

ふたりが近くにいることを一瞬も疑わなかったと言ったら嘘になる。だがもしふたりがいなかったとしても、たとえひとりであってもなんとかすると決めていた。今や相手はイブスランだけだ。力では勝てないとしても、それでも。

リンディの不安はだが、直後に拭い去られた。円屋根の下を一直線に駆けてくる、純白の稲妻によって。

人間など到底追いつけないトップスピードを一切緩めることなく、コウガはテントに突入した。直後、イブスランの甲高い悲鳴が響く。

その声が、コウガの姿がリンディの身体の呪縛を解いた。入り口まで回り込むのももどかしく、ナイフの裂け目を力任せに広げ、リンディはテントの中に飛び込んだ。そこで目にしたのは、右足首をコウガに噛みつかれ這いずって逃げようとしているイブスランと、簡易ベッドの上に力なく横たわるメイリーン、そして激しく嘔吐《えず》いているニーモティカの姿だった。

## 23

考えるよりも先に、リンディの身体は動いていた。簡易ベッドの上で、海老《えび》のように身体を丸めて嘔吐いているニーモティカへと走り寄る。

「ニー！　大丈夫⁉　僕がわかる？」

「リンディ？　リンディなのか」

　ニーモティカの両目は見開かれていたが、焦点がうまく合わせられないようだった。必死に腕を伸ばして起き上がろうとしたが、手をつく位置すらわからない。バランスを崩してベッドから落ちそうになる小さく華奢な身体を、リンディは危ういところで抱きとめた。

「ニー！」

　くそっ、とニーモティカが悪態をつく。その直後、ロブとユーゴがテントの中に駆け込んできた。

「無事か、リンディ」

「僕は平気だけど、ニーとメイリーンが」

「あたしは大丈夫だ」

　リンディに身を預け、袖で口元を拭うその姿はとても大丈夫そうには見えない。だがいつもと変わらない声の力強さは、リンディをいくぶんか落ち着かせてくれた。

　ひと目で状況を見て取ったユーゴが、必死にコウガから逃れようとしていたイブスランのみぞおちに容赦なく膝を打ち込む。ぐげえ、と蛙《かえる》のような声を上げたイブスランの力が抜けた瞬間を見逃さず、ユーゴはイブスランの身体を回転させ、うつ伏せにすると馬乗りになって動きを封じた。

「時間がねえ、さっさと逃げるぞ、急げ」

イブスランをユーゴに任せたロブが、奪ってきたらしい何台かの再生兵器を抱え外を警戒しつつ、緊迫した声で言った。

「ちょっと待ってくれ。リンディ、イブスランのやつはいるか」

いるよ、と答えた直後、リンディはその問いの意味に気がつく。

「ニー、もしかして目が」

「今だけだ、心配するな」

荒い息のままだったが、ニーモティカはなんとかひとりで身体を安定させた。

「やつはあたしが吐いた機體を持ってるはずだ。逃げる前に取り返してくれ」

わかったとリンディが応えるのと、イブスランがでたらめに暴れ始めるのが同時だった。リンディはイブスランが必死になって振り回している右手に飛びかかる。すかさずユーゴがその腕を絡めとって背面に極《き》めると、イブスランが情けない悲鳴を上げた。その機を逃さず、リンディはイブスランが握りしめている拳の隙間に指を捻《ね》じ込んで開かせる。

だがその手の中には、何もなかった。

「持ってない？」

じゃあどこに、と顔を上げたリンディの眼前で、イブスランは醜悪な笑みを浮かべて何かを飲み込んだ。

まさか。

リンディの顔に浮かんだ表情に、イブスランが苦痛と憎悪を綯い交ぜにした表情を向ける。

「飲んだな！」

「そうさ」

ひっひ、とイブスランが下卑た笑いを漏らす。

「その女の機體は私の腹の中だ。お前になど絶対に渡さん。これがあれば、これさえあれば――」

イブスランの言葉は、ユーゴがその後頭部を容赦なく殴りつけたことで途切れた。

「心配するな」

ユーゴがイブスランの耳に口を近づけ、低い声で言った。

「俺がお前の腹を裂いてやる。時不知さまのものをお前などに渡せるものか」

目を剝いたイブスランの首にユーゴが太い腕を絡めようとした瞬間、待て、とニーモティカが声を掛けた。

「在《あ》り処《か》がわかってんなら今はいい、後回しだ」

何度も目を瞬《しばたた》きながら、ニーモティカが言った。

「取り出すのはあとでなんとでもできる。リンディ、他の機體はないか。メイリーンにも吐かせてたはずだ」

言われたリンディがベッドに横たわったままのメイリーンへと目を向けると、そのすぐ傍の床に赤ん坊の拳ほどの白っぽい塊——初期形状の機體が落ちているのに気がついた。

「あった！」

「それはたぶんガンディットの機體だ。あたしの記憶を飲ませるために吐き出させたんだ。それがあればガンディットも治してやれる——なくすなよ」

「わかった」

メイリーンが吐き出した機體をベッドに掛けられていた毛布で拭い、上衣のポケットに捻じ込んだ。その気配を察したのか、それまでぐったりしていたメイリーンが身じろぎし、う……と声を漏らす。

「メイリーン？　僕がわかる？」

「リンディ……来てくれた、の……？」

そうだよと応え、その身体をそっと抱き起こす。疲労困憊している様子だったが、なんとか身体は動かせるようだった。

「やめろ、馬鹿ども！」

ユーゴに押さえつけられたままのイブスランが憎々しげに叫んだ。

「自分たちが何をしてるかわかってるのか！　私たちは全ての人間のため、世界を取り戻そうとしているんだぞ。徘徊者を砕き、〈石英の森〉を消し去ればお前たちだって」

「黙れ！」

誰よりも先に叫んだのはリンディだった。

「何が全ての人間のためだ！　ニーやガンディットさんの記憶を盗んでおいて、よくもそんなことが言えるな！　しかもメイリーンに無理やり飲ませて、あんな武器を作らせて――」

握りしめたリンディの拳が、抑え切れない感情によってぶるぶると震える。

「メイリーンはな、武器なんか作りたくなかったんだ！　ただお前のために、お前のために一所懸命だったんだぞ！　昔の、人の役に立つ機械を再生できるようになろうって、ひとりでずっと頑張ってたんだ！　それなのにお前は！」

リンディの怒号に、イブスランは顔を歪め、けっ、と吐き出すように言った。

「これだからガキは――」

「そこまでだ」

イブスランの言葉に顔色を変え叫ぼうとしたリンディと、無言のまま手を出そうとしたユーゴをロブが止めた。

「もう時間がない。まずは逃げることが優先だ」

「逃げられるものか」

憎々しい声で、イブスランが口を挟む。

「外には百人の警備隊員がいるんだ、テントを出たらすぐに――」

「そんなものとっくにいねえよ」

吐き捨てるように言ったロブがイブスランの両腕を背中に回し、手早く縛り上げた。

「黒錐門から出てきた徘徊者が、もう粗方を〈石英〉にしちまってる。ここに来るのも時間の問題だ」

馬鹿な、とイブスランが言ったが、その言葉には明らかな動揺の響きがあった。

「こっちには再生兵器があるんだ、徘徊者が一匹出てきたところで――」

だがロブはもちろん、リンディもイブスランの言葉は聞いていなかった。ユーゴはイブスランをロブに任せ、簡易ベッドに腰掛けている状態のニーモティカへと駆け寄った。

「立てますか」

「無理だ」

ニーモティカが首を横に振った。

「立てたとしても歩けん。お前たちだけで――」

「背負っていく」

リンディはメイリーンに背中を向けて言った。

「ユーゴ、ニーをお願い。メイリーン、僕の背中に」

リンディの支えでようやく立っていたメイリーンは、う、うん、と躊躇いつつもリンディの背中に身体を預けた。

「リンディ――わたし」

「考えるのはあとだよ」

きっぱりと、リンディは言った。

「反省するのはあとだって、僕も言われた。だから今は」

リンディの背中に、メイリーンは顔を埋《うず》めた。

「ありがとう。――ごめんなさい」

「僕だって」

ユーゴの背中に身を預けたニーモティカが、無理するな、と口を挟む。

「できるのか、あたしらふたりを背負って、徘徊者から走って逃げるなんて」

大丈夫、とリンディは断言した。

「ここまで荷物を運んできた馬車がある。《這いずり》の移動はあまり速くなかったから、あれに乗ればきっと大丈夫だ」

「《這いずり》?」

ニーモティカは不審げな声を上げたが、ロブはなるほどぴったりな呼び名だな、と不敵に笑った。

「まずはその《這いずり》から距離をとるぞ」

ロブが言った。

「徘徊者を退けるには、やつらが満足いくまで好きに吸収させるか、〈核〉を撃ち抜いて砕くしかない。だがあんな、地面にへばりつかれてる状態じゃ〈核〉は狙いようがねえ」

「でも距離をとるって言ってもどっちに」

リンディの脳裏に、クオンゼィらが砕いた超巨大徘徊者によって生まれた砕片の山が浮かんだ。

「あいつがウィンズテイルの方に行ったとしたら――」

ああ、とロブが頷く。

「あの砕片を取り込まれちまったら、さらに厄介なことになる。下手すりゃウィンズテイル丸ごと〈石英〉にされちまいかねん。だから向かう先はウィンズテイルの逆方向だ。距離をとって時間を稼いで、なんとか方法を考え――」

不意に、ロブの言葉が途絶えた。

「どうしたの？」

ロブの視線は、リンディに向けられていた。その眉根に皺が刻まれていることに、リンディは気づく。

「いや、今——リンディのうなじ、光ってなかったか？」

「僕のうなじが？」

目を丸くして問い返したリンディに、急ごう、とユーゴが短く言った。

「音が大きくなってきている。もう余裕がない」

「そうだな。よし」

ユーゴの言葉に頷いたロブが力任せにイブスランを引き起こし、ほとんど引き摺るようにして外に出た。リンディとユーゴも後に続き——そうして目にした、ほんの僅かな間に変貌しきった眼前の光景に、言葉を失った。

《這いずり》の姿は、いっそうその異様さを増していた。無数の触手が二本の腕からだけではなく、背からも腹からも、頭以外の全身から生え伸びてそれぞれがでたらめにのたうっている。唯一触手が生えていない頭部は亀の首のように長く高く伸ばされ、表面に穿たれた多数の黒い孔が周囲を睥睨しているかのようだった。

《這いずり》の進行速度は決して速くはない。リンディたちがテントの中にいた間もその位置はあまり変わらず、体軀は未だ黒錐門の近辺で這いずっていた。

それなのに、警備隊員の姿はもうどこにもなかった。そのかわりに直前までは存在していなかった小さな〈石英〉の柱が、黒錐門を取り囲むように林立している。それらが元々なんであったのかは、考えるまでもなく明らかだった。

設営されていたテントもほとんどが姿を消している。残っているのはどれも、黒錐門から二百メートル以上離れているものばかりだった。

そのひとつに向けて、《這いずり》が一本の腕を差し伸べるように突き出した。それでもテントまでの距離はまだ百メートル以上はあった——にも拘わらず。

直後、腕から生えてのたうっていた触手が束になっていっせいにテントに向かった。黒い奔流となった触手は地面を叩き這い伸び、その膨大な数であっという間にテントを覆い尽くす。

テントがその中身ごと姿を〈石英〉に変えるまで、要した時間は一分にも満たなかった。

くそっ、と吐き捨てたロブの声にリンディは我に返った。目の前で展開された光景に息を止めていたことに気づかないほど、圧倒されていたのだ。

《這いずり》が伸ばした首をゆっくりと動かしている。彼我の距離はまだ二百メートル以上あるというのに、リンディには先端の孔がうぞうぞと蠢《うごめ》きながら、自分たちを探していることをはっきりと感じた。

視線とは違う、人間とは異なる感覚だ。だが確かに《這いずり》は、徘徊者としての方法で世界を把握し、求め、探している。

僕たちを。

無数の孔のひとつに見られた、と感じた。理屈ではなく、ただ見えない何かに射貫かれたような感覚だけがあった。

血の気が引く。全身の筋肉が強張り、四肢が、関節が、そしてうなじがひどく痛んだ。視界が暗くなり、足が震える。背中に負ったメイリーンの重さと体温が、辛うじてリンディを堪えさせていた。

ダメだこのままじゃ、みんなやられてしまう――。

「ユーゴ」

失ってしまいそうになるリンディの意識を繋ぎ止めたのは、ロブの低い、緊迫した声だった。

「三人を連れて逃げろ。コウガ、リンディと一緒に行け。――お前は」

縛り上げていたイブスランの両腕を解いて、ロブは続けた。

「俺と残れ、イブスラン。ご自慢の再生兵器とやらを使ってみせろ」

抱えていた再生兵器の一台を、イブスランに押し付ける。

「む、無理に決まってるだろうあんな化け物！」

悲鳴を上げ、再生兵器を手にしようとしないイブスランの頰を容赦なく平手打ちし、ロブは強引に再生兵器を押し付けた。

「やるんだよ、てめえが始めたことだろうが。せめてそんくらいの責任は取れ」

睨みつけるロブの迫力に顔から血の気が引いたイブスランは、それ以上もう何も言わず、おとなしく再生兵器を手に取った。

「俺が残る」

進み出たユーゴの言葉を、ロブはダメだ、と一蹴した。

「こういうときは年寄りから順に残るもんだ。尻の青いガキどもはさっさと逃げろ」

行くぞ、と言うとロブはイブスランを引き摺るようにして徘徊者と向き合った。

「なるべく引っかき回してみる。砕く方法が見つかるかもしれねえから、見落とすなよ」

「ロブ！」

ユーゴの声に、心配すんな、とロブが笑った。

「これでも町守のリーダーだぞ。そう易々とはやられねえよ。それにな、万一俺がどうにかなっても、お前らがあいつを砕いてくれりゃ俺たちの勝ちだ。使えるもんはなんでも使って、ウィンズテイルを護ってくれ」

おら行くぞ、とイブスランの肩を叩いたロブが、もう一度ユーゴに視線を送る。

「時不知さまと子どもらは任せた。頼むぞ」

《這いずり》に向かって、イブスランを引き連れたロブが走り出す。ぐっ、と唸ったユーゴはだが、心を決めたかのように行こう、とリンディに言った。

その時リンディは、氷のように冷えきって痛む身体を震わせて懸命に耐えていた。背を丸め固く目を瞑り——だが同時に、周りで起きている出来事、その全てを認識していた。

# 第五章　邂　逅

## 24

短く見積もってもあの触手は百五十メートルは伸びる。やつからここまでは二百五十メートルかそこら。この再生兵器ってのは使い捨てらしいから、撃てるのはイブスランのと合わせても二回だけだ。あんな這いつくばった姿勢を取られたんじゃ〈核〉は狙えねえ。砕けりゃそれに越したことはないが、ダメでもせめて、あいつらが逃げるだけの時間は稼ぎたいとこだ。さて、どうするか。

ロブはそう考えていた。それは厳密に言えば言語ではなく思考で、もっと短く圧縮されて、他者に伝えることなどそもそも想定されていないものだった。もちろんロブは口に出してもいない。

それなのに、リンディにはそれがわかった。

ユーゴに叱咤《しった》され、懸命に意識を集中させて走り出したリンディは、恐ろしく奇妙な感覚に囚われていた。目の前を馬車に向かって走っていくユーゴの姿を睨むように見ているのは、そうでもしなければわけがわからなくなりそうだったからだ。瞬きすることすら怖くて、開きっぱなしの目が風を受けて涙が零れ、それが頬を伝っていく。もちろんその感覚がある、自分の肉体の感覚が。

それと全く同じように、ロブとイブスランの姿が見えていた。

それだけではなかった。前を行くユーゴの感情を抑えた表情も、その背中で苦痛に耐えているニーモティカの顔も、自分の背中にいるメイリーンの見開かれたふたつの瞳も、その全てが見えている。

いや違う。

おかしくなりそうな状況の中、僅かに残ったリンディの理性が叫ぶように言った。

見えているんじゃない、それならロブが考えていることまでわかるはずがない。わかっているんだ、同時に全てのことが。そして、そしてこれは——。

うし、とロブが意を決したように言った。

「俺が撃てと言ったら撃て、イブスラン」

「撃てと言われたって、〈核〉が見えてないぞ！」

イブスランの声はほとんど悲鳴と同じだった。騒ぐんじゃねえよ、とロブがその後頭部を軽く叩く。

「狙うのは頭だ。どうせあれじゃ〈核〉は狙えねえ」

「頭なんか撃ったところで――」

「身体を起こさせるのが目的だ」

イブスランの言葉を遮って、ロブが言った。

「デコにぶち当てて仰け反らせろ。それで〈核〉が見えた瞬間に俺が撃つ」

わかったか、と言われたイブスランが震えながらわかった、と頷いた。

「構えろ。仰のけにさせるのが目的だからな、いい感じのとこ狙えよ。頭がいいんだからそういうのは得意だろうが」

「頭はともかくこれを撃つのは初めてなんだ！」

感情の制御が全くできないイブスランが喚《わめ》き散らす。うるせえよ、とロブがもう一度イブスランの後頭部を叩き、口の端を不敵に曲げた。

「俺だって撃ったことなんかねえよ、それでもやるしかねえだろうが。ほらさっさと構えろ」

悪態をつきながらも、イブスランが再生兵器を肩に担いで片膝立ちになる。頭、頭だ、仰のけにするんだとぶつぶつ言いつつ、スコープを覗き込む。

「俺が合図したらだぞ」

ふう、と太く短く息を吐き、ロブもまた再生兵器を構え、隣でイブスランと同じ姿勢を取った。

イブスランの攻撃で〈核〉が見えたらめっけもんだ。だが十中八九はダメだろう。だからそんときは――。

ロブの視線が遥か上に向けられる。半透明の巨大な〈石英〉が、天井のように遮っている上空へ。

――あれをぶち抜く。うまくいきゃ相当な量が落ちてくるはずだ。それで潰れるってこたあないだろうが、足止めくらいにはなるだろ。それでもダメなら、あとはせいぜいイブスランとふたりで走り回って、なるたけやつの注意を引くだけだ。囮役をやるなんざ二十年ぶりだぜ。どんだけ息が続くもんか――。

息が切れたら、それで終わりだ。そのことを、ロブは理解していた。リンディとコウガが囮役を務めたときのユーゴのような、〈核〉を撃ち抜く者がいないのだから。

あんま長くはもたねえぞ。今のうちにできるだけ逃げとけよ、ユーゴ、リンディ。

ダメだダメだダメだダメだ、そんなのはダメだ、そんなのはダメだよロブ！

見えることもなく聞こえるはずもないのに、まるで自分がロブと一心同体になったかのようにその視界が、言葉が、考えが全てわかる。あまりに生々しいそれらが幻覚だとは一瞬も疑わなかった。これは今まさにロブが考えていること、やろうとしていることだ。それを始めてしまったらもう後戻りはできない、ロブとイブスランが〈石英〉にされてしまうのは時間の問題だ。

だがそれならどうする、どうしたらいい。どうすれば全員が逃げられるんだ。自分に問いかけても何ひとつ答は浮かばなかった。

前を行くユーゴの決意が、ともすれば消えてしまいそうになる意識を懸命に繋ぎ止めているニーモティカの苦痛が、後悔に苛《さいな》まれているメイリーンの辛さがわかる。みんなを巻き込むことはできない。ユーゴをメイリーンをニーモティカを、ここで〈石英〉にさせてしまうことはできない。

己のあまりの無力さに、頭がおかしくなりそうだった。何もできない。ふたりがただ犠牲になるのを黙って見ているしかできない。ただ必死で走って逃げて距離を稼いで、でもそのあといったいどうやって、あんな怪物を砕けばいいというのか。ロブにウィンズテイルを託されたというのに、いったい僕に、こんな僕に、何ができるっていうんだ――。

(だいじょうぶ)

脳裏に言葉が響いた。はっきりと、まるでリンディの考えに応えるように。

(道はある。諦めないで)

テントに張り付いていたとき伝わってきたのと同じものだった。脳裏に直接浮かぶ、言葉になる前の自分のものとは異なる思念。耳で聞いたわけでも目で確かめたわけでもないのに、自分に語りかけてきた相手が同一の存在であることを、リンディははっきりと理解した。目を瞑っていても眠っていても、ニーモティカにハグされたらそうだとわかるのと同じように。

でも。

でも、それだけじゃない。

僕はこの思念の持ち主を、どこかで――。

「よっしゃいくぜえ」

千々に乱れるリンディの思考を遮り、ロブの声が聞こえた。

まるでその言葉を理解したかのように、徘徊者がずるりと身体を動かすのが見える。

二本の腕を地面に突き立て、全ての触手がふたりに向けられていく。

ロブの胸が膨れ上がる。イブスランに指示を出すために。

「リンディ！」

いきなり耳元で響いた声が、拡散していたリンディの意識を収斂《しゅうれん》させた。ぐい、と身体が後ろに引かれ、リンディは反射的にたたらを踏んで耐える。メイリーンが急に身体をのけ反らしたのだ、と理解したのと、メイリーンが見ているものがわかったのが同時だった。

「異界紋が光ってる！」

青白い、ほのかな燐光《りんこう》だった。

物心ついたときには刻まれていた、ニーモティカのものと瓜《うり》ふたつの異界紋。ただ刻まれているだけでなんの効果もないと思われていたそれが、発光していた。

なぜ、どうして今になって、しかも光るだなんて――。

リンディがその答を得る直前、様々なことがいっせいに起こった。

イブスランがトリガーを引く。

束になっていた徘徊者の触手が、間髪を入れず花火のように四方八方に広がった。その中心部に向けて、再生兵器の弾頭が飛んでいく。

やはりな、とロブが思う。そいつはさっき見た、そう来ると思ってたぜ。考え終わるよりも早くロブは再生兵器の砲口を円屋根に向け、迷うことなくトリガーを引いていた。

二発目の弾頭が、一発目からほとんど間を置かずに発射される。それは一発目とは全く異なる方向に、一直線に進み――。

投網のように大きく広げられ、幾重にも折り重なった徘徊者の触手の中に吸い込まれていった。

音もなく包み込まれた弾頭は、ただの一秒も経たないうちに小さな〈石英〉の玉となり、触手の網から吐き出され力なく地面へと落ちる。

馬鹿な。

なぜわかった、そんな素振りは見せなかったはずだ、それなのにどうしてまるで予測したみたいに。

予想外の出来事に対する衝撃が、ロブの次の動きを僅かに遅らせる。それは時間としてはごく短く、だが充分に致命的だった。

「走れイブスラン！」

喚くように言ったロブが走り出す。イブスランの挙動はさらに遅れた。事態を把握し、再生兵器を放り出した反動で腰を上げ、徘徊者に背を向けて――。

その背中を、何本もの触手が貫いていく。

恐ろしく細く鋭い触手が上衣と皮膚をなんなく破り、次々に身の内に食い込んでいく。その衝撃と痛みと熱さと冷たさが綯い交ぜになったような感覚を、リンディは自分のもののように感じた。触手がイブスランの身を細切れに分断しながら。イブスランの内側を這い回る。なんの抵抗も感じていないように易々と、イブスランの身を細切れに分断しながら。次の瞬間触手の先端がいっせいに開花するように大きく開き、吸収を始めた。イブスランをイブスランたらしめているもの、そしてイブスランの内にあった、ニーモティカの記憶を記録した機體までもが奪われていく。自分が自分でなくなっていくその絶望的な感覚を、リンディは自分自身の身に起きたものとして感じていた。

自分が何者かがわからなかった。リンディはニーモティカでありメイリーンでありユーゴであありコウガでありロブであり、今まさに失われつつあるイブスランであり、そうしてリンディ自身でもあった。自分と他者の境界線が薄れ、消失していく。自分を自分にしているものが感じられなくなる。恐怖に駆られ、胸の内で叫び続けることだけが、ただひとつ残された自分を確かめるための手段だった。

徘徊者の触手が恐ろしい速度で伸びていく。走り出したばかりのロブに向かって。その先端がロブの左足に接触し、貫き、そして——。

「やめろ！」

声に出して叫べたのかどうかすらわからなかった。何重にも重なり合った感覚がリンディの五感を覆い尽くしている。世界の無数の断面を前に、リンディは自分がどこにいるのか、どこを向いているのかさえわからなくなっていた。

直後、その混淆《こんこう》した世界が一瞬で収斂する。

リンディは自分を見つめるものを感じた。

それは視線ではなかった。

今までにも何度か経験してきた、これは。

振り向いたリンディの視線の先に、全ての動きを止めた徘徊者の姿があった。その頭部に穿たれた無数の孔が、一瞬で寄り集まってこちらを向く。

観察されている。人間とはまるきり違う方法で、表面ではなくその奥にあるものを。

全身が氷のように冷たかった。その中でただ一点、メイリーンが光っていると言った、うなじの異界紋だけが燃えているかのように熱い。

リンディにしがみつくメイリーンの腕に力が込められる。ニーモティカが何か叫び、ユーゴが振り向くのが見えた。リンディは動かなかった。ただ、徘徊者の存在にひとりで立ち向かっていた。

音が聞こえない。

沈黙の中、リンディの知覚が拡散する。周囲の出来事、みなの感覚の全てが同時に、いっせいにリンディの中に流れ込んでくる。

固く目を瞑ったメイリーンの表情が、リンディを護るように並走するコウガの姿が、真一文字に唇を嚙みしめたユーゴが、リンディを見つめるニーモティカの視線が——そして細く小さな身体で巨大な徘徊者に立ち向かっている自分自身の姿、そのうなじで青白く発光している異界紋が見える——。

いや。

見えているんじゃない。これは。

自分自身を見下ろしているその視点の高さが、リンディに認識させた。自分が既に、何が起きているのかを理解していたことを。

この世に生まれ出たばかりの赤ん坊が躊躇いなく呼吸するように、それはあとになって学んだことでも教わったことでもなかった。

知っていたことだった。

そうだ。僕は知っている。

これは僕の感覚じゃない。

これは——これは、徘徊者が見ている世界なんだ。

25

世界の全てが止まっている。

そう思った直後、違うそうじゃない、と全身がそれを否定した。知識でも理屈でもなく、リンディにはそれがわかった。

ここでは、時間が時間として存在していないのだ。

確かに世界は静止しているように思える。だがリンディは、それ以外にも無限数の静止している世界があることを感じ取っていた。一秒前、十日前、百年前——過去のどんな時点の世界も、今の世界と全く同じように静止している。自分がその気になりさえすれば、任意の過去の世界の断片を訪れることは造作もないだろう。まるで無限の厚さがあるアルバムをめくり、好きなページを開いて楽しむように。

それだけではなかった。時間以外の世界を構成する全てのもの、そのどのひとつであっても、知ろうと思えばそれを構成する任意の要素を無限に細分化して辿っていくことがリンディにはできた。リンディを見つめているニーモティカのブラウンの瞳、その虹《こう》彩《さい》の奥の未だ瑞々《みずみず》しいレンズ状の水晶体を光が通り抜けていき、網膜で結ばれた像が視神経を走り抜けてニーモティカの灰色の脳細胞へと到達して次々にシナプスを発火させていく。そのときの極小のシナプスが向き合うさまも、その間で受け渡されていく神経伝達物質のひとつひとつの構造の内奥すらも、リンディが望めば望むだけ、どこまでも微細に把握することができた。

ニーモティカの身に起こった出来事、その一瞬一瞬の世界のありようの全ても、リンディは知った。機體を飲ませられ、ごく短時間のうちに記憶を転写され強引に排出させられたこと、その全プロセスの一秒一秒、いやそれにすら満たない極小に切り刻まれた時間の一点一点におけるニーモティカの全身の状態を、意識を振り向けたときにはもう、それがどんな瞬間でもどんな部分であっても、リンディは自分が既に知ってしまっていることに気づいた。

その気になれば世界のどんな場所のどんな一点の、どの瞬間のことであってもわかるだろう。

これが、徘徊者が捉えている、徘徊者にとっての世界なのだ。

もちろん人間が足を踏み入れられるような世界ではない。人間の五感が把握できるような世界の在り方ではない。自分がここに、この徘徊者が捉えている世界を垣間見《かいまみ》ることができているのは——そう思ったときにはもう、リンディは答を知っていた。

異界紋。

僕のうなじに刻まれた異界紋が、僕をここに繋いでいる。この、本当なら人間が人間のままでは触れることも感じることも理解することも不可能な世界に、僕が僕のまま留まることを可能にしているんだ。

でもそれは、誰が、いったい何のために。

文化文明のほとんどを喪失した人間にできることではないのは明らかだった。だが徘徊者や徘徊者を送り込んでくる異界の存在がこの異界紋を刻んだのだとしたら、それはいったい何のためなのか。僕に、自分たちが見ているものを教えたいのだろうか？　だがそれを僕が知ったとして、いったい何をさせようというのか。

意図がわからないのはリンディの異界紋の話だけではない。〈核〉の存在を知らしめた最初の被刻印者や、過去の遺物を砕片から再生する力を与えられたメイリーン。ふたりの異界紋の能力は、徘徊者を送り込み人間の文化文明を奪っていく異界のやり方とは明らかに矛盾している。

異界は何を考えているのか。

なぜ異界は幾つもの黒錐門を打ち込んで徘徊者を送り込み、人間の世界を奪っていくのか。

最初の侵略から百十余年が経過しても、その疑問に対してはなんの根拠もない仮説しか存在していない。黒錐門から姿を見せるのは徘徊者だけであり、徘徊者との間でコミュニケーションが成立したことはこれまでただの一度もない。そんな相手の意図を、ただ人間の文化文明を一方的に収奪していくという行動だけから理解することなどできるはずがなかった。

少なくとも、今までは。

その気づきが、リンディを電撃のように貫いた。

今ならわかるかもしれない。

今なら。この状態の僕なら。

世界の構成要素を無限小に分割して把握し、任意の時の世界の断片を訪れることができるのなら。徘徊者の考えを理解することも、黒錐門の内側、異界に繋がるとされているところに入り込み、この侵略の意図を把握することもできるかもしれない。

もしかしたら——僕の異界紋はそのために、異界について教えるために、刻まれたのかもしれない。いや、きっとそうだ。最初の被刻印者のように、メイリーンのように、僕の異界紋も人間が世界を取り戻す力となるために刻まれたんだ。

だからできる。きっとできる。

この力を使えば、みんなを徘徊者から護ることが。そしていつか、世界を取り戻すことが。

(だめ。やめなさい)

そんな声が聞こえた気がした。

だが無限小の世界の断片と無限数の時間軸に幾らでも接触できるリンディにとって、その声はもはや、無数にある要素のひとつに過ぎなかった。時間軸の最後ではイブスランが〈石英〉と化し、ロブもまた同じ運命を辿ろうとしている。そしてこのままでは数瞬後、自分はもとよりニーモティカやメイリーン、ユーゴやコウガまでも同じ末路を辿ることは疑いようがなかった。

迷っている余裕はない。すぐに、世界に新しい時間が追加されてしまうその前に、徘徊者の、異界の謎を解かねばならない。

みんなを助けるために。

リンディの意識が徘徊者に向けられる。その黒一色の異様な身体を透かして黒錐門が見える。視覚とは違う、人間の言葉では説明できない異界紋によって与えられた感覚が、その全てを同時にリンディに把握させている。

必ず見つけてみせる。何をしようとしているのか、何を考えているのかを。それがわかれば――。

徘徊者の巨軀を、人間には理解不能だった黒錐門を細かに刻み続け、そのひとつひとつの正体を検めていく。きっとそこには何かの意図、考えがあるはずだ。その端緒さえ摑むことができれば、たとえすぐには理解できなかったとしても、それでもいつか必ず――。

やめなさい、ともう一度女性が言うのが聞こえた。だがその声は既に遠く小さく、リンディはもう、後戻りできないほど徘徊者と黒錐門の奥深くまで潜ってしまっていた。

自分の力のなさはわかっている。

智恵や知識が足りないことだって知っている。

一人前にはほど遠いことも、そして何より、自分が本当はどのくらい幼く愚かなのか、それを正しく理解できないくらい愚かであることも。

だけど、それでも。

少しでもいい。

なにかひとつでもいい。

みんなのために何かをしたいんだ。

笑われてしまうようなことしかできないかもしれないけれど。それでも。

ここで逃げてしまったら、僕はきっと、あのとき何かできたかもしれないと、ずっとずっと後悔することになってしまう。

だから――だから。


だがその意志はやがて、終わりのない試行錯誤の過程で少しずつすり減っていく。

探し求める場所は無限にあった。時間も含めた世界の構成要素は幾らでも細かく分け入っていくことができたからだ。

そして、対象に限りがないということは、終わりがないことと等価だった。

その意味を、リンディはわかっていなかった。


時間のない世界でどれだけ時間が経ったのかなど、わかろうはずがない。

ただひとつわかるのは、自分が未だ何ひとつ見つけ出せないまま、もはや考えることが難しいほど消耗し切ってしまっているということだけだった。

それでもやめることができない。自分で自分にかけた呪縛がそれを許さない。

何もなかったわけではない。逆だ。そこにはほとんど全てがあった。人間の文化文明を構成していた要素はもちろん、それ以外のものも限りないと思えるほどの種類と量があったのだ。

なかったものは、ただひとつ。

意味だ。

徘徊者と黒錐門の内に存在する全ては、どれだけ要素を細かく分化して辿っても、ひとつひとつの関係性を辿ろうと試みても、何ひとつ意味あるものを見いだせなかった。

それはただの、秩序のない渾沌《こんとん》だった。

ひとつひとつは意味を持たない点であっても、繋がりを見つけ組み上げていけばやがて大きな仕組みが見えてくる。そんな人間の世界とは、全く異なる場所だった。

全てがあるのに、探していたものはなかった。

ここにはなにかの意味を持つまとまりがない。

そんなはずは、ない、必ず何かがあるはずなのに。

(お願いだからもうやめて)

遠く、小さな声がする。誰かが伝えようとしているのか、諦めかけている自分自身の思考なのか、無限回の試行にすり減ったリンディの意識には、もう区別がつかなくなっていた。

(あなたが人間である限り、異界を理解することはできない。なぜなら――)

その通りだ、とリンディは思った。

徘徊者は、異界はあまりにも異質過ぎる。リンディは既にそれを、魂に刻まれるほど思い知らされていた。

異界を、その考えを、意図を理解しようと思っても、おそらくそれはリンディがリンディのまま、人間でいる限り、どうやっても不可能なのだ。

同じ人間同士であっても、リンディにはニーモティカやメイリーンの気持ちや考えを完全に理解することはできない。だがそれでも、相手の感情を、思いを想像することはできるし、共感することも反発することもできる。しかしそれは、お互いが同じ人間だからだ。年齢も性別も肉体もこれまでの生活も蓄えた知識も何もかも違っても、それでも同じ生き物だという一点だけは共通しているからだ。

だが異界は、異界に在る存在は、そこから姿を現す徘徊者たちは、そうではない。だから決して理解できないのだ。どんなに探しても、存在のありようから異なっているから。おそらく僕には、とリンディは残り僅かな意志の力を振り絞って考える。異界紋によって訪れることができているこの世界さえ、徘徊者と同じように捉えてはいないのだろう。

僕が人間だから。

僕が人間だから、ニーモティカやメイリーンを、みんなを助けられないんだ。

もし、もし僕が人間でなかったら――。

その甘い思考は、疲れ果て消耗したリンディを、その存在を優しく包み込んだ。徘徊者や異界のことを本当にわかることができたなら、そうしたら――。悲鳴が聞こえた気がしたが、よくわからなかった。疲弊し摩耗し切って、それでもリンディをリンディたらしめていたその意識が、眠りにつくように薄れていく。そうしてまるで徘徊者と異界の世界に取り込まれるようにその枠組みを失い、少しずつ少しずつ渾沌の中に取り込まれ、混じり合って拡散する。

世界が認識できなくなる。ぼんやりしていく世界とそこに溶け合いつつある自分が恐ろしくて不愉快で、リンディは精一杯の抗議の声を上げた。それはもはや言葉ではなく思考すら伴っておらず、ただ生き物が、地球上に生まれ落ちた生命が、生まれる前から刻まれていたのだろう力によって上げさせられた声だった。

その声が、記憶の断片を呼び覚ました。

無限の渾沌に沈んでいた断片が浮かび上がり、そうしてずっと昔、同じように抗議の声を上げた、その一瞬の光景が甦る。

そっと、二本の腕が差し伸べられる。全身が柔らかな暖かさでくるまれるのと同時に、泣き出したくなるほど懐かしい匂いが鼻の奥をくすぐる。愛おしさと慈しみが伝わってくる。その全てを手放したくなくて、もう二度と失いたくなくて、リンディは思うように動かせない両腕を、精一杯相手に向かって差し出した。

「――よかった」

心底からの安堵の声が、リンディの鼓膜を揺らした。

26

膚に心地いい冷たく乾いた空気には、ほんの少しだけ、埃っぽさがあった。その感覚がリンディの意識を目覚めさせる。ごく当たり前のはずのことに、自分が初めて殻の外に這い出したひな鳥にでもなったかのような驚きがあった。なぜ、と思った時にはもう答はわかっていた。

空気がある。呼吸をしている。そして僕は、それを感じることができている――つまり、五感があり、時間があるのだ。

ここは、と顔を上げたリンディの目が、見上げる形で周囲の光景を捉えた。大小様々な箱や、これまで見たことがない鮮やかな色彩の本やノートが天井近くまで積み上げられた山が、目に入るだけでも幾つも並び立っている。山々の間から僅かに覗く天井は、ほとんど全面が白く柔らかな光を発していた。

知っている。

僕はここを知っている。

ここがどこなのか、何が起きたのかは全くわからないのに、自分がかつてこの場にいたことだけははっきりとわかった。

そうだ、ここは。

繰り返し何度も夢で見た、僕の想像が勝手に作り上げた場所かもしれないと思っていたここは。

「受け入れてくれてありがとう、竜胆《りんどう》」

静かで穏やかな、安心できる声が耳元でした。

蝶《ちょう》が蜜に惹かれるように、考えるよりも早くリンディの視線が声の主へと向けられる。

自分を見下ろしている優しげな、自分と同じ黒い瞳。

うなじのところで一本にまとめられた黒く長い髪。

彫りの浅い顔立ちは、ニーモティカやメイリーンよりずっとリンディに似ていた。似ているのはそれだけではない。少し太めの眉のカーブ、丸っこい小鼻、形のいい唇。人種的な類似以上に、その女性は、リンディ自身に似ていた。

そして何より――僕のことを、竜胆、と呼んだ。

誰ひとり、ニーモティカでさえ知っていても呼ぶことのない名前で。

考えたことがなかったと言えば嘘になる。

夢に見るたび、繰り返すたび、きっと自分の願望だと思いながら、それでももしかしたらと考え、けれど確かめようがないと、万が一にも確かめられたところでせん無いことだと諦めていた。

でも。

「――おかあさん？」

女性の表情が歪む。

「やっと――やっと会えた。この時をずっと――百年以上、待っていた」

「ひゃくねん、いじょう？」

理解できないままおうむ返ししたリンディの言葉に、女性は微笑みを浮かべて頷いた。

リンディを膝枕から解放した女性は、乙橋《おとはし》皐月《さつき》、と名乗った。

「それが、おかあさんの名前？」

リンディの問いに、そうだよ、と皐月は答えた。大人の落ち着いた声だったが、口調がどこかニーモティカに似ている。

身に纏っている袖の長い上衣には不思議な艶があり、緩やかな濃淡のある萌葱色《もえぎいろ》に染められていた。下はいかにも固そうな素材のタイトな黒いパンツで、見るからに窮屈そうな形の靴を履いている。衣服といえばほとんどが灰色のせいぜいが濃淡違い、靴といえばなめし革か麻布で作ったものしかない中で育ったリンディにとって、それらはどれも初めて目にするものだった。何度も見てきた夢とは違って、部屋の中にはふたりのほか誰もいない。遠くの方で風の鳴る小さな音がしてはいるものの、それ以外には物音も、なんの気配も感じられなかった。

板でも石でもない不思議な弾力のある床に、ふたりは直接腰を下ろして向かい合っていた。痺《しび》れたと言って足を投げ出している皐月は夢の印象よりずっと華奢で、リンディよりも十センチかそこら背が高いくらいのものだろう。

「厳密に言えば、わたしは乙橋皐月そのものではないんだけど——」

リンディの目に浮かんだ困惑の色を見て、皐月はふっと口元を緩めた。

「最初にその話をしよう。そうしないことには信じてもらえないだろうから」

「どういうこと？」

「全てがそこから始まっているし、そこに繋がっているからね」

いいかい竜胆、と皐月がリンディの目をまっすぐに見つめて言った。

「わたしは、かつて乙橋皐月だった存在のほんの一部、言わば残滓《ざんし》に過ぎない。乙橋皐月は百十二年前、異界に呑まれて無限の要素に分解されて消えた——きみに未来の可能性を託して」

「——僕に？」

皐月が頷く。

「でも乙橋皐月は、ただ消えたわけじゃない。そうなる前に手を打っていた。自分が失われても、その存在の一部だけでも再生できるように」

「どうやって？」

残念ながら、と応えた皐月の表情が曇った。

「その方法の詳細まではわからない。わたしは乙橋皐月の全てではないから。でも、大まかなところと、なぜそうしたのかはわかる」

最初に黒錐門が出現して都市がひとつ〈石英の森〉と化したのち、世界中の研究者たちはそれまでの仕事を全てなげうって、それぞれの方法でなんとかして黒錐門や徘徊者の正体を探り、それに対抗する方法を、その僅かな手がかりを見つけ出そうとした。黒錐門が世界各地に次々と現れ、〈石英の森〉がその面積を広げていく時代において、それ以上に優先順位の高い課題など存在しなかったからだ。

乙橋皐月もまた、そのひとりだった。

彼女は世界中の生き残りの研究者たちを集めた都市で、ミュードバード・セブンディートトールドと共に、異界に呑まれた――徘徊者に吸収され〈石英〉となった人間たちがどうなってしまったのかを解き明かそうとしていた。

「ミュードバード・セブンディートトールド？」

目を丸くしたリンディに、ああ、と皐月が頷く。

「ニーモティカの母親であり、結果的に彼女に不死を与えることになった女性だよ」

それって、と叫びかけたリンディの言葉を、その話は後だ、と皐月は遮った。

「猶予がどれだけあるかわからない。先に必要最小限の話を進めさせてくれ」

疑問の声をリンディが呑み込んだのを確かめ、皐月は話を再開する。

「異界に呑まれた人間は無限小の要素に分解され、人間という形ではなくなる。そしていったん分解され枠組みを失った人間が、自然に元の形に戻ることはない」

エントロピー増大則だ、と皐月は付け加えた。

「もちろんそれが検証できたのは乙橋皐月自身が異界に呑まれてからで、それまでは仮説に過ぎなかったんだがね。異界に呑まれる前の皐月はその仮説に基づいて、異界に呑まれて分解された存在を、異界の外から力を加えることで再構成しようと試みていたんだ」

異界に呑まれ分解されてしまった存在にアプローチするには、ふたつの方法しかなかった。ひとつは偶然砕かれた徘徊者の砕片。そしてもうひとつは、黒錐門を通って徘徊者が出現する際の、不可視の通路。

自身が異界に呑まれる前、皐月は数限りない失敗を重ねた末にひとつのアイデアに辿り着いた。

分解されてしまってからではどうやってもうまくいかない。だが分解される前に、外部からの働きかけに応じて再構成されるように備えることは可能なのではないだろうか？

よくわからないという顔をしているな、と皐月は笑った。

「実を言えば、わたしに話せるのもこの程度だ。これ以上の詳細を考えていた乙橋皐月の部分はわたしの中にはないんだ。だが、この計画のために何が必要だったかはわかる」

「何が必要だったか？」

ああ、と皐月は頷いた。

「きみだよ。乙橋皐月はきみが将来異界や徘徊者と繋がったとき——きみの存在を灯台として、その光に自分自身の要素が集まって再構成されるようにしたんだ」

それがわたしだ、と皐月は言った。

ふたりが存在するのがリンディが何度も繰り返し夢に見た部屋の中で、皐月の姿がリンディが幼かったころのままであるのもそれが理由だった。あくまで喩《たと》えだが、と念を押してから皐月が説明する。

「きみの記憶の中の乙橋皐月という枠に、異界で分解された乙橋皐月の要素をできる限り詰め込んでできたのがわたしだ、とでも思ってもらえばいい。実際にはかなりスカス力だが、それでもきみが異界や徘徊者と繋がっているときには自意識を持ち、考え、こうして話すくらいのことはできる。——それしかできないとも言えるが、今はそれで充分だ」

「——どうして？」

「きみたちを助けられるからだ」

語られた内容を消化できないまま尋ねたリンディに、皐月は言った。

「助けられる？」

ああ、と応えた皐月の表情が歪んだ。

「思ったよりも猶予がない。急いだ方が良さそうだ」

「猶予がない？」

困ったことにな、と皐月が言った。

「きみとわたしが人間として会話するためには、時間の流れの内に入らなければならない。速度の遅速はあるにしても、こうしている間にも時間は過ぎていく。つまり、事態がよりのっぴきならなくなりつつある、ということだ。そしてそれ以上に、たとえこの——」

皐月の右手が、そっとリンディのうなじの異界紋に触れた。

「助けがあったとしても、徘徊者の視座にいることはきみ自身の人間としての枠組みを徐々に侵食し、破壊していってしまう。ここでは、人間が人間のままであり続けることは不可能なんだ。そしてきみという枠組みを失えば、わたしも散逸して再び渾沌に戻ってしまう」

だから、と皐月は続けた。

「できることなら幾らでも話はしたいし、百十二年分の積もる話もあるけれど、まず何より先に、きみが今知らなければならない話をしよう。きみ自身やニーモティカたちを救うために」

「ニーたちを救うって——《這いずり》から？」

「もちろんだ」

皐月が即答する。

「きみたちは今、異形の徘徊者に狙われている。あれをなんとかして排除しない限り、きみたちの未来はない。中長期的なことはまだ未確定だけれど、目の前のこの分岐だけははっきりしている。このまま事態を放置していては、きみたち全員が〈石英〉にされてしまうだろう。それだけは避けなければならない。特に竜胆、きみとメイリーンが失われてしまったら、世界を元に戻す術は永遠に失われてしまう」

「僕と、メイリーンが？」

そうさ、と皐月が言った。

「きみたちふたりが鍵なんだ。そのために、異界の中で百十二年を費やしてきたんだからね。そしてきみたちがいれば、徘徊者を退けることも不可能じゃない」

「でも、どうやって」

リンディの脳裏に、まざまざとあの異形の徘徊者の姿が甦った。

「ロブでもだめだったんだ。それに、〈核〉を射貫く武器だってない。ウィンズテイルに戻れば連弩はあるけど、途中に砕片があるからそっちには帰れないし、再生兵器でもあの徘徊者には歯が立たなかったのに連弩なんかじゃ」

「武器では無理だ」

徐々に速くなっていくリンディの言葉を、皐月は短い言葉で遮った。

「南からやってきた者たちが再生した過去の武器なんて使ったものだから、異界があんな徘徊者を生み出したんだ。〈核〉がなければ徘徊者は形状を維持できないが、そう易々と自分の弱点を見せるつもりはないだろう」

「でも、〈核〉が見えなかったら砕けないよ」

砕かなくていいんだ、と皐月が言った。

「きみとメイリーンが力を合わせれば、砕かなくても徘徊者を退けることができる。そのために必要なことを、今から説明する」

よく聞くんだ、と皐月がリンディの目をまっすぐに見つめて言った。

「言葉だけでは伝えられないこともあるが、それはなんとかしてきみの中に差し込む。渾沌に削り取られたぶんの差し替えだな。本来人間に可能なことじゃないからかなり違和感があるだろうが、最小限にするからなんとか受け入れてくれ。少し急ぐが、とにかくそこまでは何としてでも終わらせる。それからきみが聞きたいことがあれば答えて——もし、もしそれを終えてもまだ余裕があったら」

ふっ、と一瞬だけ、皐月の表情が緩んだ。

「きみの話を聞かせて欲しい」

時間の経過と共に、皐月の姿は焦点がずれたかのようにぼやけたものになっていった。

「——それから、もう二度と異界の意図を探ろうなんてしてはいけない。異界にそんなものは存在しない、少なくともわたしたちが理解できるようなものは。異界に呑まれて確信したんだ。異界はわたしたちの世界とは全く違う。異界には我々のように個人という概念も、自我も、意識もない。理解しよう、させようなどと考えることが滑稽に思えるほど、在り方自体が根底から違うんだ。そしておそらくはそれが、異界がわたしたちの世界を侵食している理由に繫がっているんだと思う」

これは推測だが——と言いかけて、皐月は口を噤んだ。

「すまない。宿願が叶った喜びの余り、話し過ぎた。これ以上、きみを喪失するわけにはいかない」

「でも」

くぐもった声しか出せないリンディの身体を、両腕を広げた皐月が優しく包み込んだ。

「心配しなくていい。今はお別れするほかないが、必ずまた機会はある。きみが生きてさえいたらね。――ああ、そうだ。最後に、もうふたつだけ」

皐月が両腕に優しく力を込めたのがわかった。

「大きくなったね。元気な姿を見られて嬉しかったよ。それから――わたしのことを忘れずにいてくれて、本当にありがとう」

言葉は、そこで消えた。リンディを包み込んでいた温《ぬく》もりと共に。

27

「どうしたリンディ！」

ニーモティカが叫んでいた。

「急げ、時間を無駄にするな！」

「リンディ！」

メイリーンが体を揺する。

「お願い降ろして、わたしのことはいいから、リンディだけでも」

大丈夫かと問うユーゴの声、コウガの激しい吠え声がリンディの鼓膜を打つ。音を聞いている。自分の耳で。

ニーモティカやユーゴの焦りと不安を混ぜ合わせた表情が見える。思うように動かない身体でなんとかリンディの背中から降りようとしているメイリーンの重みが、その汗の匂いがわかる。視線がリンディに集まる中、ただひとりみなを護ろうとするかのように徘徊者に対峙しているコウガの姿が胸を揺らす。

僕の身体だ。誰のものでもない、僕だけの。

戻ってきたんだ。

懸命に手を伸ばすニーモティカと視線が合った。ニーモティカが息を呑む。

「大丈夫――大丈夫だよ」

「大丈夫ってなにがだ」

尋ねるニーモティカはもう叫んではいなかった。だが何かを感じ取ったのか、その声はひどく張りつめている。

「何があった？　今何かあったんだろう!?」

「何も――」

言いかけて、リンディは口を噤んだ。たとえニーモティカを、みなを安心させるためであったとしても、何もなかったなんて言えない。そんなことを言ってしまったら、これからやろうとすること、やらなければならないことを信じてもらえなくなってしまうだろう。

だが。

「――あとで説明する」

強く首を振って、リンディはきっぱりと言った。

「《這いずり》はもうしばらくは動かないから、今のうちに馬車に」

一瞬迷いの表情を浮かべたニーモティカだったが、すぐによし、と自分に言い聞かせるように頷いた。

「とにかく逃げるのは賛成だ。行こう、ユーゴ」

わかった、と言うなりユーゴが走り出す。次にリンディが、そして殿《しんがり》を務めるようにコウガが続いた。

「――《這いずり》が追ってこない」

リンディの背で、背後の様子をうかがっていたメイリーンが言った。

「リンディの言った通りだ。どうして……」

「ニーの記憶を取り込んでるんだ」

それを感じ取った時の怖気だちそうになる感覚を思い出し、リンディが唇を歪めて言った。

「もうしばらくはああしてると思う、ニーの記憶は百年以上あるから。でも全部を取り込み終わったら、僕らを追ってくる。僕と、メイリーンを」

「わたしたちを？」

「僕らの異界紋を追ってくるんだ」

リンディの異界紋が自分たちと繋がり得ることは、あの孔のような感覚器の反応からして既に感知されていると考えるべきだろう。そして、ニーモティカの記憶を全て取り込まれるということは、メイリーンの異界紋についても知られてしまうことを意味する。《這いずり》を退け、世界を取り戻し得るふたつの異界紋。徘徊者はより高度で複雑で鮮やかで、かつ実際に稼動しているもの、活発なものから奪いにかかる。異界紋を《這いずり》がどう捉えるかは未知数だったが、見過ごしてもらえる方に賭ける分の悪さは容易に想像がつく。

「じゃあ、わたしたちだけがウィンズテイルから離れたら」

リンディ自身も同じことを考えていただろう。もし、皐月との邂逅《かいこう》がなかったら。永遠とも思えるほどの長さを過ごしたような記憶があるのに、意識が戻った時にはほんの数秒進んでいただけだった。皐月の言葉があれほど明確でなかったら、恐怖の余り一瞬幻覚を見ていたのだと思ってしまったかもしれない。

だがそうではないことを、リンディは知っている。これから何をしなければならないのかも。

「ウィンズテイルからは離れない」

きっぱりと、リンディは言った。

「そっちに向かわなくちゃいけないんだ。だから」

「どうして⁉」

メイリーンが叫んだ。

「そんなことしたら、《這いずり》がわたしたちについてきて、ウィンズテイルに入り込んじゃうかもしれない」

「大丈夫、そうはならない。あいつはウィンズテイルには辿り着けない」

前を走るユーゴの背中を見つめたまま、リンディは応えた。馬車が見える。もう少しだ。

「どうして――」

繰り返されたメイリーンの問いに、リンディは短く答えた。

「あいつを倒すんだ。メイリーンと僕とで」

「砕片のある場所に行くんだ。そうすれば《這いずり》を倒せる」

「再生兵器は通用しなかった」

言うなり馬車を走らせようとするユーゴに、待って、とリンディは叫ぶように言った。

「砕くんじゃないんだ、封じるんだよ。メイリーンと僕ならできるんだ」

「封じる？　《這いずり》を？　そんなことが――」

滅多にしない困惑の表情を浮かべたユーゴが口ごもる横から、ニーモティカが待ちな、と鋭く言った。

「――本当にできるんだね？」

「できる」

ニーモティカの鋭い視線を正面から受け止めて、リンディはきっぱりと答えた。一瞬の躊躇いもないその言葉に、ニーモティカはわかった、と頷く。

「戻ろう、ユーゴ。どうせ逃げ回ったところでせいぜい時間稼ぎにしかならないんだ。いずれジリ貧になるだけなら、力があるうちに試せることは試した方がいい」

ニーモティカの言葉に、わかりました、とユーゴが頷く。

「行くぞ。全員どこかに摑まれ」

辛うじて通れる程度に整えられた〈石英の森〉の道を、ユーゴは無茶だと思えるほどの速いペースで二頭立ての馬車を走らせた。馬車は一瞬たりとも落ち着かず激しく揺れ続け、三人にできたのはコウガを中心にしてお互いを抱え込むようにして極力低い姿勢を保ちつつ、必死になって耐えることだけだった。砕片の山に辿り着くまでの間に何をするつもりなのか話しておきたかったが、順序立てた説明をするどころか口を開くことすら到底不可能だった。

　強引に機體を適用され吐き出させられたために著しく体力を失ったメイリーンとニーモティカの顔から、少しずつ血の気が引いていく。だがリンディにできたのは、力が抜けていくふたりの身体が振り落とされることがないよう、全身で押さえることだけだった。いつまでも終わらないように思える道程の中、床に低く伏せた姿勢のまま、リンディの上衣の袖口をしっかり嚙みしめているコウガの身体から発せられる熱だけが、リンディを励ましてくれていた。

「見えた！　もう少しだ、頑張ってくれ」

　一時間にも思える〝もう少し〟は実際にはほんの数分だったが、ようやく馬車が止まった時リンディは心底安堵した。揺さぶられ続けたせいで未だ地面が動いているような気がするし、上体を起こした途端ふらついて軽い吐き気さえ覚えたが、ともかく砕片の元に辿り着いたのだ。

　だがこれは、絶対に満たさなければならなかった前提条件の最初のひとつに過ぎない。安心している暇も休んでいられる余裕もなかった。リンディは自分の両頰を自分で何度も張り、ふらつきと吐き気、気の弛《ゆる》みを必死で消し去る。

「ニーはこのまま少し休んでて。無理に起きなくていいから。――メイリーン」

両腕をついて起き上がろうとしていたメイリーンが、固く結ばれた唇の内からうん、と応える。リンディは肩を貸し、メイリーンの身体を支えた。

「無理させてごめん。でも、メイリーンの力がいるんだ」

リンディの言葉に、メイリーンは血の気の失せた顔で頷いた。

「なにをすればいいのか、教えて」

口調は苦しげだったが、リンディを見つめる瞳には強い光が宿っていた。その光に背を押され、メイリーンは、とリンディは言った。

「両方の手に、異界紋があるよね」

リンディの問いに応えて返されたメイリーンの手のひらには、左右とも全く同じ、二匹の蛇がお互いを喰《く》らおうとしている姿に似た黒々とした刻印が刻まれていた。

「再生のとき、片方を僕の異界紋に当てて、もう片方の手で砕片に触って欲しいんだ」

「それだけ？　それだけでいいの？」

うん、とリンディが頷いた。

「そうすれば、たとえメイリーンが知らなくても、僕が知ってるものなら再生できるようになる」

「なにを再生すればいいの？」

「〝繭〟だよ」

「繭？」

戸惑いの表情を浮かべるメイリーンに、大丈夫、とリンディは頷いた。

「繭がどんなものかは僕が知ってる——知ってることに、なってるんだ」

「よく、わからないけど——でも」

迷いを振り切るように、きっぱりとした声でメイリーンは言った。

「リンディがそうしろと言うなら、やる。やらせて」

言うなりメイリーンは立ち上がろうとしたが、足に力が思うように入らず大きくふらついた。慌ててリンディが細く軽い身体を抱きとめる。

「無理しなくていいよ、まだ辛かったら少し休んでからでも——」

リンディの言葉を、メイリーンは激しく首を振って遮った。

「大丈夫。辛くなんかない。やるから——絶対に、やるから」

もう一度立ち上がろうと試みるメイリーンの身体が、全身が、細かく震えた。まるで溢れ出しそうな何かを堪えているかのように。

「わたしにできることがあるなら、どんなことでもやるから。どんなに苦しくても必ずやるから。《這いずり》を倒して、みんなを護って、そうじゃないと、せめて、せめてそのくらいのことをしないと——」

メイリーンの声が震えた。

「わたしは、許されないから」

何か言わなければと思い、それなのに、何の言葉も口にすることができなかった。リンディにできたのはただ、やっとのことで立ち上がり、ふらつく足取りで進むメイリーンの身体を支えることだけだった。

「わたし——わたしがあんなもの、あんな武器なんか再生してしまったから、だから、みんな、ひどいことになってしまって」

馬車から降りるのはユーゴが手伝ってくれた。目の前には砕片が積み重なり見上げるほどの山となって視界のほとんどを塞いでいる。ひとつとして同じものがない大きさと形状と色彩の砕片がこれほど膨大に積み上がっているさまは、間近で見てもとても現実の光景とは思えなかった。

その砕片の山に向けて、小さな、今にも倒れてしまいそうなメイリーンの身体が進んでいく。

「ウィンズテイルの町も壊されて、たくさんの人が〈石英〉にされて、わたしが、わたしがあんなものを再生しなければ、わたしにこんな力なんてなければ、わたしなんて生まれてこなければ」

「違う！」

少しずつ大きくなっていくメイリーンの声を、リンディの激しく短い言葉が断ち切った。

「メイリーンは何も悪くない。何ひとつメイリーンのせいじゃない、メイリーンが生まれてこなかったらよかったなんてことがあるはずがないんだ！」

砕片の山を睨みつけ、リンディは叫ぶように言った。

「メイリーンと会ってから、ずっと楽しかった。お喋りしたり、一緒にご飯食べたり、再生のことを色々考えたりするのだって楽しかった。メイリーンはいつもみんなのことを考えてて、僕は本当に、メイリーンがウィンズテイルに来てくれてよかったと思ってたんだ」

言葉が溢れ出して止まらなかった。大きく見開いた瞳でリンディを見つめるメイリーンに、リンディは思いの丈を話し続けた。

「異界紋の力だって、本当は世界を徘徊者から護ったり世界を元通りにしたりできる、優しい力のはずだったんだ。それなのに、誰もそれを正しく使おうとしなかった。自分が欲しいもののために、メイリーンに無理やり力を使わせたんじゃないか。こんなふうになってしまったのはそいつらのせいで、絶対に、絶対にメイリーンのせいじゃない」

だから、とリンディは言った。メイリーンの瞳をまっすぐに見つめて。

「それを証明しよう。メイリーンの力があれば、僕らが一緒にやれば、本当に世界を救えるんだってことを。ふたりでみんなを、ウィンズテイルを護ってみせるんだ」

しばらくの間、メイリーンは何も言わなかった。やがて、辛うじて聞こえるほどの小さな声で、うん、と呟く。瞳から零れた涙が一滴、メイリーンの頬を伝って落ちた。

## 28

一瞬も絶えることがない地響きが明らかな振動となってリンディの身体を揺さぶり始めてから、既に一時間近くが経過していた。

《這いずり》が接近しているのだ。明確な目標に向かって。

リンディとメイリーン——より正確に言えばふたりに刻まれた異界紋、それに与えられた力。人間でありながら徘徊者の視座に入り込める能力と、砕片を元にして失われた過去の遺物を再生できる能力。

《這いずり》がなぜふたりを、ふたつの能力を求めているのかはわからない。だがそれを考えたところで時間の無駄だ。皐月に告げられた通り、どんな推論を立てたところで証明のしようはなく、正解は永遠にわからないままだろう。そんな無益なことに費やしている時間など、今のリンディたちには残されていなかった。

肝心なのは、相手の意図などわからずとも、《這いずり》が目指しているものについては間違いなくわかっていることだ。離れた場所に置かれた音叉《おんさ》が共鳴するように、うなじに刻まれた異界紋がリンディに《這いずり》がどこに向かおうとしているか、何を目指しているかを伝えてくる。

だがそれは、必ずしも有益なことばかりではなかった。《這いずり》との共鳴が、二者の物理的な距離の接近に伴ってより強く深くなると同時に、範囲を広げつつあったからだ。

途切れることなく、地面は揺れ続けている。だがリンディは既に、それが地面によって自分が揺さぶられているのか、自分の身体が地面を揺さぶっているのか、少しでも気を許せばたちまち見失ってしまいそうな状態となっていた。

五感は《這いずり》の影響を受けて混濁しつつあり、かつその度合いは徐々に、しかし確実に強まってきている。前回の接近時のことを考えれば、完全に《這いずり》の見ている世界に引きずり込まれてしまう可能性まで考えておかねばなるまい。だが一度そうなってしまったら、リンディは自分自身の身体を動かすどころか、どこまでが自分かを認識することすら困難になるだろう。

それが、ぎりぎりで準備を終えた四人に残された、最大の不安要素だった。

「そんな可能性があるのにやらせられるわけないだろ！　上衣貸しな、それ着てあたしが代わりに」

感情を露にしたニーモティカを、リンディは心配してくれてありがとう、という言葉で遮った。

「でも、僕がやるしかないんだ。《這いずり》は目で僕を見ているわけじゃないから、ニーがどれだけ僕そっくりの格好をしても、それじゃ絶対に騙《だま》されない。僕が《這いずり》を感じ取ってるのと同じように、《這いずり》も僕のことをわかってるんだ。そうやって感じ取った僕のことを、あいつはどこまでだって追ってくる。僕と、メイリーンのことを。そして——」

言葉を切ったリンディは、遥か後方にある防衛壁の方向へ視線を送った。ダルゴナ警備隊によって一部を切断された防衛壁だったが、たとえそれがなかったとしても巨大な《這いずり》の前では気休め程度にしかならないだろう。だがそれでも、何ひとつ身を護るものがない〈石英の森〉の中に比べれば幾らかはましだ。

力尽きて意識を失ったメイリーンは今、防衛壁の陰に停めた馬車の中に横たわっている。そうでなくても削り取られていた体力を最後の最後まで振り絞って、メイリーンはリンディの願いに応えて再生し続けてくれたのだった。本当ならもっと安全な場所、せめてウィンズテイルの町中まで連れ帰りたいところだが、残念ながらその猶予は残されていない。

「メイリーンは動けないし、メイリーンのところにあいつをやるわけにはいかない。だから、僕がやるんだ」

絶対に防衛壁を突破させないために。メイリーンを、ウィンズテイルの町を護るために。

「だけど、もしまた徘徊者の世界に呑まれちまったら」

「そうなったとしても、きっと大丈夫」

リンディは不安と懸念に揺れるニーモティカの、金色にも見えるごく薄いブラウンの瞳を正面から見つめてきっぱりと言った。

「ニーとユーゴが助けてくれる。でしょ？」

「そりゃ——そりゃもちろんできることはやるけど、だからって」

ありがとう、とリンディは言った。自分と向き合って一歩も引かないニーモティカと、その隣で腕組みをしたまま、ふたりのやり取りを黙って聞いていてくれるユーゴに。

「僕は——僕ひとりだったらほとんどなにもできないけど、でも、メイリーンがあんなに頑張って再生してくれたものと、ふたりの力があったら大丈夫だって信じてる。だから」

言いかけたリンディの言葉が、右足に強く擦《こす》り付けられたコウガの体躯の感触で途切れる。

「そうだった、ごめん。もちろんコウガも助けてくれるよね」

任せろと言わんばかりにコウガが短く吠える。リンディは緊張で強張った顔になんとか笑みを浮かべ、しゃがみ込むとコウガの顎を何度も撫で上げた。しばらくその様子を黙って見つめていたニーモティカが、やがて、いかにも渋々といったていではあったが、全くしょうがないね、と言って溜息をついた。

「わかったよ、リンディの言う通りやるしかなさそうだ。——そのかわり、いいかい、絶対全員で生きて帰るからね」

約束しな、と詰め寄られたリンディが頷き、わかった、とユーゴが短く応える。

ふたりともありがとう、とリンディは言った。

目の前の砕片の山が視線を遮ってはいたが、《這いずり》が間近まで達していることは疑いようがなかった。それでもリンディは黙ったまま、ただ正面を見つめ、じっと立ち続けている。すぐ脇にはコウガが座れの姿勢のまま、同じように身じろぎもせずに待機していた。

服装はいつものグレイの防寒着で、真紅のベストは身に着けていない。そんなものがあろうがなかろうが《這いずり》が自分を見失うはずがないことを、リンディは確信していた。

大地の震えはもはや一瞬たりとも途絶えることはなく、その激しさは奥歯を嚙みしめていなければ舌を嚙みかねないと思えるほどだった。

事前に何度も打ち合わせ確かめた手順を、もう一度頭の中でおさらいする。大丈夫だ、タイミングはユーゴが見計らってくれる。自分で自分に言い聞かせる。《這いずり》を充分に引きつけつつ、砕片を吸収されてしまうことがない距離。合図があったら躊躇うな。もし、もし万が一自分が躊躇《ちゅうちょ》してしまったら、自分よりずっと危険な場所にいるニーモティカやユーゴが狙われてしまう可能性も皆無とは言い切れないのだ。そんな事態に陥らせるわけには絶対にいかない。《這いずり》は何としてでも止めるんだ。

地面が一段と激しく揺れ始め、高く積み上がった砕片のあちらこちらで無秩序な崩落が始まっていた。積み重なった岩が崩れ落ちていくのに似た音が、四方八方からリンディの耳を聾する。だがそれ以上にリンディの耳を塞いでいたのは、自分の心臓の鼓動だった。喉が詰まり、息が苦しくなる。その全てに、拳を固く握りしめてリンディは耐える。

恐ろしくないわけがない。緊張しないわけがない。

それでも、身体は震えていなかった。

《這いずり》の移動音と、砕片の山が崩れていく音が続く。正面の山が不意に大きく崩落し、それまでになかったほど視界が開けた。リンディの視点から見えたのはほぼ空だけではあったが、そこには砕かれ微細な粒となった〈石英〉が、大量の粉塵となって舞い上がっていた。

近い。思っていたよりずっと。

《這いずり》の、その呼び名の通りの進行方法のせいで相手の身体は未だ視界には入っていない。だが、しかし。

来る。

そう思った直後、鳥の鳴き声にも似た甲高く張りつめた高音が、世界を覆い尽くしていた全てを切り裂いて鳴り渡った。

合図の鏑矢《かぶらや》だ、と認識するより早く、リンディの身体は動き出していた。砕片の山の間にある狭く捩《ねじ》れた隙間を縫い、一瞬でトップスピードに達したコウガの純白の背中を追って全力で走る。積み重なった砕片が崩落し続けているため、事前に目星をつけておいた通りに進むのは不可能だった。リンディは自分を先導するコウガだけを見つめ、必死で意識を集中する。行く先に待ち受けるものへの恐れを忘れるために、そして一歩先に進むたびに靄《もや》がかかってくるように思える自分の意識を、ともすれば曖昧になってしまいそうな自分の輪郭を、少しでも長く維持するために。

躊躇うことなくコウガが砕片の山を抜ける。二秒後、リンディもまた、己を《這いずり》から覆い隠していた山の陰を抜け出た。

その途端、足が止まる。

その場での停止は計画通りではあった。だがリンディの足を止めたのは、計画でも、己の意志でもなかった。

一時間ぶりに相対する、巨大な深黒の異形の塊。

その姿が、存在が、リンディの身体を意志とは関わりなく凍りつかせたのだった。

恐ろしく長い二本の腕が、〈石英の森〉に突き立てられている。それに続く、人間で言えば腰までしかない上半身は、様々な大きさと形の岩塊を無秩序に寄せ集めたかのような均衡を欠いた形状で、そこから亀が遠方をうかがう時のように頭部が伸び出ていた。頭といっても形状だけ見ればそれはただの長く伸びた首としか見えない。だがその先端には多数の黒い孔が穿たれ、蠢きながら周囲を見下ろしていた。

円屋根の下では全身から生え伸びていた触手が姿を消しているのは、吸収すべき対象がいなかったからか、それとも移動の邪魔になるからか。二度と出てこないのなら幸いだが、その可能性がほとんどないことをリンディは知っている。

不意に、頭部の黒い孔がいっせいに激しく動き出した。それはあっという間に一ヶ所に寄り集まってひとつの大きな孔となった。その巨大な孔、《這いずり》の感覚器がまっすぐに自分に向けられることを直感し、リンディは咄嗟に目を伏せ、視線を外した。

僅かな時間でもその感知から逃れようと、《這いずり》の視座に取り込まれる確率を下げようとして。

だが直後、リンディはそれが無益に終わったことを知る。〝視線〟を合わせなかったにも拘わらず、リンディは《這いずり》が自分を感知したことを——人間とは異なる感覚器で自分が直接認識されたことを、全身を貫く怖気と共に理解した。

遥かな高みから自分自身を見下ろしている感覚が湧き上がる。見つけた／見つけられたという歓喜と恐怖の正反対の感情が同時に励起される。自我の境界が曖昧になり、意識が混濁の中に呑み込まれそうになるのに、リンディは血が出るほど唇を嚙みしめ、力任せに自分の頰を自分で張って耐えた。

大丈夫だ、まだ自分のことがわかる。自分の痛みがわかる。まだだ、まだ何も始めてない。動け、動くんだ！

必死で自分を奮い立たせ、孔が視界に入らないギリギリまで顔を上げて《這いずり》の様子をうかがった。彼我の距離はまだ二百メートル以上、円屋根の下での最接近時とほぼ同じだ。だが傾斜がないからか陽の光に直接照らし出されているからか、その身体はいっそう膨れ上がっているように見える。

いや、実際に膨れ上がっているのだ。円屋根の下で、百人の警備隊員たちを吸収して。

ぎっ、とリンディの奥歯が嚙みしめられ軋むのと同時に、《這いずり》の二本の腕が同時に高く掲げられ大きく伸ばされ、次の瞬間その先端が大きく弧を描くと〈石英の森〉に突き立てられた。

来る。

リンディがそう直感すると同時に、《這いずり》の巨体が一気に動いた。まるで跳躍でもしたかのように。

それまでとは全く違う、激しく深い振動が一帯を容赦なく襲った。コウガが後ろ飛びに戻ってきてリンディの傍らに伏せ、リンディは頭を抱えてしゃがみ込む。リンディとコウガの背後で、ついさっき抜け出してきたばかりの砕片の山、それまで辛うじて崩れずに残っていたもののほとんどが轟音と共に崩落する。

それでもリンディは目を閉じなかった。遠くなりそうな意識を奮い立たせ、必死で《這いずり》の姿を睨みつける。それまで左右の腕を順番に使って少しずつ這い進んでいたのをやめ、可能な限り大きく伸ばした両腕で一気に身体を引き寄せた《這いずり》の姿を。

リンディとコウガが《這いずり》と対峙してから僅か数秒。その数秒で、《這いずり》は五十メートルの距離を詰めてみせたのだ。

円屋根での記憶から、《這いずり》の触手は全長が百五十メートル前後に達すると推測された。それが正しければまだ相手の射程内ではない。だが。

再び、《這いずり》の二本の腕が高く掲げられる。それまでとは段違いに長く伸びたように見えるのは、彼我の距離が縮まったせいか、それとも本当に伸びたからなのか。

考えている時間も確かめている余裕もない。

曲がりくねりまさに自分に向かってこようとしている黒い二本の腕ではなく、リンディは《這いずり》の突き出された首の付け根を睨んだ。次の移動でさっきと同じだけの距離を詰めてくるとしたら、相手との距離はおそらく百五十メートルを切る。触手の攻撃範囲だ。あの、自在に動く膨大な数の、百人の警備隊員たちを半時間もかけずに全て〈石英〉と化した《這いずり》の触手の。

だが。それでも足りない。

《這いずり》の腕が大地に突き立てられる。先刻よりさらに激しく深い振動が間近から身体を襲う。それでもリンディは歯を食いしばり、激しい揺れの中で立ち上がった。こんなものなんでもないんだと見せつけるかのように。両足を広げて大地を踏みしめ、血の気が失せるほど固く握りしめた右の拳を、《這いずり》に向けて突き出した。

「来い、来てみろ《這いずり》！　僕はここだぞ！」

リンディに呼応するようにコウガが吠える。大気を震わせるその激しい吠え声は、粉砕される〈石英〉の柱やぶつかり合う砕片が立てる全ての音を切り裂いて、まっすぐに《這いずり》へと突き刺さった。

突き立てられた二本の腕が、《這いずり》の巨軀を一気に引き寄せる。異形の身体が大地を削り、林立する〈石英〉の柱を倒し割り砕き飛散させ、その全てがいっせいに立てる轟音がリンディの鼓膜を飽和させる。それでもリンディは必死になって《這いずり》の二本の腕を睨み続けた。物理的な接近に伴いますます曖昧になっていく彼我の境界を保ち、ともすれば持っていかれそうになる意識をなんとかして自分のうちに留めるために。

来るか。それとも次か。

リンディの声に出さない問いに応えるかのように、胴体の移動を終えた直後、《這いずり》の二本の腕が裂けた。露になった内側に開いた大小無数の孔が一瞬だけ見える。

だめだ、まだ早い――。

「コウガ！」

言葉とハンドサイン、そして同時にリンディ自身も身体を反転させた。視界から《這いずり》の姿が消える直前、上部が裂けた二本の腕の内側からいっせいに、数え切れないほど大量の触手が爆発したかのような勢いで噴出するのが見えた。

《這いずり》に背を向けて全力で走る。残り僅かな体力の全てを吐き出すように。このあとどうなってもいい、今だけ、もう少しだけもってくれればいい。

振り返ってみるまでもなく、束になった触手の奔流が背後から迫ってきているのがわかった。どれだけ歯を食いしばろうとも、どれだけ集中しようと試みても、もはや視界が混濁し始めているのを止めることができない。全力で走っている自分とコウガの姿が見える。その背後から、束になった数本の触手がうねり、のたうちながら追ってくる。まるで逃げ惑う無力な子鼠《こねずみ》を追いかけ回す、残忍な毒蛇のように。

どれだけ必死で走っても、触手の速度との差はどうにかできるものではなかった。細分化され始める時間の中、一瞬ごとに距離が詰まっていく。このままではダメだ、まだ足りない、まだ足りないんだ——。

次の瞬間、鋭い風切り音がリンディの耳朶を打った。

途端、リンディのすぐ背後にまで迫っていた触手が束を解き、一瞬で四方八方に投網のように広がった。次にはその隣、さらにその隣の触手も同じように一瞬で拡散し、直後に引き絞られて飛来したものを取り込みその要素を一瞬で全て吸収し、〈石英〉へと変えて吐き出した。そして再びリンディを追って這い伸びようとした瞬間、次の風切り音が一直線に触手に向かう。

ユーゴだ。

見るまでもなく確かめる必要もなく、リンディはその射手を知っている。二百メートルの距離をものともせず、絶妙のタイミングと正確な狙いで連弩を撃ち続けられるものなど他にいるはずがない。

メイリーンが再生した連弩に同時にセットできる矢の数は六本。リンディを追う三本の触手の束に対して行えたのはそれぞれ二射ずつのみ。稼げた時間は数秒に過ぎない。だがそれを理解しているかのように次の瞬間コウガが身を反転させ、リンディの真後ろの触手に向かった。

極少の時間すら躊躇うことなく、触手がコウガを狙って四方八方に拡散する。だがコウガの動きは《這いずり》の触手すら上回った。触手が拡散し終えた時にはもう、コウガはその範囲外へと横っ飛びに走り抜けている。隣の触手がコウガを捕えようと拡散し、だがそれもコウガに追いつくことはできない。一直線に進むことしかできない再生兵器や矢とは違う、人間よりも遥かに速く縦横に駆けるコウガの動きに、《這いずり》はすぐに対応できなかった。

もちろんその優位はあっという間に失われてしまうだろう。今の一連のやり取りだけで、《這いずり》がコウガの能力を把握したことをリンディは確信する。こんな奇襲はもう二度と効かないだろう。だが。

これでいい。

一連の攻防の間、リンディはただ全力で走り続けていた。十秒にも満たない時間、崩れた砕片が積み重なった〈石英の森〉の中だったが、それでもユーゴとコウガが作り出してくれた猶予を生かし切り、リンディは二十メートル近い距離を進んでいた。

あとは賭けだった。

円屋根の下、警備隊員たちを襲った時と同じであれば——。

直後、這い伸びていた触手が恐ろしい勢いで収縮し、《這いずり》の裂けた上腕部の内側へと姿を消した。裂け目を塞ぐことすらせず、《這いずり》が大地に突き立ててい

向けて。

た二本の腕を抜き、高く伸ばし、掲げ、そして再び打ち込んだ。リンディの走る方向に《這いずり》の巨体が移動する。ひと息に、数十メートルの距離を。ユーゴとコウガの助力でリンディが必死になって生み出した距離を、《這いずり》は一瞬で無に変えた。〈石英〉が砕け、大地が削られる音が悲鳴のように聞こえる。激しく揺れる地面に、走るどころか立っていることすら困難になる。揺れなどものともしない《這いずり》が再び腕を掲げ伸ばし、その、大きく裂けたままの腕の奥、大小無数の孔からいっせいに触手が噴出したのがわかった。猶予時間は、あと数秒――。

「ニー！」

「喰らえ！」

リンディが叫ぶのと、ニーモティカが吠えるように言ったのがほぼ同時だった。

次の瞬間、《這いずり》の上腕から噴き出した触手はその形のまま、凍りついたように動きを止めた。

触手だけではなかった。〈石英の森〉に突き立てられた二本の腕も、その腕が引き寄せた下半身のない深黒の歪な胴体も、そこから伸びる首も、全てが動きを止めている――いや。

止めさせられている。

《這いずり》が必死で抗《あらが》っているのがリンディにはわかった。だがその抵抗も長くは続かなかった。

地面に打ち込まれていたはずの二本の腕、その先端が浮いている。地面と腕の先端の距離は徐々に開き、《這いずり》の胴体の方に近づいていく。腕の裂け目から噴き出していた無数の触手も同様だった。一本一本は必死で抵抗している様子を見せながらも敵わず、うねりながらも押し込まれ、じりじりと胴体の方へと折り畳まれていく。

《這いずり》の胴体もまた、例外ではなかった。信じがたいことに、その巨大な黒い体軀が少しずつ押し潰されていく。速いとはとても言えず、だが目の錯覚を疑うほど遅くはない速度で、《這いずり》の触手は、首は、腕は、そして胴体は、じりじりとただ一点に向けて折り畳まれていこうとしていた。

その様子はまるで、見えない何者かが《這いずり》の全身を巨大な手のひらで握りしめ、丸め込んでしまおうとしているかのようだった。

いや――ようだ、じゃない。本当にそうなんだ。

地べたにへたり込み、激しく呼吸を繰り返しながらリンディは思った。《這いずり》の変形が進んでいくにつれて意識や五感が鮮明さを取り戻してくるのと同時に、肺や心臓や腕や足、全身がいっせいに悲鳴を上げてリンディに苦痛を訴えてくる。投げ出した足は痙攣《けいれん》し、涙が勝手に流れて落ちる。それでもリンディは必死になって、折り畳まれていく《這いずり》の巨軀、その表面に目を凝らした。

透明だからすぐにはわからない。それでも、目を凝らせば確かに見えた。

《這いずり》の全身に張り付いているものが。メイリーンとリンディが力を合わせて再生した〝繭〟が。

ふたつの異界紋の力を合わせてメイリーンが再生した繭は、およそ百メートル四方の透明な布だった。それを地面に広げた上に砕けた〈石英〉を撒《ま》いてすぐには見つからないようにし、その中心部まで《這いずり》を誘い込んだのだ。

かつて、ただひとつだけ乙橋皐月によって作製され、ただ一度だけ利用された技術。リンディを徘徊者の目から隠し、百十余年の時を渡らせてきたもの。

技術的な基盤は機體と共通している部分が多いから、ニーモティカなら再生する制御盤の使い方もわかるだろうし、操作もできるだろう。もちろんリンディを封入していた繭はこれほど巨大ではなかったし、リンディを折り畳んだりもしていない。だが元々そうしたケース、つまり護るべきものだけではなく、捕えるものも封入できるように設計してあるのだ、だからうまくいくはずだ。そう、皐月は言った。

その言葉を信じて挑んだものの、改めて考えたらそら恐ろしくなるような話だった。

かつてリンディ自身がそれによって護られていたとは言え記憶はないも同然のものを、メイリーンはリンディに差し込まれたという情報だけを頼りに再生し、ニーモティカは期待通りに動くかわからないそれを、リンディからの説明だけを頼りにぶっつけ本番で動かした。その全てが正しく機能するはずだと信じてリンディは自分を囮にし、ユーゴやコウガは命を懸けてそんなリンディを護ったのだ。

なんて分の悪い賭けだったのだろう。

少しずつ息が整うのにつれて、エネルギーを全て搾り出した筋肉から力が抜けていく。

だがリンディは、折り畳まれていく《這いずり》の姿から目を離すことができなかった。ぴったりと寄り添って立つコウガに身体を支えてもらいながら、リンディは無言のまま、じっと《這いずり》を見つめた。

じりじりと一点に向けて押し潰されていった《這いずり》の巨軀は、今や恐ろしく小さくなってしまっていた。胴体だけでも数十メートル、無数に生え伸びていた触手は百五十メートル以上あったその体軀は今や、最も長い部分でも僅か五、六メートルほどにまで押し潰されている。

まるで卵か、蛹《さなぎ》の中身みたいだ――そうリンディが思った瞬間、透明だった表面が一瞬にして灰色に変わり、それまで推測するしかできなかった全体の形状が姿を現した。

それは、確かに繭だった。

楕円形《だえんけい》で、ところによって濃淡はあるものの、全体としては濃灰色をしている。表面は太さも長さも様々な繊維が無数に撚《よ》られ絡まっているように見え、そこだけならば昆虫の蛹のようでもあった。だがその大きさは――家一軒にも相当する大きさの繭が〈石英の森〉に横たわっている光景には、まるで現実味がなかった。

目の前に厳然と存在している灰色の繭は、大きささえ除けばかつてリンディ自身を徘徊者や異界から守り続けていたのと同じものだろう。だがこうして実際に目の当たりにしたその姿は、あまりの巨大さ故か、それとも内側に《這いずり》が封じられていると知っているからか、繭というよりも災厄が封じられた卵のように見えた。

これで――これで、終わり？

これで、《這いずり》を閉じこめられたんだろうか？

本当に――本当に、もう大丈夫なんだろうか？

まるで実感が湧かないまま、リンディは〈石英の森〉に横たわる、灰色の巨大な繭を眺めていた。

# 第六章　ほんとうのはじまり

## 29

「リンディ！」

思いもしなかった声に名を呼ばれ、リンディは我に返った。

「ロブ⁉」

考えるより先に立ち上がったリンディの目が捉えたのは、左足を引き摺るようにして藺の陰から姿を現したロブの姿だった。

《這いずり》の触手に足を貫かれ、そのまま〈石英〉にされたと思っていたロブを目にした途端、リンディは反射的に飛び上がり、考えるより先にロブに向かって走り出していた。一拍遅れて走り出したコウガがたちまちリンディを追い抜き、力の限り尾を振りながらロブの元へと駆けていく。

「ロブ！」

リンディがやってくると知ったロブは足を止め、大きく両腕を開いて待ちかまえた。

その腕の中に、リンディは躊躇うことなく飛び込む。頼りになる町守のリーダー、痩せて骨張ったロブの両腕が、がっちりとリンディを抱きとめた。

「ロブ――無事だったんだ！　良かった、本当に良かった」

コウガが吠え、ふたりの周りをぐるぐると走り回る。その様子に表情を緩めつつ、ロブは大きく息を吐くと全身の力を抜き、ぺたりと地べたに腰を下ろした。

「いやまあ、無事かどうかはよくわからんけどな。ほら」

ぽん、とロブが叩いた左足に目をやって、リンディは息を呑む。

地面に投げ出されたロブの左足、太ももの半ばからふくらはぎのあたりまでが、ズボンごと半透明の塊になっていた。〈石英〉ほどには透き通っておらず、全体に灰色――元のズボンと似た色ではあったが、それでも地面の様子がわかる程度には透けている。人間の身体というよりは、硬質な無機物にしか見えない。

「これ――これ、大丈夫なの!?　痛くないの!?」

「痛くはねえんだけどな、なんつうかこう、痺れたみたいな感じになってんだよ。どうなってんのか自分でもさっぱりわからん。――てかな」

不安げな表情のリンディににっ、と笑いかけると、ロブはリンディの頭をごりごりと力任せに撫で回した。

「俺のことより、リンディこそ無事で良かったよ。んで、何がどうなったんだ。《這いずり》はどうなった。時不知さまたちは――」

ロブが言いかけたちょうどその時、ふたりを呼ぶニーモティカの声が響いた。

《這いずり》の封じ込めが終わったように見えたあとも万が一の時のことを考え、ニーモティカとユーゴはいつでも対応できるよう、息を潜め、繭の状態を睨み続けていた。ロブが現れ、リンディと繭の至近で抱擁を交わすようなことがなかったら、その監視はもうしばらく続いていたことだろう。

「――ってことは」

一連の話を聞き終えたロブが、ぞっとした表情で繭を見る。

「あの――ついさっきまで俺らが横にいたあの灰色の塊の中には」

「《這いずり》が閉じこめられてるんだよ。どんな状態かはわかんないけどね」

「信じがたい話ですね……」

ロブの呟きに、まあねえ、とニーモティカも頷いた。

「あたしだって、この目で見なけりゃ信じなかったかもしれないね。《這いずり》を――徘徊者を、砕く以外の方法で退けられるなんて」

間近までロブとリンディが接近したにも拘わらず何も起きなかったことから、四人と一匹は少なくとも現時点で繭は安定しているようだと結論づけ、防衛壁を越えた地点まで移動していた。ユーゴは念のためにと防衛壁の隙間から繭の監視を続けているが、既に一時間以上、動きはもちろん僅かな変化も観測されていない。

あの巨軀を封じた繭が視界から消えただけでも、緊張感はずいぶんと和らいだ。馬車の荷台でロブの足を見るニーモティカの口調も、疲労の色は隠せないものの、普段通りに近いものになっている。

「で——このあたりは変わりない感じなんだね？」

左足の付け根を軽く叩かれたロブが、ええ、と頷く。

「こっちは？」

くるぶしの位置を、比較のためだろう右と同時に叩く。

「あんまり変わんない気がします」

それじゃあ——と、少しずつ位置をずらして確かめていった結果、硬化している部分は感覚が鈍くなってはいるものの、それ以外の部分は太ももも爪先も、変わりはなさそうだということがわかった。

「ずいぶん生きてるけど初めて見たよこんなの。ま、取り敢えずすぐにどうのこうのってのはなさそうだ。帰ったら念のため、エリーに診てもらった方が良さそうだけどね」

「痛みませんか？」

背中を馬車のあおり板で支え、なんとか上半身を起こしているメイリーンが心配そうに尋ねる。ロブは大丈夫だ、と口元に笑みを浮かべてみせた。まだ横になってた方がいいんじゃないか」

「俺なんかより、メイリーンの方がよっぽどきつそうだ。まだ横になってた方がいいんじゃないか」

「すごく無理させちゃったから」

申し訳なさそうに言うリンディに、ううん、とメイリーンが首を横に振った。

「わたしがやらせてってお願いしたんだもの」

繭本体に続き制御盤の再生をリンディと共に行ったメイリーンは、そのあとも休むことなくユーゴのために連弩と矢の再生に取り組んだ。遠距離からリンディに合図を送るための鏑矢は、疲弊の極みにある中でユーゴに繰り返し説明を求め、数度の試行ののち見事に再生してみせたものだった。

「それより――わたし、それくらいしかできなくて」

鏑矢を検めたユーゴのよし、という頷きと同時に意識を失ってしまったことを、メイリーンは詫びた。そんなことないよ！　と慌てたリンディの言葉に、全くだよ、とニーモティカが頷く。

「あんたたちふたりのお陰で助かったんだ。あたしらだけじゃなく、ウィンズテイルのみんながね。だから、それくらい、なんて言うもんじゃない。本当の本当に頑張ったってときに、自分で自分のことを認めてやらなくてどうするんだい」

わかるね、とニーモティカはメイリーンの目をまっすぐに見つめて言った。目を潤ませて、メイリーンが頷く。

ガンディットの機體を追加適用されてからあとのことを、メイリーンはほとんど覚えていなかった。残っているのは、ただぼんやりと夢を見続けていたような、曖昧な記憶だけだ。

「ふたつの機體が機能維持のために身体の熱量を使ったからだよ」

メイリーンの隣に腰を下ろし、足を投げ出したニーモティカが、ふう、と息を吐きつつ言った。

「身体の中でも、脳はかなりの熱量を必要とするんだ。機體にそのかなりの部分を奪われたから、意識じゃなく身体を生かしたままにする方に全力を注いだんだろう」

「もう心配いらない？」

リンディの問いに、ああ、とニーモティカは頷いた。

「ガンディットの機體はもう排出されてるからね。足用の機體を使えるだけの体力はつけてたから、基本的にはもう大丈夫さ。あとはなるべく早く、機體が使っちまったぶんの熱量を取らせたいとこだ――ああ」

リンディの表情を見たニーモティカが、つまりご飯を食べさせなくちゃいけないってことさ、と言い換える。

「携行食ならあるよ。……あんまり美味《おい》しくないんだけど」

上衣のポケットからリンディが取り出した茶色の小さなブロックを、メイリーンは笑みを浮かべて受け取った。

「ありがとう。頑張って食べるね」

ふたりの様子を見ていたロブが、ガンディットはどうなります？　とニーモティカに尋ねた。

「そっちも大丈夫さ」

ニーモティカが言った。

「初期化したりしないで、そのまんまガンディットに再適用すれば元に戻るはずだよ」

良かったと安堵するロブの横で、でも、と呟いたリンディの眉間に皺が寄った。

「ニーの記憶だけ、取り戻せなかった。《這いずり》が――」

「いいさ」

リンディに最後まで言わせず、ニーモティカが軽い調子で言った。

「あれを消化するのに時間がかかって、《這いずり》がしばらく足を止めてたんだろ？　逆に役に立ってよかったじゃないか。あんたが気にするこっちゃないよ」

「だけど」

奪われたのはニーモティカが過ごしてきた時間、百年以上に亘ってニーモティカが積み上げてきたものだ。忘れられない思いや忘れてしまいたかった出来事、耐えがたかった時間や何度も思い返した瞬間。これまで誰にも、リンディにさえ打ち明けられなかっただろう愛情も情熱も怒りも悲しみも、全てが収められていた。

それを《這いずり》に奪われたことが、リンディには悔しかった。ニーモティカの百二十年を超える人生を、《這いずり》に蹂躙されてしまったかのような気がして。

「たかがコピーじゃないか」

唇を嚙みしめているリンディに、にっ、とニーモティカは笑ってみせた。

「本物はちゃんと残ってるんだし、何より生き延びたってことの方がよっぽど大事だよ」

だろ？　と笑顔で念を押されて、リンディはなんとか頷くことができた。

「とにかく家まで帰って、何日か休息だ。働くのは禁止、そのかわりしっかり食べて寝て、まずは体力と気力を取り戻すんだよ」

わかった、とリンディが応える。

「僕がご飯作るよ。ニーとメイリーンの、好きなものをたくさん作るから」

「プーティンがいい」

即座にニーモティカが言った。

「ジョーイんとこのグレイビーソース、分けてもらってきてくれ。そろそろ帰ってくるだろあいつ」

そうだね、とようやく表情を綻ばせたリンディの隣で、メイリーンが目を伏せた。

「どうしたの、メイリーン」

「……帰ってもいいの？　わたし――」

「いいに決まってるだろ」

リンディが何か言うよりも早く、ニーモティカが応えた。

「あそこがあんたの家だよ、あんたさえ嫌じゃなければね」

「でも」

ねえ、とリンディが尋ねる。

「メイリーンは、ダルゴナに帰りたいの？　もしそうなら――」

リンディが言い終わる前に、メイリーンは強く首を左右に振った。

「それならいたらいいよ、僕らのところに。ニーもいいって言ってるし」

「これから忙しくなりそうだからね」

ニーモティカが口を挟む。

「手伝いが欲しいんだ。嫌かい？」

「そんなわけありません」

ニーモティカに向き直って、メイリーンが言った。

「でも、わたしにできることなんて……」

「心配しなくていい、大丈夫さ」

ニーモティカが腕を伸ばし、メイリーンの頭を撫でた。

「あたしだって、これからたくさんのことを学んで、自分に何ができるか、しなくちゃいけないかを考えていくことになるんだ。だから、あんたも一緒に始めればいい。――だろ、リンディ」

突然ニーモティカに言われ、リンディはえっ、と言葉に詰まった。

「そんなんで誤魔化そうったってだめさ」

ニーモティカが笑って言う。

「何かあったんだろ、あのとき、あの一瞬の間に。あんた以外誰にもわからないことが。あとで説明するって約束だったからね、落ち着いたらじっくりたっぷり話を聞かせてもらうよ」

笑みを浮かべ、軽い口調ではあったものの、ニーモティカの目は真剣だった。その視線を受け止めて、リンディはあの瞬間――一瞬でありながら永遠とも思える経験を振り返り、胸の内で自分に問いかけながら、ゆっくりと言葉を口にする。

「わかってる。うまく説明できるかどうかはわからないけど」

まだ半日も経っていないのに、十年以上が過ぎ去ったかのように、あの瞬間にあった全ての出来事が遠かった。

徘徊者はもちろん異界も、かつて異界に呑まれた人々も、そして自分たち自身でさえ、これまで漠然と考えていたのとはまるで異なる側面を持っていた。しかもその事実が全てというわけではないだろう。何もかも、わからないことばかりなのだ。

それでも、とリンディは思う。おかあさんは——乙橋皐月と名乗った女性は言った。僕とメイリーンが鍵なんだと。僕たちが失われてしまったら、世界を元に戻す術は失われてしまうんだと。

だけどそれはつまり、僕とメイリーンがいれば、世界を元に戻すことができるかもしれない、ということだ。どうすればいいのか、どこまで取り戻すことが可能なのかはわからない。でも、僕らが今まで知らなかったことを解き明かせたとしたら。

人間の世界を取り戻せるかもしれない。そしてニーモティカやメイリーンを、異界紋から解放してあげられるかもしれない。

「でも」

「でも？」

ニーモティカが先を促した。メイリーンが見つめている。ふたりに背中を押されるようにして、リンディは思い切って言葉を続けた。

「このあと一生かけてでも、異界や昔の出来事について調べて、考えていきたいんだ。

それで、僕ひとりじゃそんなの絶対にできないから――だから、もし一緒にやってくれたら、すごく嬉しい」

「そんなのわざわざ聞くようなことじゃないだろ」

ニーモティカが笑い、メイリーンが頷いた。

見張りに立っていたユーゴが戻ってくる。目で見る限り、繭には全く変化は見られないということだった。

「僕が入ってた繭と同じものだとしたら」

皐月の言葉を思い出して、リンディが言った。

「百年以上、あのままかもしれないな」

「百年だって!?　そりゃいったい」

素っ頓狂な声を上げたロブの横で、ニーモティカがそういやそうだった、と膝を打った。

「その話も聞かせてもらわなきゃいけないんだったよ。そもそもなんで、あんたはあの、《這いずり》を閉じこめられるような繭に入ってたんだい？　それも百年以上前とか言ってたけど――」

「それはええと、つまり」

説明しかけて、リンディは言葉に詰まった。あの時、皐月から伝えられた内容を不思議とも思わずそのまま受け入れたけれど、思い返せばどれも、これまで思いもしなかった事実ばかりだった。もちろん本当だという証拠は何もない。だが、皐月から伝えられた通りに再生でき、教えられた通りに機能した繭のことを考えれば、疑う必要があるとも思えなかった。

おかあさんは言ってた。自分は百十二年前に異界に呑まれたんだって。そのときもうおかあさんだったってことは、つまり。

それから——そうだ、ニーのおかあさん、ミュードバードのことも。

異界の謎を解き明かそうとしていた、そしてそれぞれに、自分の子どもに未来を託したふたり。

「つまり、その——ちゃんと説明したいんだけど、自分でもまだよくわかってないし、すごく長くなりそうだから……帰ってから、ゆっくり話すのじゃダメかな」

「嘘じゃないね？」

嘘なんか言わないよ、とリンディが口を尖らせたのを見て、ニーモティカがわかったわかった、と笑った。

「それじゃまあ、ともかくいったん帰るとしようか。帰ってご飯を食べてゆっくり寝て、話はそのあとじっくりしっかりとだ」

ニーモティカの言葉に頷いたユーゴが御者台に乗り、手綱を取った。導かれるまま二頭の馬はゆっくりと回頭し、南に進み始める。

家に着くまでちょっと休ませてもらうよと言うなり、ニーモティカが力尽きたように横になった。ロブに促されたメイリーンも、素直に身体を横たえる。〈石英の森〉を進む馬車の乗り心地は到底いいとは言えないものだったが、一分もしないうちにふたりからは穏やかな寝息が聞こえてきた。限界を超えた疲労を、気力だけで支えていたのだろう。

すり寄ってきたコウガもまた、リンディの太ももに顎を載せて目を閉じる。ずっと助けてくれたもんな、とその背中を撫でてやると、一度だけ尻尾が大きく揺れた。

《這いずり》を封じ込めたとは言え、世界はまだ、何も変わってはいない。

黒錐門は円屋根の下に厳然とあり、これからも徘徊者を送り込んでくるだろう。リンディとメイリーンに与えられた異界紋の力があったとしても、失われた人間の世界を取り戻すことは容易とは思えず、いったいどれだけの時間と労力を要するのか想像もできない。

力を振り絞り疲れ果て、それでもまだ、ようやく始まりに辿り着いたに過ぎないのだ。

それでも、とリンディは思う。

たとえそうだとしても、このあとどれだけの苦難が待ち受けているとしても、きっと前を向いて進んでいこう。道のりは平坦《へいたん》ではないだろうし、どれだけ先があるかもわからない。だけど、と馬を走らせるユーゴの背中、眠りについたニーモティカたちの姿を見て思う。僕はひとりじゃない。一緒に、同じ方向を向いて歩いてくれるみんながいる。

だから、いつか必ず、目的の場所に辿り着くことができるだろう。励まし合って、信念を持って諦めることなく、少しずつでも歩むことをやめなければ。

遠くに見えてきたウィンズテイルの町並みを見つめながら、リンディは胸の内で呟いた。

# 解説

大森望

小説の帯や映画のポスターに〝SFファンタジー大作〟とか書いてあると、「SFなのかファンタジーなのかはっきりしろ！」と思うほうなのだが、本書に限ってはどっちでもいい。SFが好きな人はSFだと思って、ファンタジーが好きな人はファンタジーだと思って読んでください。門田充宏が集英社文庫のために書き下ろしたこの『ウィンズテイル・テイルズ　時不知《ときしらず》の魔女と刻印の子』は、SFとファンタジー、両方のジャンルにまたがる傑作《ウィンズテイル・テイルズ》シリーズの記念すべき開幕編である。

物語の背景は、〈変異〉により人口が激減し、人類文明が滅亡の危機に瀕《ひん》している未来の地球（推定）。あるとき、三角錐《さんかくすい》のかたちをした真っ黒な謎の物体（黒錐門）が世界各地に出現し、そこから出てきた漆黒のゴーレムのような〝徘徊者〟が文明社会を呑《の》み込みはじめた。この〈変異〉の始まりから百十余年。いまや世界の大半が、〈石英〉と呼ばれる半透明の無機物の塊に変えられてしまった……。

舞台となるウィンズテイルは、黒錐門のひとつの間近に位置する防衛拠点都市。約五千人の人口を擁するこの町は、南方にまだ残っている他の町を守るための囮《おとり》であり、文明世界を守る防波堤でもある。そのため、町の北側、黒錐門との間には、東西三キロにおよぶ長大な防衛壁が築かれている。

主人公のリンディことリンドウ・オトハシ・セブンディートールドは、この町で育った十五歳の少年。捨て子だった彼は、〝時不知の魔女〟の異名を持つニーモティカ・セブンディートールドに引き取られ、養子として彼女の家で暮らしている。ニーモティカは、十二歳のとき、うなじの右に〝異界紋〟と呼ばれる不思議な刻印が出現し、それから百年以上のあいだ成長も老化もせず、少女の外見のまま時を重ねてきた。リンディを引き取ったのは、彼の体にも異界紋が刻印されているためだったが、そのしるしが彼にいったいどんな力をもたらすのか、まだわかっていない。

十五歳になったリンディは、町守見習いに志願し、町を守るために働きはじめる。その勤務初日、過去最大クラスの徘徊者が黒錐門から出現。リンディは、アメリカン・カナディアン・ホワイト・シェパードのコウガとタッグを組んで、徘徊者の注意を引きつける囮として任務を果たす。

おりしもその日、世界に残る数少ない工業都市のひとつ、南方のダルゴナから、一隻の飛空船がウィンズテイルにやってくる。ダルゴナの技術者イブスラン・ゼントルティに伴われて降り立ったのは、メイリーンという名の、車椅子の少女だった。イブスランは、メイリーンの治療のため、ニーモティカから機體（身体各部の機能を補助または代替する超高度医療機器）技術について学びたいと申し出る。メイリーンもリンディと同じく捨て子の身の上で、同じく異界紋の持ち主。そして彼女には、徘徊者の砕片から、かつて徘徊者に奪われた人類の生産品を再生する得がたい能力があった……。

　と、すっかり要約が長くなったが、これが《ウィンズテイル・テイルズ》の設定のあらまし。物語の舞台がほんとうに未来の地球なのかどうかははっきりしないが、ごらんのとおり、ファンタジー的な要素がＳＦ的なテクノロジーと無理なく同居している。

　こういうタイプの作品は、ＳＦの伝統的な分類ではサイエンス・ファンタジーと呼ばれる。このカテゴリーに属する作品には、最近の小説だと、二〇一六年から二〇一八年にかけてヒューゴー賞長編部門三年連続受賞という前人未踏の偉業を達成した、Ｎ・Ｋ・ジェミシンの《破壊された地球》三部作（『第五の季節』『オベリスクの門』『輝石の空』）がある。サイエンス・ファンタジーでは、文明崩壊後のはるかな未来や、技術文明がまだあまり発達していない異星などを舞台に、異世界ファンタジー風の物語が展開されることが多い。日本の作品なら、『風の谷のナウシカ』や『進撃の巨人』の系列と言ったほうがわかりやすいかもしれない。

　実際、徘徊者の侵入を防ぐために壁を築くところや、防衛拠点都市の設定、人類の領分が少しずつ奪われつつある状況、世界の秘密が徐々に明らかになっていく構成など、本書のいくつかの特徴は、『進撃の巨人』と共通している。一方、十五歳の少年が同年配の少女とともに世界を救うために戦う筋立てや、少年小説のようにまっすぐな語り口は、『未来少年コナン』や『天空の城ラピュタ』を思わせる。宮崎アニメのエッセンスを小説化したらこうなるかも——という印象だが、それについて立ち入る前に、著者の経歴を簡単に紹介しておこう。

門田充宏は、一九六七年、北海道根室《ねむろ》市生まれ。二〇一四年、他人の記憶の中に潜る架空の技術を核にした近未来SF「風牙《ふうが》」で第五回創元SF短編賞を受賞し、作家デビューを飾った。主人公の珊瑚《さんご》は、他人の記憶の中に潜り、それを第三者に理解可能なかたちに翻訳することができる、トップクラスのインタープリタ。勤務先の社長である不《ふ》二《じ》の記憶に潜ることになった珊瑚は、その記憶の中で、五歳の不二と、不二の愛犬のラブラドール・レトリバー、風牙と出会う。

SF作家の長谷敏司《はせさとし》が同作の単行本化時に寄稿した解説で〝最高の犬SFのひとつ〟と「風牙」を絶賛したとおり、不二と祖父と風牙をめぐるドラマは深く胸に沁《し》みる。著者は〝小説家&愛犬家〟と自称するほどの犬好きで、二匹の愛犬（キャバリア・キングチャールズ・スパニエルとトイプードル）の写真を毎日のようにSNSに載せている。二〇二一年四月十日のXには、散歩中の二匹の写真といっしょに、「『犬SFのひと』を自称しつつ最近犬SF書いてないなあ、なんか犬の出るSFを……と新企画の案を考えつつ、「犬と散歩する春の午後」と投稿。もしかしたら、そのとき考えた〝犬の出るSF〟がこの小説だったのかもしれない。実際、純白のシェパード、コウガは、台詞《せりふ》こそないものの、本書でも準主役級の活躍を見せてくれる。《ウィンズテイル・テイルズ》は、「風牙」に並ぶ犬SFの名作なのである。

なお、「風牙」は、短編連作のかたちでシリーズ化され、現在は『記憶翻訳者 いつか光になる』と『記憶翻訳者 みなもとに還《かえ》る』（ともに創元SF文庫）、および『追憶の杜《もり》』（創元日本SF叢書）の三冊にまとめられている。

この《記憶翻訳者》シリーズは技術的ディテールもみっちり書き込まれたリアルな近未来SFだが、二〇二一年に創元推理文庫から刊行された初長編『蒼衣《そうい》の末姫《すえひめ》』は、異世界を舞台にした和風ファンタジー。この世界には、ただひたすら人間を襲うモンスター、冥凮《みょうふ》が跋扈《ばっこ》し、ひとと冥凮との戦いが数百年にわたって続いている。主人公は、冥凮を滅ぼす武器を操ることのできる蒼衣の血を引く末姫衆の少女キサ。戦いに傷つき倒れているところを、ひとりの少年に助けられる。彼の名は生《いくる》。皮膚を硬化させる異能を持つ棄錆《きせい》の少年だった。キサと生、それぞれに特殊な力を持つふたりの出会いが、やがて世界の命運を左右することになる……。

ボーイ・ミーツ・ガールの物語である点も含めて本書との共通点は多く、ある意味、

《ウィンズテイル・テイルズ》の和風伝奇ファンタジー版と言ってもいいかもしれない。

しかし、少年と少女の運命的な出会いが世界を救う鍵になるという両者の物語構造には、どうやら同じひとつの根っこがあるらしい。二〇二二年九月、オンラインSF誌〈Anima Solaris〉に掲載されたメール・インタビューで、影響を受けたアニメについて質問された門田充宏は、こう回答している。

「これはもうダントツで宮崎駿《はやお》監督作品です。ルパン三世1stシリーズ『7番目の橋が落ちるとき』がおそらく最初で、そこから『カリオストロの城』、『未来少年コナン』、ルパン三世2ndシリーズの『死の翼アルバトロス』『さらば愛《いと》しきルパンよ』、そして『風の谷のナウシカ』『天空の城ラピュタ』くらいまでが、最も影響を受けている作品だと思います。視聴時はインターネットもありませんでしたし、情報も多いとは言えませんでしたから、関連書籍は見つけたらすぐに買って、特にインタビュー記事や、絵コンテ集に書かれた演出意図は繰り返し読んでいました」

アレグザンダー・ケイの『残された人びと』を原作（というか実質的には原案）とする宮崎駿演出のTVアニメ『未来少年コナン』は、最終戦争による地球規模の災害で文明が崩壊してから二十年後の地球を舞台にしている。主人公のコナンは、〝おじい〟とふたり、小さな島にあるロケット小屋（墜落した宇宙船）で平穏に暮らす十二歳の少年。だがある日、島の海岸にひとりの少女が流れ着く。同じ十二歳の少女ラナは、天才科学者ラオ博士の孫娘。科学都市インダストリアの手先に拉致されたが、船から脱出し、海を漂流していたのだった。ふたたびインダストリアの手勢に連れ去られた彼女を救うため、コナンはひとり旅立つ……。

それを踏まえて本書を読むと、本書のリンディとメイリーンの背後に、コナンとラナの姿がぼんやり重なって見えてくる。ダルゴナがインダストリアなら、コウガはテキィ（ラナの友だちのアジサシ）の役どころか。対する徘徊者には『風の谷のナウシカ』の巨神兵のイメージが重なり、クライマックスの壮絶なアクションも宮崎アニメの絵柄で脳内再生される。

その一方、徘徊者と戦うための戦略や、たった百十余年で文明がここまで衰退してしまった理由、特殊能力を生かした文明復興の可能性などは、ＳＦ作家ならではのタッチで緻密かつリアルに検討される。

少年小説のどっしりした骨格と本格ＳＦのディテールを併せ持つこういうタイプのサイエンス・ファンタジーは、これまで日本のジャンル小説では意外と書かれてこなかったのではないか。その意味では、いままさに《ウィンズテイル・テイルズ》は新たな地平を切り拓《ひら》きつつある。今後の展開に期待したい。

なお、集英社文庫から来月（二〇二四年五月）刊行される第二作『ウィンズテイル・テイルズ　封印の繭と運命の標《しるべ》』では、本書からさらにスケールが広がり、封印の繭や黒錐門にまつわるさまざまな謎が明らかになる。もちろん、リンディやメイリーンやコウガも、本書に引き続きすばらしい活躍を見せてくれるのでお楽しみに。

（おおもり・のぞみ　書評家）

本書は、集英社文庫のために書き下ろされた作品です。

# 集英社文庫　目録（日本文学）

## 集英社文庫 目録（日本文学）

# 集英社文庫　目録（日本文学）

## 集英社文庫　目録（日本文学）

唯川恵　みちづれの猫
唯川恵　一瞬でいい
湯川豊　須賀敦子を読む
行成薫　名も無き世界のエンドロール
行成薫　本日のメニューは。
行成薫　僕らだって扉くらい開けられる
行成薫　できたてごはんを君に。
雪舟えま　彩《いろ》無き世界のノスタルジア
雪舟えま　バージンパンケーキ国分寺
雪舟えま　緑と楯　ハイスクール・デイズ
柚月裕子　慈雨
夢枕獏　神々の山嶺《いただき》(上)(下)
夢枕獏　黒塚　KUROZUKA
夢枕獏　ものいふ髑髏《どくろ》
夢枕獏　秘伝「書く」技術
養老静江　ひとりでは生きられない　ある女医の95年

横幕智裕　周良貨／能田茂・原作　監査役　野崎修平
横森理香　凍った蜜の月
横森理香　30歳からハッピーに生きるコツ
横山秀夫　第三の時効
吉川トリコ　しゃぼん
吉川トリコ　夢見るころはすぎない
吉川永青　闘鬼　斎藤一
吉川永青　家康が最も恐れた男たち
吉川永青　戦国・江戸　ポンコツ列伝
吉木伸子　あなたの肌はまだまだキレイになる　スーパースキンケア術
吉沢久子　老いをたのしんで生きる方法
吉沢久子　老いのさわやかひとり暮らし
吉沢久子　花の家事ごよみ　四季を楽しむ暮らし方
吉沢久子　老いの達人幸せ歳時記
吉沢久子　吉沢久子100歳のおいしい台所
吉田修一　初恋温泉

吉田修一　あの空の下で
吉田修一　空の冒険
吉田修一　作家と一日
吉田修一　泣きたくなるような青空
吉田修一　最後に手にしたいもの
吉田修一　ぼくたちがコロナを知らなかったころ
吉田修一　素晴らしき世界　～もう一度旅へ
吉永小百合　夢の続き
吉村達也　やさしく殺して
吉村達也　別れてください
吉村達也　セカンド・ワイフ
吉村達也　禁じられた遊び
吉村達也　私の遠藤くん
吉村達也　家族会議
吉村達也　可愛いベイビー
吉村達也　危険なふたり

# 集英社文庫　目録（日本文学）

吉村達也　ディープ・ブルー
吉村達也　生きてるうちに、さよならを
吉村達也　鬼の棲む家
吉村達也　怪物が覗く窓
吉村達也　悪魔が囁く教会
吉村達也　卑弥呼の赤い罠
吉村達也　飛鳥の怨霊の首
吉村達也　陰陽師暗殺
吉村達也　十三匹の蟹
吉村達也　それは経費で落とそう
吉村達也　[会社を休みましょう]殺人事件
吉村達也　OL捜査網
吉村達也　悪魔の手紙　ヨコハマOL探偵団
吉村龍一　旅のおわりは
吉村龍一　真夏のバディ
よしもとばなな　鳥たち

吉行あぐり
吉行和子　あぐり白寿の旅
吉行淳之介　子供の領分
與那覇潤　日本人はなぜ存在するか
米澤穂信　追想五断章
米澤穂信　本と鍵の季節
米原万里　オリガ・モリソヴナの反語法
米山公啓　医者の上にも3年
米山公啓　命の値段が決まる時
李琴峰　星《ほし》月《つき》夜《よる》
リービ英雄　模範郷
隆慶一郎　一夢庵風流記
隆慶一郎　かぶいて候
連城三紀彦　美女
連城三紀彦　隠れ菊(上)(下)
わかぎゑふ　秘密の花園
わかぎゑふ　ばかちらし

わかぎゑふ　大阪の神々
わかぎゑふ　花咲くばか娘
わかぎゑふ　大阪弁の秘密
わかぎゑふ　大阪人の掟
わかぎゑふ　大阪人、地球に迷う
わかぎゑふ　正しい大阪人の作り方
若桑みどり　クアトロ・ラガッツィ(上)(下)　天正少年使節と世界帝国
若竹七海　サンタクロースのせいにしよう
若竹七海　スクランブル
和久峻三　夢の浮橋殺人事件　あんみつ検事の捜査ファイル
和久峻三　女検事の涙は乾く　あんみつ検事の捜査ファイル
和田秀樹　痛快！心理学　入門編　―なぜ僕らの心は壊れてしまうのか
和田秀樹　痛快！心理学　実践編　―どうしたら私たちはハッピーになれるのか
渡辺淳一　白き狩人
渡辺淳一　麗《うるわ》しき白骨
渡辺淳一　遠き落日(上)(下)

# 集英社文庫 目録（日本文学）

集英社文庫

ウィンズテイル・テイルズ　時不知《ときしらず》の魔女《まじょ》と刻印《こくいん》の子《こ》

2024年４月25日　第１刷　　定価はカバーに表示してあります。

著　者　門田充宏《もんでんみつひろ》
発行者　樋口尚也
発行所　株式会社　集英社
東京都千代田区一ツ橋2-5-10　〒101-8050
電話　【編集部】03-3230-6095
【読者係】03-3230-6080
【販売部】03-3230-6393（書店専用）
印　刷　図書印刷株式会社
製　本　図書印刷株式会社

フォーマットデザイン　アリヤマデザインストア　　マークデザイン　居山浩二

本書の一部あるいは全部を無断で複写・複製することは、法律で認められた場合を除き、著作権の侵害となります。また、業者など、読者本人以外による本書のデジタル化は、いかなる場合でも一切認められませんのでご注意下さい。

造本には十分注意しておりますが、印刷・製本など製造上の不備がありましたら、お手数ですが小社「読者係」までご連絡下さい。古書店、フリマアプリ、オークションサイト等で入手されたものは対応いたしかねますのでご了承下さい。

© Mitsuhiro Monden 2024　Printed in Japan
ISBN978-4-08-744642-5 C0193